小汗 著

麒麟密码

北京联合出版公司
Beijing United Publishing Co.,Ltd.

目 录

一声撕心裂肺的哭喊声回荡在白茫茫的山谷中，东方的天际开始泛出一星光亮。

中年人趴在悬崖边上，双手绝望地伸向下方，胸前的血染红了地面。

三十二，三十三，三十四！咦？老王揉了揉眼又数一次，还是三十四匹，邪门了！等到马匹慢慢走到自己的身边，老王再一匹匹仔细地数了一遍，这回却是三十三匹。老王只好干笑了一声，老了，眼睛竟开始花了。

就在我拨开面前的最后一簇草的那一瞬间，一阵强烈的光刺在我的脸上。我感觉一阵眩晕，耳边突然什么声响也听不到了。

虎子站在院子中间看了看我，突然又转向后院叫了几声，脚却一动不动。我突然想起了什么，几步跑到了后院。我直奔草堆，却不想二宝根本不在了。

传说在很久以前，天神派麒麟来看守仙山，麒麟就居住在这个天池。也不知过了多久，这山上突然出现了白狼，白狼是集这仙山灵气而生的神兽。白狼和麒麟互不服气，开始打斗，这一打就是几百年。

楔子

　　一声撕心裂肺的哭喊声回荡在白茫茫的山谷中，东方的天际开始泛出一星光亮。

　　中年人趴在悬崖边上，双手绝望地伸向下方，胸前的血染红了地面。

清道光二十二年（1842年），正月十五。

群山如剑，北风如刀。

就在这好似剑尖般的山顶上站着一个中年人和一个少年，他们顶着瑟瑟北风站立不动，脚下积雪几乎盖住了脚面。两个人都穿着山里人最常见的厚厚的皮棉袄，衣角卷起露出厚厚的羊毛卷。獭皮帽子包住双耳和下巴，只露出一双眼。他们每次呼吸嘴边都冒出一团团白雾，眉眼上早已经染上厚厚的冰霜。一只雄鹰从空中俯冲而下，冲入茫茫林海。中年人突然放声高唱："惟神杰峙东，维协扶景运。疏江汇海，荐瑞凝祥。著灵异于万年，溥蕃滋于庶类。"

中年人的声音嘹亮，吐字铿锵有力。这抑扬顿挫的男中音，顿时响彻连绵群山。

少年抬头问道："爹，这段话是什么意思？虽然我听不大懂，但感觉好大气势。"

中年人用右手抚摩着少年的头，说道："这是大清前朝皇帝康熙为这长白山所写的祭祝文。大清起源于东北，他们视咱们长白山为仙山。满族人传说他们的始祖爱新觉罗，便是天上仙女在长白山东北的布库里山下布勒湖里湖中洗澡时不小心吃了仙果怀孕而生。后来康熙的孙子——就是乾隆皇帝——也写过一篇《祭告长白山文》便说的是此事。孩子，我再背给你听。

"奥我清初，肇长白山。扶虞所锺，不显不灵。周八十里，潭曰阔门。鸭绿、混同、爱滹三水出焉。帝用女天妹，朱电磁波是吞。爱生圣子，帝用锡以姓曰觉罗，而徽其称曰爱新。"

少年不解地问："爹，这为什么和你以前给我讲过的不一样？"

中年人轻蔑一笑："文虽然俊美、苍劲，却是满族人为了蒙骗世人的自圆其说，那女真族不过是我肃慎族先祖下等奴婢的后裔罢了。其实，从古至今，鲜卑、蒙古、契丹甚至邻邦罗刹国都对我们仙山虎视眈眈，但谁也没有想到竟然被满族人吃个便宜。"

少年接道："全因满族祖先机缘巧合得到我们的仙山神兽，从而得到天下。虽然大清将长白山视为龙脉加以重护，更是次次全力驱逐罗刹国与外族对长白山的入侵，但因长白山上的神兽他们只得其一，而不知其二，是无法长久地统治天下的。爹，你给我讲的我全记着。"

中年人微笑着点头，他用脚尖在地上的积雪上画出两个字，然后问少年："孩子，你还记得这两个字是什么意思吗？"

少年大声说："不咸！是我们肃慎族语中的神仙，《山海经》有记：'大荒之中，有山名曰不咸，有肃慎氏之国。'长白山就是不咸山，是我们肃慎族的神仙山。"

中年人说道："不错，这长白山本是我们肃慎族的仙山不咸山，可满族人妄图永久地独占这仙山龙脉，竟然毁我家园、杀我族人。此仇不报，非男儿！"

中年人的脸上突然露出了狰狞之色。

"孩子，现在时逢乱世，天下纷争，大清的统治已经摇摇欲坠，此时也许正是我们肃慎族重新一统天下的好时机。"

中年人顿了一顿，从怀中拿出两块木牌递给少年，那牌上刻着两只野兽的图腾。那两只野兽张牙舞爪、栩栩如生，少年接过木牌轻轻抚摩。

中年人继续说道："要想我们肃慎族统治天下，一定要找到不咸山中的这两只神兽，缺一不可！还有三天，三天后就是这两只神兽重生之际！孩子，决定我们肃慎族命运的时刻到了。"

少年用力地点了点头。

中年人拍了拍少年的肩，两个人并肩走下山去。北风吹过，浮雪很快盖住两个人的脚印，便再看不出一点有人经过的痕迹了。

几十里外的山谷中，四个扛着猎枪的青年壮汉正在疾步奔走。

"大哥，不和肃慎族人打交道，是我们祖辈定下来的规矩，为什么这次要去与他们见面？"四个人当中个子最矮的一个问道。

"老二，当年肃慎族人泄露天机，惹下大祸，这一百多年来，虽然他们一直被追杀，但是从不曾找我们求助。到如今，肃慎族的人恐怕没剩下几个了，却突然和我们联系，实在太过古怪，我们得去见一见。"被称作大哥的男子身材异常高大，四方大脸，不怒自威。

"可是，大哥，你家老太爷不是不让我们去吗？我们应该听族长的。"走在老二身边的人接着问，他的声音低沉。

"三哥，你们觉得咱们出来族长不知道吗？"四个人里看起来最单薄、最年轻的人说，他本来落在后面两三米远，此刻快走两步追了上来，他走到大哥身边低声问，"大哥，这五百年之期已到，却没有一点动静，会不会是因为那张被鞑子偷走的白狼皮惹出了大事？"

"老四，天下都快成洋人的天下了，这还不是大事吗？！"老三急急地说。

"昨晚，我听见我爷和我奶说的，心里不安稳，怕生大变故。"

三天后，正月十八，寅时。

"慎儿！"

一声撕心裂肺的哭喊声回荡在白茫茫的山谷中，东方的天际开始泛出一星光亮。

中年人趴在悬崖边上，双手绝望地伸向下方，胸前的血染红了地面。

四个青年壮汉都呆立在不远处，愣愣地看着中年人。

"啊！"手持一把银刀的老四突然大叫一声，吐出一口黑血，仰面倒在地上。

"老四！"其他三个人大惊之下，跑上前去抱起老四。

"大哥，我的心好疼。"老四痛苦地说。

"大哥，这是怎么啦？老四，老四刚才也没受伤啊。"老二、老三焦急地看着大哥。

大哥皱着眉头，抱着老四大踏步地向山下走，身后传来了中年人刺耳的长笑声。

"你们……你们毁了仙物，必遭恶果！不管你们做什么都没用的，他活不过今晚，以后的生生世世都活不过今晚！"

老四手中的那把银刀开始嗡嗡作响。

麒麟毁

白狼离

五百年梦惊

能不能再次降临奇迹

是谁给了我神仙的眼
我看见那熊熊烈火
炙烤着大地
我听到了群山在哭泣
…………

第 $\sin^2\alpha + \cos^2\alpha$ 章
二杠马场

　　三十二,三十三,三十四！咦？老王揉了揉眼又数一次，还是三十四匹，邪门了！等到马匹慢慢走到自己的身边，老王再一匹匹仔细地数了一遍，这回却是三十三匹。老王只好干笑了一声，老了，眼睛竟开始花了。

1951年，春。

山下，饲养员老王正悠闲地抽着旱烟。

山上，几十匹军马也安静地吃着青草。

远处马场的方向升起一缕炊烟，回头望去，日头已经落在山间，余晖洒在大地上，山坡上的那几十匹军马仿佛行走在云里。想起自己的婆娘已经做好了黄灿灿的婆婆丁炒鸡蛋，还有那壶烫烫的烧酒，老王兴奋地嘟囔了一声"娘咧"。他把烟袋在鞋底磕了磕，拿起胸前的哨子，哨声立即在山里响了起来，回音不断。

看着马群一点点向山下移动，老王心里美滋滋的。这些军马个个膘肥体壮、溜光水滑，那还不是他饲养员老王的功劳？到底是军马，通着人性呢，不用放、不用撵，只要一声哨子就自己回圈了。这哪里是在放马，根本就是坐着享清福，想想《西游记》里的弼马温也不过如此吧！老王又开始在心里默默地数着那每天都数过无数遍的三十三匹军马。

三十二，三十三，三十四！咦？老王揉了揉眼又数一次，还是三十四匹，邪门了！等到马匹慢慢走到自己的身边，老王再一匹匹仔细地数了一遍，这回却是三十三匹。老王只好干笑了一声，老了，眼睛竟开始花了。

回到家里吃着山野菜喝着烧酒，老王很快就把傍晚的事淡忘了。

第二天，老王依然把马群领到山上，自己坐在山下等着日头落山。到了傍晚，老王又像前一天一样唤马群下山，看着马群慢慢走下来。这一次，老王拿出特意准备好的老花镜举在眼前两三寸的地方，眯着眼仔细数。奇怪，还是三十四，数了几遍都是三十四匹，可是等马群到了眼前又变成了三十三匹。这结果让老王一晚上都埋着头不说话。

第三天，老王把马群送上了山便回家把虎子领了出来。虎子是只成年的狼狗，因为马场总闹黄鼠狼，而且马场离大山太近怕有野兽袭击，所以老王从部队里领了这只纯种狼狗。在马场除了这几十匹军马，老王两口子就把虎子当成亲儿子一样，而这虎子也对主人忠心耿耿，从来没有让老王失望过。

老王和虎子躲在山脚下的一个小山丘后面，老王远远地望着马群，虎子趴在他旁边吐着大舌头。还是三十三匹马，老王盯得眼睛都酸了，马群还是没有什么变化。真是盯着的花不开呀，当日头正照在老王的头顶时，老王迷迷糊糊睡着了。也不知过了多久，老王被身边的一阵骚动弄醒了。是虎子！虎子全身僵硬，尾巴夹着，眼睛直直地盯着远处山坡上的马群。果然有古怪，老王一下子精神起来，他轻轻抚了抚虎子背上竖起的毛，然后在虎子背上一拍。

"虎子，上！"

虎子全身一震，一跃而起，站在山丘上冲着山里狂吠。那叫声响彻山谷，瞬间惊动了马群。就在马群惊乱起来的时候，虎子箭一般地冲进了马群。

突然一阵邪风吹过，沙进了眼，老王连忙用衣服蒙住了头。过了好一会儿风才停了下来，老王从山丘下探出了头，马群在山上来回走着，马匹紧紧挤在了一起，似乎受到了不小的惊吓。虎子呢？老王三步并作两步地跑上山，好不容易才稳住马群，却看见虎子躺在地上喘着粗气，对着主人不断地哀叫，虎子的后腿断了。

没把事情弄明白还把虎子弄伤了，心里难过的老王在自己屋里地上铺了一床被，把虎子放在上面。看着虎子无辜的眼神，老王心里酸酸的，老婆也因为这事没少数落老王。从那天起，老王开始带着猎枪一起和马群上山，可也是从那天起马群再也没有发生过变化。几个月过后，虎子的腿伤渐渐好了，但走起来还是一瘸一瘸的，它再也不靠近马群，看着马群的眼神总是怪怪的。很快老王也就没心思理会这件事了，因为每年最重要的时候到了——配马。

每一次部队上派来的同志还有儿子马（种马）到马场，老王都是最高兴的。他总是让老婆给同志们做最拿手的小鸡炖蘑菇，自己给种马切最好的草料。拍拍种马的背，结实！纯蒙古种的。想想自己马场里那十几匹母马要是都带上崽子，到时候可够老两口累的，不过把新马送到部队时那才叫荣耀，这几年，从老王手里都已经送走了几十匹好马了。

前几天事情特别顺利，可就在同志们都开始收拾行李的时候出事了，老王最爱的那匹叫红光的马把配种的儿子马给咬了。把红光放在最后一天是老王的主意，红光是一匹纯种的蒙古马，纯红色的毛，四只蹄子又大又沉，比其他马高出半头，跑起来就像一道红光。老王的养马场今年就靠它出量呢。这到底是怎么回事？看着种马的鬃毛被咬得七零八乱，老王就心疼，他摸着红光的脸数落着："你怎么就这么不懂事呢。"可是无论怎么样，这红光就是不让儿子马近身。部队里来的同志是兽医，他看了半天后告诉老王，红光已经有孕了。

"啊！不可能呀。这马场除了母马就是骟马，没有一匹儿子马，再说这马带崽子了我老王怎么能看不出来呢？"老王一下子想到了几个月前的事，他把这事跟兽医说了。

兽医说："会不会是从山上跑下来的野马？"

老王肯定地说："不可能，我的眼睛里跑过的马不下几千匹，不可能连野马都看不出来。"老王越想越怕，部队本来就规定马场的纯种马不可以带杂种驹，可是如果打掉，兽医说已经几个月了，马驹早就成形了，恐怕……老王最后紧紧咬了咬牙："就打了吧。"

兽医临走时给老王留下一包药，叫老王按剂量喂给红光吃。老王看着手里的药犹豫了好些天，最后还是把它化在碗里，拿在手里颤颤地。娘的，活了几十年哪造过这样的孽呀，谁肚子里的不是条命呀。红光丝毫不知情，几口就喝下去，还和以往一样舔着主人的脸和主人亲热。老王的泪不知不觉就流下来了。

那天夜里，狂风大作，把老王屋门吹得吱呀作响，老王的老婆从炕上爬起来扯了扯身边的老王。

"听！是什么声响？"

"是马叫，出事了！"

老王抓过衣服就跑出门。

老王刚出门，虎子就跑了过来，一步一步紧紧跟着老王，背上的毛直直竖着，嘴里如临大敌一般哼着。

果然，马棚里的马都已经乱了，每匹马都躁动不安，不停地在马棚里走来走去，身子用力地撞着围栏。红光更是满地打转，脸上满是泪水。红光要早产了，老王开始后悔给它吃那药。风更大了，似乎要把整个马棚掀起，马儿们也越来越躁动。虎子冲着红光的马棚狂吠不停，大块大块的血块从红光腹部流出来，老王早就傻了。咔嚓，一道闪电在山谷间乍响，红光抬起后腿把马棚踢倒，马群惊了。

第二天，部队上派来整整一个连才在山上找回失踪的十几匹马。大家回到马场时，老王还像傻了似的跪在红光的尸体前——红光难产死了。可是就在人们去搬红光的尸体时，才发现红光腹下的那团血块在慢慢蠕动，原来马驹还活着。老王上前一把就将它抱了起来，这马驹是那一年马场唯一的马驹，剩下的母马没有一个带上崽子的，谁也不知道这到底是怎么回事……

我背着厚重的行李卷站在二杠马场的大院门口。

这时已经是下午三点多了，午后阳光越过马场背后的小山丘照在我的身上，拖出一道长长的影子。我看了一眼自己军装里子上印着的红色编号，然后长长地吸了口气，系好风纪扣，正了正衣领。这身军装穿得太久已经有点破了，我小心地将衣服下摆上的破口子抚平。就在我的两只脚互相蹭着胶鞋上的泥土时，一个老太太从屋子里走出来。她一抬头看到我便扔下手中的簸箕回头叫："老头子快出来，看谁来了！"话音未落，厚牛皮纸糊的窗户被一只大手推开，一个干瘪的老头儿叼着烟袋向外瞧。当他看到门外站着的我时，窗户又猛地落下，砸在了窗框上。

老王叔几步就从屋子里跑了出来，打开院门，拉住了我的手。我看见他的鞋还是半趿拉在脚上的。

还没有等我说话，老王叔就一把将我扯到了院子里，一边从我肩上解下行李卷一边说："早听支部说你要来了，就等着你呢。"

我被老王叔的热情吓到了，身子不由得向外退，结果老王叔还是半推半拉地将我弄进了屋。我站在屋子里还有点迷迷糊糊，摸着自己的胳膊，寻思着这老头子的力气还真不小。大妈在一边也没有闲着，把一大碗地瓜粥、咸菜和蒸好的老苞米摆在了土炕的小桌上。看着这些东西，我不禁双眼放光，都好几天没有正经吃东西了，我再也顾不上许多，二话不说，一屁股坐在炕上大吃了起来。

看着我吃得正香，老王叔从腰里摸出烟袋锅，蹲在对面的小板凳上吧嗒了起来，大妈也笑呵呵地坐在炕沿上。这时我才想起指导员之前跟我说的话："你到了马场，可不是光为养伤的。整个马场就老王叔和他老伴两个人打理，你去了可要多多发挥我们人民解放军的力量，这就算组织上交给你的任务。"

指导员就是会说话，让我来给人家当儿子还说得出大道理！

老王叔眼看着我把嘴里最后一口地瓜粥咽了下去，笑呵呵地对我说："是小杜同志吧，只要你不嫌弃我们老两口，就放心在这里养病吧。"

我点了点头，想从怀里拿介绍信给他，老王叔摆摆手："不急，不急，先吃好饭再说。"

我还是坚持把介绍信从怀里取了出来，放在他手里："老同志，这是介绍信，你还是看看吧。我是早晨到的镇里，支部老张接的我。不过我看他挺忙就没让他送我过来，我是一个人摸到这儿来了，没想到马场离镇子这么远呀。"

老王叔把介绍信拿在手里，却没打开："不打紧，不打紧。支部的同志现在可能也正忙呢，别'老同志''老同志'地叫，如果你不嫌弃，就叫我一声'老王叔'，这是你大妈。"

我爽快地应了一声，老王叔和大妈听了脸上都笑开了花。

见我吃得差不多了，老王叔把身子向前凑了凑："对了，现在朝鲜战场那边怎么样？老美已经被咱们打回家了吧？"

我一抿嘴就站到了炕沿上，左手掐腰右手学着指导员的样子一挥："在我们党中央毛主席的领导下，在我们彭总司令的指挥下，我们已经将敌人赶回了'三八线'，打倒美帝国主义已经指日可待。"说完，我把挥出去的右手握紧拳往回收，到胸前用力地一顿。结果这下牵动了肋下的伤口，疼得我直咧嘴。

说来真窝囊，我还没有过鸭绿江就被身后同志手里的步枪走火打中了。结果没上战场先挂了彩，我赖在部队医院里不走，说死也不回家，因为家里还等着我立功喜报呢，就这样回家也太窝囊了。没办法，指导员就把我送到了长白山脚下的这个马场里。一来让我养伤，二来也算是完成组织上交给我的特别任务。一想到这儿，我又有一点灰溜溜的，我巴不得自己马上能够养好伤回到部队。老王两口子显然不知道这事，见我来了他们不知道有多热情，我刚吃完饭，他们就忙着给我整理房间。我一个人坐在炕上，把脚晃来晃去四下望着，看闲着没事就跑到了屋子外面溜达。

我刚走到院子中间，一个大家伙就凑过来对我一阵猛闻，我吓得一激灵，一动不敢动。这狗有半人多高，身上的毛油光锃亮，见人也不叫，一看就知道根本不是农村里普通的笨狗。

我隔着屋子喊："老王叔，这狗咬人不？"

老王叔的声音从里屋传出来："不用怕，部队的狗灵着咧，就是腿有点瘸了，叫虎子。"

果然这大狗围着我的裤角闻了闻，就用头来拱我的腿，大尾巴摇呀摇。我拍了拍它的头，叫了声"虎子"，虎子就跟着我走了起来。狗的后腿有一条是瘸的，走路时差不多是半拖着，不过走得还是很稳当。虎子似乎挺喜欢我的，我一边走一边把手里的苞米掰下几粒放在虎子嘴里，虎子一边吧唧吧唧大口吃着，一边愉快地哼哼，鼻子里呼出的热气直冲我手心。可是等到我来到后院，虎子却停下了脚步，直直地站定，看着我。我回头喊了它一声，它还是站在那里，冲我叫了两声后就转身回前院了。

我一个人走进了后院，这后院的一面是半截靠山墙，剩下一圈都是用干草木杆围成的长条马棚。一匹匹健壮的军马并排站在长形的马棚里，我咬着苞米棒子愣在了那里。哎呀，这么多马。马棚里的军马对于我的到来丝毫没有惊讶，依然那么安静。我走过去，在马槽里捡了些切好的草料，马儿温驯地低下头在我手心上舔着。

"咋样？这可都是我侍候出来的。"老王叔不知什么时候来到我身后。

"真棒！"我拍了拍身边马匹的脖子，按了按马腰，说，"胸窄屁股宽，四个蹄子又大又有力，都是蒙古种的好马呀。我们部队就得用这样的好马才能打胜仗。"

老王叔见我还懂马，乐得都露出了后槽牙："娃呀，倒真是咱解放军，见识不少。"我笑着告诉老王叔我爹小时候给地主家放过马，这些都是我爹教给我的。老王叔放下手里的烟袋，用力拍了拍我的肩膀，说："小子，不赖！明天带你去山上见识见识。"

晚上躺在炕上，行军被已经被大妈重新弹过了，又软又暖和，里面有着说不清的味道，很舒服，有一点像妈妈的怀抱。隔壁老王叔的呼噜一声大一声小，这让我想起我们班的大李子。那个家伙的呼噜才叫厉害，有一次硬是让别的班的同志以为是美国敌机空袭。我在被窝里笑了一声，可是转念又有些伤感。别的战友现在也许正拿着枪杆子坚守阵地，我却躺在这里抱着枕头舒舒服服地睡大觉，越想越不是滋味。我猛地转了个身，把头正冲着窗户。就在这时，我突然看见窗户外面直挺挺地亮着两个红灯泡，隔着窗纸还忽闪忽闪的，把我吓了一大跳。

我想起父亲说过山上的野狼和老虎的眼睛在夜里就会发出这种邪光，难不成是什么野兽跑进了院子？"妈呀"大叫了一声，我就从炕上跳了起来，那对眼珠一闪就消失了。

老王叔在他的屋子里迷迷糊糊地喊了我一声："娃，咋的了？"

我连忙说外面好像有东西。

老王叔嘟囔了一声从炕上爬起来，披上外衣走出屋，我听见他对着院子里喊："你个死兔崽子知道回来啦，咱家里来了客人，你少给我添乱……"

经过了刚才的一吓，我突然感觉十分疲惫，僵硬的身子一下子软了下来，很快就睡着了。

蒙眬间我感觉到有什么东西在自己嘴边喘着粗气，那股湿湿的热气直冲我的鼻子。迷迷糊糊睁开眼猛地看见一张大嘴在自己鼻子前转悠，好家伙！我扑腾一下坐了起来，虎子却像没事似的继续亲热地拱着我的枕头。

原来天早就大亮了，老王叔正蹲在对面的板凳子上抽着烟袋，笑眯眯地看着我。我有点不好意思，还是人民子弟兵呢，到了人家老乡家里怎么能这么一惊一乍的。我在心里数落着自己，老王叔倒是没有一点别的意思，一边看着我穿衣服一边问："娃，多大啦？"

"十八。"我老老实实地回答。

"家是哪儿的呀？"

"辽宁铁岭的。"

"哦，有媳妇没？"

我的脸更红了，在炕上穿好裤子，把行军腰带在衣服外面使劲一系。

"不打倒美帝国主义我誓不结婚。走！老王叔，我陪你放马去。"

"不急，不急，咋也得先吃饭呀。"

早饭依然是地瓜粥、老玉米。我学着老王叔的样子，拿起一根大葱在酱碗里一蘸放在嘴里。妈呀，辣得我直咧嘴。

老王叔呵呵直笑，大妈连忙又给我添了碗粥，问："辣吧？"

我不服软地说："还行，我们家那边的大葱那才叫辣呢。"

我把自己吐出来的葱头随手丢给坐在地上的虎子，虎子闻了闻，使劲打了个喷嚏就走开了。

吃完饭，老王叔走出院子，我跟在他后面，看他背着手拿着烟袋锅子十分悠闲地走着。

我奇怪地问老王叔："你咋不赶马呢？"

老王叔回头说："娃，俺让你见识见识。"

他站在山下，拿起胸前的哨子用力吹了起来，一声清脆的哨声在山间连绵不断。只见院子里马匹们撞开马棚的门，顺着山路一溜小跑，不一会儿就跑到了对面山头。

老王叔用烟袋锅碰了碰早就傻在旁边的我："咋样？"

我在一旁就只剩咧嘴笑的份儿了。

老王叔拍了拍我的肩，两个人顺着山边的小路往山坡上走着。老王叔点着手中的烟袋，说："娃呀，咱们这地儿灵着呢。你看看，两山夹一杠，代代出皇上。虽然咱这儿没出过一个皇上，但这儿的确是一块宝地呀，种啥长啥，养啥活啥。你看看对面那两座山像啥？"

我抬起头，面前的两座山果然形状奇特，不知是不是晨雾的原因，我的眼里突然一片模糊，四周的一切也开始恍惚起来。

老王叔用烟袋锅嘴指着对面："你看那座小一点的山像不像一只狼？另外那座大点的是不是有点像马？我告诉你，那座像马的叫作麒麟山。我爷爷曾经给我讲过，那是长白山里的白狼与麒麟打架呢。白狼与麒麟打了七天七夜没分出胜负，最后两个都化成了山。不过这也就是一说，长白山关于这两座山还有不少老话呢。"

我突然回过神来，对老王叔说："老王叔，我咋觉得这地方我以前来过呢？"

老王叔笑了："傻孩子，你昨天不是从这山上下来的吗？"

我摇摇头："不是的，老王叔，我感觉好像很久以前就来过这儿，对这个地方有种说不出的熟悉。"

老王叔听完一笑，不以为然："那你说不定还真的是本地人呢。"

秋天的清晨山上还飘着薄雾，我脚上的鞋也被露水打湿了。在山上站得久了，也已经有了凉意。我把风纪扣系好了，看着对面的马儿们在山头上嬉戏、吃草。那里好像不是人间，那些都是天马，它们在云中飞跃，它们在天上奔腾。

我问老王叔："咱们马场一共多少匹马？"

"三十三，不，现在只有三十二匹啦。"

我突然想起了什么："老王叔，那昨天晚上在我窗户外面的是啥东西？"

老王叔摇了摇头："唉，别提了，你以后就知道了。"

"哦。"我也没有再问。

老王叔有些累了，他让我一个人在山上转着玩，自己则背着双手溜达着下了山。日头慢慢爬了上来，草丛里的露水很快就不见了，到处是不知名的虫子在鸣叫，我在一棵松树下拣了块干净的地方坐下来。闻着草里清新的味道，我有些陶醉。我随手拔了根草，把草茎咬在嘴里，苦涩却还带着一股清香，靠着松树我又闭上了眼睛。

蒙眬中我站在这山谷里，周围满是白茫茫的雾气。我不知道自己为什么会在这里，也不知道应该往哪儿去。我四处张望，慢慢地向前走着，我走到了那两座奇形怪状的山前，那两座山却突然动了起来，它们真的变成了两只巨大的野兽。我心里开始充满恐惧，转身想离开这个地方，却不想它们好像发现了我，一齐向我冲了过来……

我猛地从梦中醒来时头上满是汗水。解开了衣扣，身上的绷带也被汗水弄得湿漉漉的，我松了松绷带好让自己的身子透透气。抬头才发现日头竟然已经落在两山之间，山谷如同烧着了般通红通红的。老王叔的哨声在山下一遍遍响起，我一边下山一边看着对面慢跑而下的马群，自己现在都跟马场里的军马一样听着老王叔的哨子了。

老王叔笑呵呵地站在山下望着我，等我走到他身边时，他往我手里塞了两个山梨蛋子，说："中午上山看你睡得正香，没好叫你，饿不？"

老王叔帮我拍了拍后背的土，他的手又大又硬，拍在背上生疼，却让我感到很舒服。那手有点像班长的手，也像父亲的手，沉实温暖。我一边大口嚼着那半生不熟的青梨一边点了点头。

晚饭时大妈特意把一大碗炖肉摆在了我面前："来，小杜，你受了伤，得吃点肉补补身子。"

我见到那碗泛着油光的红烧肉，口水一下子下来了，也顾不得客气，大口吃了起来。那肉酥而不烂，极有嚼头，一定是兔子肉。吃了几口我突然发现老王叔和大妈都没有动口，他们还是吃着摆在面前的蒸苞米、地瓜粥，还有大葱与大酱，那些都是早上吃过的东西。

我问老王叔怎么不吃肉，老王叔漫不经心地说："这荒山野岭的弄点肉不容易，这半只兔子还是前段时间镇里的同志送过来的，你大妈一直藏在地窖里，正好让你给赶上了。"

这时我才发现老王叔和大妈身上的衣服都又破又旧，那身夹袄早就分不出颜色。

我问老王叔："你这年年养马，这部队不是有补助吗？"

老王叔笑笑不说话，大妈接过话来："孩子你是不知道呀，部队每个月是给我们老两口三毛五分钱的补助，可这个偏老头子一直不肯要，说是生不拿公家一分钱。不过给了钱也没地方花，这马场什么都有呢。"

大妈虽然话里埋怨着，看脸上却笑呵呵的，没有一点生气的意思。老王叔听着大妈的话也只是拿着饭碗嘿嘿笑。

我又问："都来家里两天了咋不见你们的孩子呢？"

老王叔连忙从怀里拿出一个红本本，那是毛主席的《论人民民主专政》。翻开拿出一张照片来，照片上的小伙子浓眉大眼，穿着军装十分精神。

"哟，这是你儿子呀，真精神。"

老王叔十分得意："咋样，他小名就叫虎子，照这相时跟你一样十八。"

这时大妈放下筷子，拿起身上的围裙抹起了眼角，我就知道自己不应该问这个了。

老王叔开始数落大妈："你咋又哭了？一说儿子就哭，咱儿子牺牲那是光荣，要不是我六十多岁不让参军，我也过鸭绿江去打老美了……"

我害老王叔两口越说越不开心，连忙把话转开："老王叔，这山上野鸡、野兔子也一定不少吧。咱们可以下套捉来，不就能多吃点肉了吗？"

老王叔摆摆手："下套多麻烦，早几年我拎着枪到山旮旯转一圈就能打几只兔子。现在不行了，眼睛花得厉害，别提兔子了，连马都快看不清了。"

我听了他的话连忙问："老王叔，你家有猎枪没？"

老王叔点点头，说："那是当然，这猎枪可是我……"

老王叔说着就要翻身下炕，大妈拍了他一下："吃饭呢，怎么又弄到枪上了，你不好好吃饭也得让孩子把饭吃好了呀。"

我对老王叔说："老王叔，等有空咱爷俩一起上山，打几只野鸡、野兔子，回来让大妈给炖了，到时候我再陪你喝两盅。"

老王叔听得直点头，乐得都合不上嘴了。

吃过饭，我想帮大妈收拾碗筷，结果又被老两口给推了出来。没办法，我又一个人在院子里玩。这时日头已经沉到山脚下，我借着余晖在院子里晃了晃胳膊，做了几下子军操。看老王叔他们没注意我，我就又偷偷往后院溜了过去。总不能在这马场天天吃闲饭，我想帮老王叔在后院干点活儿。刚拐过院角就看见虎子冲着马圈的方向龇着牙，头低低的，屁股翘得老高。我走过去拍了拍虎子的背，虎子全身硬硬的，我手碰上去就感觉它的身子猛地一哆嗦。回头见是我，虎子闭上嘴，摇了摇尾巴，讪讪地走回了前院。虎子似乎不喜欢这后院，从来不往这边走。

我走到后院，圈里的马儿们见了都冲着我摇着头打着响鼻。我走过去拍拍这个，摸摸那个，马儿们也似乎对我这个穿军装的人有着特别的好感，跟我十分亲近。我走进圈里，用旁边放着的耙子理了理马圈地上的干草和马粪，可是马圈里很干净，几下子就弄完了。我拄着耙子四下望着，长廊形的马圈嵌在两面山墙里，榆木的架子也有些时候了，好多木头都已经支离破碎了。棚顶的干草也只剩下七七八八，有些地方都已经挡不住雨，除了这马圈里的马，我想这马场也不会有什么值钱的东西了。在另一面的山墙下堆了一大堆干草，可能是老王叔为了这些马过冬准备的吧。我盯着那堆草，好像瞧见了什么。我慢慢向那草堆走去，就在快走近草堆的时候，突然从里面冲出道黑影，一下子撞在了我身上。

它的力气十分大，我一下子被撞得坐了个大屁墩。肋下那早已经愈合的伤口好像又裂开了一样，痛得我立刻流出了眼泪。我一手捂着胸口一边大口地吸气，对面的家伙也不服气地吐着气。这是什么东西呀？是马吗？大约半岁口，已经高过我的腰，鬃毛长得都快拖到了地，一身不知道什么颜色的毛满是泥土还有草屑。那马脸奇长，被鬃毛盖住的脸上竟然露出一对红彤彤铜铃般的大眼珠子。我把倒在身边的耙子握在了手里，死盯着它的眼睛。它也盯着我不放，不停地尥蹶子，一张嘴竟然冲我露出满嘴白森森的大板牙。这家伙要咬我！我想站起来，可是身上一点劲都提不起来。这时候我听到身后的脚步声，是老王叔来了。

老王叔人还没到，声音却已经先到了："你个死兔崽子，一眼照顾不到你就整出事来。"

那家伙看到了老王叔便收起架势，一转身子倒在草堆里。老王叔扶起我："娃，有事没？"

我摇了摇头，问老王叔："那是马驹吗？"

"别管它！作孽的东西。"

老王叔转口不提那马驹而问我为什么来后院，语气里好大不高兴。我有点委屈地说自己到后院只是想帮他干点活儿。

老王叔看了我一会儿，使劲往我肩膀一拍："娃，就冲你这句话我也不能让你再干活儿，只要你老王叔还站着，你就老老实实地给我在这儿养伤。"

他随手拿起树枝，走到草堆旁冲着那家伙喊："兔崽子，你给我听好，这小同志是咱部队里来的人。你给我好好的，看你以后再惹事，我非打断你的腿不可。"

他一边说着一边挥着手里的树枝，挥了半天却没有一下落下去。

我一个人回到屋子里，虽然知道刚才那马驹就是前一晚跑到我窗外的东西，可是看老王叔的样子根本不想告诉我那马驹的来历。我回到屋里就去找大妈，大妈手里正拿着我的背心在补，听完我的话，她咬断了手上的线头，叹了口气，说："唉，这个老头子养马十多年了，在他手上从来没死过一匹马。结果半年前出了个事，母马死了，只剩下这么个崽子。没想到那小崽子一点不服人管，大一点了是见人就踢，还咬人呢，除了老头子，根本不让别人近身，这马也就算废了。老头子到现在还窝心呢。"

这时老王叔从外面走了进来，见老王叔进了屋，大妈马上闭了嘴，我也回到了我的屋里。

躺在炕上，我翻来覆去睡不着。让一个畜生给欺负了，真是窝火。想起了小时候听评书讲过徐达给地主驯马的故事，我眼珠一转想到了一个主意，连忙穿上衣服悄悄溜出了屋。不知道已经是什么时辰了，天上早已经满是星星，圆月正挂在头顶。借着月光我看见虎子躺在窝里直愣愣地看着我，我把食指放在嘴边冲着它嘘了一声。我从墙边捡起根木棍，踱着小步往后院走去。到了拐角处，我偷偷地往后院望了望，马圈里的马一匹挨着一匹站着，已经全都老老实实地睡着了。我顺着墙根往草堆那边走去，月光下我看见草堆里团着一个黑乎乎的家伙。好家伙，马还蜷着身子睡觉？我举起棍子就要打。可是咱们人民解放军怎么能打"落水狗"呢？我放下棍子，用棍子尖挑衅似的捅了捅它的屁股。马驹一下子从草堆里跳起来，看见是我以后仍然用那两只红灯泡似的眼睛死瞪着我。还神气？今天就让你知道知道人民解放军的厉害，我举起手里的棍子就冲着它使劲打了过去。它轻轻往旁边一跳就躲开了，我不停地打着，草被我打得乱飞，也不知道有没有打到它。不一会儿，我就累得气喘吁吁，没办法，只好再使用怀柔政策，我从地上捡了把干草冲着它晃："来，来，吃草。"它歪着头看了看我，马上就转过头又躺在草堆里。看它放松了警惕，我猛地冲过去对着它屁股就是一下子，这下打得很结实，震得我手都直麻。这家伙却一声都没叫唤，回头一口就咬在了我的胳膊上。我们俩一下子就扭在了一起，因为惯性，我和它一起倒在草堆里，所以它并没有咬实，但我已经疼得直流冷汗。还没有等我反击，它已经翻了个身爬起来往墙角的木堆跑去，三步两步就跳上了木堆。当它从柴火堆跃过土墙时，月光洒在它身上，它全身泛着银光，仿佛有一双翅膀托着它向前飞去，慢慢融入了黑夜。

我躺在草堆里，望着天空，张大了嘴，早就忘记了胳膊的疼痛。

第 $\sqrt{4}$ 章

深渊幻影

　　就在我拨开面前的最后一簇草的那一瞬间，一阵强烈的光刺在我的脸上。我感觉一阵眩晕，耳边突然什么声响也听不到了。

　　第二天早上，我起床时，老王叔和大妈都已经不在屋子里面了。

　　我披上衣服，拿起老王叔给我放在炕上的蒸地瓜来到院子里。我听见后院有动静，知道那一定是老王叔在打扫马圈，便凑到拐角往里望了望。我怕老王叔发现兔崽子不见了，可是看了半天老王叔没有一点反常。我就走了进去，叫了声老王叔。老王叔见我来了很高兴，一边干活儿一边和我唠着闲嗑。过了一会儿我实在有些忍不住了，就问："老王叔，那马驹呢？"

　　"哦，那个兔崽子呀，自己出去玩了吧。"

　　"什么？"我吃了一惊。

　　老王叔头都不回地说："养马没养成，结果给养成白眼狼了。那个小兔崽子天天在山里跑，什么时候累了什么时候回来。不回来正好，省得我见了心烦。"

　　我听了心里是乐开了花，这样的话以后再把它打跑了也不怕老王叔说我。老王叔看我笑呵呵的，也跟着笑。过了一会儿，老王叔放下了手里的活计把我拉进屋。

　　进屋老王叔就爬上土炕，打开炕底的檀木箱子，他翻了好久才从里面拿出一个黑家伙递给我。好家伙，正宗双筒猎枪。我虽然在部队里背过步枪，但拿着这么重的猎枪还是第一次。黝黑的枪身，两个枪筒每个都有苞米杆子那么粗。后面的枪杆涂了一层松香，松香混着机油的味道闻起来是那么舒服。老王叔又从箱子里找出枪条与一包铁砂，把这些东西都放在炕上的小桌子上。

老王叔从我手里拿过猎枪，用衣角仔细地擦着枪，然后使劲地叹了口气，我看见老王叔的眼角竟湿润了起来。

"娃呀，这支枪跟了我也快二十年啦。这把枪原来是我们镇里最大的地主家的，就在咱们解放军打倒土豪劣绅时，党支部缴获了这支枪。我把这枪给要了过来，因为我哥就死在这把枪上呀。小时候，有一年冬天我们家的口粮全被地主家收了租，大过年的我饿得直哭。我哥气不过就偷偷跳进地主家，想从地主的粮仓里拿回我家的口粮。结果我哥翻墙时被地主发现了，地主家的大儿子就用这把枪打了我哥一枪。地主他们真损呀，在枪砂里放糯米。糯米打在肉里根本捡不出来，只会慢慢发胀，我是眼看着我哥的那条伤腿一点点烂掉的。我哥最后是在炕上疼死的，那一年我哥才十四呀。"

听着老王叔的话，我想起了爸爸背后被地主鞭打过的伤，我眼睛一红也掉下泪来。老王叔见我哭了，连忙停住了话头。把枪放在手上瞄了瞄，又对我说："后来我就拿着这枪打山上的野狼，我就把野狼当成地主那个王八羔子。"

我听到这儿，就不想去接老王叔手里的枪了："老王叔，我不用这枪了，我笨手笨脚的，万一用坏了呢。"

老王叔一把将枪塞到我怀里："拿出来就是给你用的。"

然后他教我怎么上铁砂，怎么上火药，只是最后有点不好意思地说："可惜家里没有火药了。"我跑回我屋里，再回来时手里捧着一大把子弹。

老王叔指着我笑了："好小子，原来你早就琢磨好了。"

那一天我都和老王叔待在屋子里，一待就待到了日头下山。

吃过晚饭，老王叔让大妈把猎枪原本断了的背带给缝好了，我背起猎枪，在老两口面前昂首挺胸地转了三个圈，最后没忘给二老敬了一个军礼。老王叔笑得合不上嘴，大妈悄悄地抹着眼角，我知道这老两口一定是从我身上看到了儿子。

第二天一大早，我就和老王叔出了家门，临走时我还把虎子也带了出来。看着马群走到山坡上，老王叔回头跟我说："你就顺着那条山道上去吧。那条道一直通向山里面，顺着山路走就迷不了路。别往马群那边走，那两个小山头看着不起眼，可是你转个弯就找不到南北了。那边有点邪，好多上山的人都在那儿遇到过鬼打墙。你带着虎子，虎子虽然跑不快但认得道。我是不能陪你啦，这老胳膊老腿的。"

这时的我早已经兴奋得什么都听不进去了。最后老王叔把我送到了山道边就转身回去了，我喊了声虎子，虎子摇头晃尾巴地跟了上来。我大踏步走进了山，身后传来了老王叔沙哑的歌声：

　　　　天上的星星哟

　　　　白狼的眼眼

　　　　地上的姑娘哟

　　　　圆圆的脸脸

　　　　白狼眨着眼

　　　　姑娘羞红脸

　　　　姑娘哟，何时才能让俺香香你的脸

走在山上，兴奋过后我的心里又开始七上八下的，其实我在部队里只不过去打过两回靶，我的枪法用班长的话说就是"小杜子的枪法就比我闭着眼睛打枪准那么一点"。为这事他没少笑话我，因为我入伍才三个月抗美援朝就开始了。

我是第三批被送到朝鲜的，全班像我这样没开过枪的有好几个。

为这事班长愁得差点挠破头皮，坐火车时他把我们叫在一起："小杜、小张、小李，你们没有上过战场，到时候一定会怕。别寻思丢脸，我当初也怕。第一次打国民党反动派时我吓得尿过裤子。记住，打枪时千万别闭眼，你不瞄准把老美打死，老美就会把你给毙了。"

我们听了都用力地点头。

刚下火车，站在队伍前的指导员举起了手里的步枪，说："同志们，再往前就是鸭绿江。明天我们就会过到河那边去打美帝国主义，有没有信心把美帝国主义打回他们的老家去？"

"有！"我们跟着举起手里的枪。

结果，小李的枪挂在我的背包上，他慌忙中就扣动了扳机。

唉，怎么突然想起了这个。我摸了摸身上的伤，早就已经不痛了。我不恨小李，我醒来后看到小李那张哭出大鼻涕的脸倒是感到十分不好意思。小李告诉我他已经写了检查，并且跟指导员申请去了前锋班。指导员说他没打过仗不让他去，他在指导员面前跪着不起来，最后指导员没有办法就同意了。在我离开支队去老王叔马场养伤那天，我听说小李在第一次行动中就牺牲了，他为了吸引敌人注意力一个人跑进了火线，被美国佬打得像蜂窝一样。

想到小李，我的眼泪又不知不觉流了下来。我抹了把眼泪，抬起头，日头已经高高地挂在头上了。我不知道走了多远，结果连只鸟都没有看到。

虎子跟在我身后伸长了舌头，我也解开了衣服扣子，直扇风。我现在才知道打猎是怎么回事，根本和想象中不是一回事。虎子在山上找到了几个兔子洞，我跟着掏了掏也不见有兔子。我知道兔子是最精的，一个窝好几个出口，你在这个洞口挖，它早就从那个洞口跑了。后来我看见虎子再去掏兔子洞也懒得去理它了。再说野鸡这东西，虽然飞得不高，但是张开翅膀一蹿就是十几米，落在草丛里就再也看不到了。虎子腿又瘸，跑得还没有我快呢，就更别说撵野鸡了。虽然一路上不时就有野鸡从我身边飞过，可是等我跑过去时早就找不到影了。就这样，一直挨到日头快落了山我也没打到根毛。看天晚了，我也只好回家了。饭桌上老王叔笑着劝我别心急，我是越听越心急。第二天更早就一个人跑了出来，结果还是一无所获。

很快就过了一个礼拜，我还是连根鸡毛都没有打到。我现在是连一点信心都没有了，天天就是背着枪，带着虎子到山上乱转，这一转就是几个星期。天慢慢转冷了，早晨山上的雾气也越来越重。我想再打不到什么就不上山了，还是老老实实在家陪老王叔放马吧。过些日子也得帮老王叔打草过冬了，不能再这么瞎转了。结果这一天不知不觉又在山上晃到了中午，看了看周围发现自己不知不觉走到了一个背阳的山坡下。这个山坡不算陡，没有什么树，尽是半人多高的蒿子草。我拣了块干净地方坐了下来，从兜里拿出块地瓜，掰成两块，一块扔给了虎子。我心想吃完了地瓜就往回走，省得下午没阳光还要摸着路回去。就在这时，我突然听到山坡背面好像有哗哗的草动的声音。不大像是人，是那种很不规则的打草的声音。妈呀，不会是什么大兽吧。一连几个星期没遇到什么可打的，结果一遇就遇到大的，可别是狗熊什么的。我连忙把枪举了起来，虎子也坐起来望着那边。可是响声越来越大，却不见有东西靠近，我只好站起来用脚背踢了踢虎子，我们一点点爬上山坡向那边靠近。到了山坡顶，我蹲在草丛中拨开草叶往下望，我看见老王叔的兔崽子——那匹马驹子正站在那里。

原来这边的山坡下有一条不大不小的水沟，是顺着山坡流下的泉水聚成的，长长的，有十几米。水很清，可以看到底，大概有两三米深吧。水沟边都是长得很高的芦苇，深秋时节，芦苇上已经拔出一根根的芦棒，而兔崽子就站在那片芦苇荡里。它时而低头，时而抬起头用脖子蹭着身边的芦苇。原来它在喝水，看着它那么欢实，我实在是气不打一处来。这几天来没有打到猎物的懊恼便想一股脑儿地都发泄在这个小畜生的身上，我不知不觉便举起了手里的猎枪，冲它瞄起准来。

兔崽子离我不过二十几米，我想用这把猎枪能轻易在它身上打出个大洞来。我咬住嘴唇，攥了攥手，把手心里的汗水弄干。我开始按着班长教我的数着："一，二，三，端平，瞄准，扣扳机。"可是就在我准备扣扳机的时候，突然下意识地低下头看了看身边的虎子，却不想虎子正蹲在那里直直地瞪着我。我一下子猛地醒了过来，连忙收起了枪。险些犯了大错误，我把头缩了回去，一屁股坐在草地上舒了一大口气。我怎么能开枪打它呢？它又不是豺狼野兽，再怎么说也只是一匹马。可是如果不教训它一次，我自己怎么也不甘心。我想了想，又重新站了起来，冲着水塘端起了枪。我一边瞄准一边咧嘴笑着，我往你屁股后面打一枪，吓死你个兔崽子。毫不知情的兔崽子依然自在地在那儿喝水，而从来没有开过猎枪的我也终于用力扣下了扳机。

我不知道这双筒猎枪会发出那么巨大的声响，枪声竟如迫击炮响一样，山谷里的回音震得我耳朵发麻。而枪身的后坐力打在我的肩膀上，竟然把毫无支撑的我打得向后翻了过去。那一枪正打在了兔崽子身后的一块大石头上，石头被打得粉碎，崩开后地上竟然有一个脸盆大的坑。兔崽子被枪响吓得慌了神，被崩飞的石块打中的它竟然不住后退，一屁股就坐在了水沟里。我从地上爬了起来，飞快地跑到了山坡上，看着它在水沟里不停地翻腾，不禁开始哈哈大笑。

怎么样，这一次换你被我吓到了吧。

可是笑了没几声，我就发现不妙了。原来那水沟远看虽然不是太深，其实是一个碗形的水坑。沟底长满了绿色的青苔和水草。兔崽子竟然怎么样也没办法从水底站起来，它只有使劲地把脖子伸出水面，四只脚却一直在水下扑腾。眼看它越来越往水底滑，我也着急起来。我丢下枪跑下了山坡，到了水沟旁边却不知道如何是好。我不敢轻易下水，因为我知道如果我下水，一定也会像兔崽子一样手足无措，而且很容易就被它踢倒在水底。可是身边连一根树枝都没有，我怎么才能救兔崽子呀。后来我急中生智，把我的军装上衣脱掉，放在水里浸湿，然后拼命往兔崽子脖子边甩去。兔崽子好像也明白我的意图，等我把衣服袖子甩到它嘴边时，它马上就用力咬住了。我一手抓着身边的芦苇秆，一边用力往回拽衣服。兔崽子竟然丝毫不挣扎，只是顺着我的力气一点点往岸边漂。等马上就要到岸边时，兔崽子一跃从水沟里跳了出来，飞跃过我的身子，很快就跑进树林不见了。我一屁股坐在脚下的小水坑里不住地喘气，一边还骂着那个忘恩负义的兔崽子。

死兔崽子，救你上来连声谢谢也不说，还把我的衣服给拐跑了。

我歇了好一会儿才从地上爬起来，可是身上的衣服都湿了，这时我也早就没有精神再去打猎。回到山坡上，脱下裤子搭在草上，我找了个干净的地方躺了下来。回头望了望，枪还被我扔在地上呢，而虎子这个家伙就一直坐在那里伸着个大舌头。唉，真不知道它有什么用。我索性把头枕在胳膊上睡了过去。

不知过了多久，我睁开眼睛。天已经黄昏，摸摸身边的裤子也早就干了。我刚站起身，不知道什么时候躺在我身边的虎子也跟着站了起来。我们两个一个没上衣，一个瘸着腿，一看就是打了败仗。我本来想偷偷溜进马场，却不想老王叔早就等在门口，看到我之后离老远就开始叫我。我很不好意思，老王叔却像往常一样一把就搂住了我的肩膀。他一句都没有问我打猎的事，倒是先说："天凉了，以后出去可一定要记得穿外套呀。"

我没敢说上衣被兔崽子带跑了，只好点点头当答应了。

老王叔又说："是不是军装埋汰了还没来得及洗呀，我在院子的架子上看到了，刚才已经叫你大妈洗了，明天就能穿。以后衣服埋汰了就告诉你大妈，没事的。"

这下倒是让我有些吃惊，可是走进院子，我果然看见自己的上衣已经晾在了院子里。

吃过了饭，老王叔和大妈在屋子里干活儿。我径直来到后院，干草堆那儿没有兔崽子，我也没敢去问老王叔有没有看到兔崽子。等到半夜，我还是没有放下心来，摸着黑小心翼翼地又来到后院，兔崽子还是不在。也许它今天就没有回过马场吧，可是如果不是兔崽子又是谁把我的衣服送回来的呢？我躺在炕上，望着窗外，可是想来想去都没什么结果。

第二天一早，我坐在炕上发呆。

老王叔隔着窗户和我说话："娃，要是累了今天就别去打猎啦。山上的栗子下来了，我让你大妈炒点栗子，你就在家里歇着吧。"

明知道老王叔说这些是不想让我出去白跑，可是自己心里偏偏又犯起了倔。我一把抄起猎枪，趁老王叔不注意又偷偷溜上了山。这一次我连虎子都没有带，反正这半个多月我也把这片的山头都摸遍了，自己上山下山早就没有问题了。就在我刚爬过一个山头时，突然从对面不远的树林里冒出了一个家伙把我吓了一跳，弄得我猛地举起手里的枪，结果是兔崽子。它看见我站在对面便停下来站在那里望着我，而我也没有好气地望着它。过了一会儿也不见兔崽子离开。我从地上捡起一个石块冲它打过去，不过没有用力，石头在离它很远时就落地了。兔崽子还是没有动，反而歪着头看着我，我不愿再和它大眼瞪小眼，想转身离开。可是我一转身，兔崽子就开始又摇头又跺脚，弄得身边的草哗哗地响。我回过头看见兔崽子转身往树林深处走去，只是走了几步又站住了，继续回头看着我。难道它是要我跟着它走吗？

我把手里的枪背在肩上，往兔崽子那边的山头走去。果然兔崽子见我冲它走去，又转身开始走了。这一次的路是我从来没有走过的，老王叔对我说的鬼打墙的事情我也早就忘了，我只是跟着兔崽子一路走下去。

这边的山林已经不再像山脚下那样稀稀疏疏，周围满是几人多高的松柏，地上的草又深又密，我几乎走几步就一趔趄。兔崽子在我前面也是走走停停，和我相距总是只有几十米。身边的松柏越来越高，遮住了天空，遮住了阳光。就这样我跟着兔崽子一口气不知道走了多久，到后来我一边喘气一边走，我手扶着身边的树枝，冲兔崽子喊："喂，你到底要带我去哪儿呀？你不是想骗我到这深山老林里来吧，我可不怕你报复。"兔崽子突然不再理我，它径直往草丛深处冲了进去，一下子便没有了踪迹。我只好扶着树枝，等自己的气顺了才慢慢拨开草丛走了进去。

就在我拨开面前的最后一簇草的那一瞬间，一阵强烈的光刺在我的脸上。我感觉一阵眩晕，耳边突然什么声响也听不到了。我看见面前出现一个巨大的湖泊，它被群峰围绕，群松与岳桦环抱；蓝色的湖水平静如同被冻结了一般，远处已与天空融在了一起。从湖面上慢慢升腾起的，不知道是浓浓的雾气，还是一块块白云。而我从来没有见过这样的景色，不禁呆在了那里。

我似乎来到了另一个世界，天境一般的景色让我心里一片平静，我放下手里的猎枪，一步步向水边走去。随着我慢慢向湖水靠近，我周围的光也慢慢黯淡。最后当湖水没过我的脚面时，我的面前也只剩下湖水中一点幽蓝的光。我脱掉身上的衣服，扯掉了绑在肋下的纱布，赤裸裸地走进湖水中。湖水击打着我的身体，感觉是那样舒服。我干脆躺了下去，湖水竟然轻轻将我托起。我躺在水面上，望向天空，湖中心的光竟然远远向天空中射去，那点光慢慢扩大，笼罩了整个湖面。湖水的波荡突然变得猛烈起来，我的身子也随着湖水上下起伏。湖中心有什么东西正在慢慢从水面上露出，我想站起身来，却没办法动弹身体。我感觉有什么东西在水面上行走，离我越来越近。最后这东西走到我身边停了下来，我的身上罩满了刺眼的光，我睁不开眼睛，却能感觉到它正在俯视我。一股温暖的气息喷向我的脸，它离我越来越近了……

"啊！"我一声大叫从地上爬了起来。什么山谷、湖泊都不见了，我还是好好地穿着衣服躺在一棵大树下面。我坐起身愣了好一会儿，然后伸手揉了揉脸，脸上湿湿的。不知道是我的汗水，还是刚才真的有什么往我脸上哈了气。正在我还迷迷糊糊的时候，旁边草丛里传出一阵响声，把我吓了一跳。"谁？！"转头望过去，兔崽子站在草丛里不动声色地望着我。我们俩大眼瞪小眼地对望了好一会儿，那马驹猛地一转身钻进了草丛，我连忙爬起来去追，可是等我拨开草丛，早就已经没有了它的踪影。

这时我才慢慢清醒过来，转身看了看四周，竟然是一个完全陌生的地方。记忆里我好像从来没有来过这样的地方，虽然说每座山都长得差不多，但我现在所在的地方根本看不到路，没有路的山我基本是不敢去的，而敢去的地方也早就被我踏出一条路来了。我捡起刚才被我扔在地上的猎枪，向有阳光的地方走去。结果翻过了这个山头，看到的却是另一个陌生的山头，每个山坡上都是深深的草丛，根本看不出哪里是我曾经走过的地方。而且随着太阳位置的变化，我感觉就连每棵树都跟着移动了。试着走了几步，却总是觉得自己走错了路。可是也不能坐在深山里犹豫呀，等到天黑了就完了。我只好背着枪，认准一条路走下去。

到了这时我才第一次体会到什么是深山老林。高高的松柏几乎遮住了天日，脚下是厚厚的针叶，踩上去都会感觉人慢慢地往下陷。来的时候根本没有这样的感觉，现在我才慢慢有了恐惧感，我深一脚浅一脚地往前摸着，眼看从树枝间隙落下的阳光越来越淡，我也越来越紧张。我为了给自己打气，不住地唱着歌。从《游击队之歌》一直到《团结就是力量》，最后所有部队的歌曲都唱完了，我也只能啊啊大叫来给自己壮胆了。我的叫声引得山林里跟着发出奇怪的声响，听上去更是可怕。

就在我绝望时，突然看到远处的树桩上坐着一个人。

看到了人的我好像看到了救星一样，几步就跑了上去，还离他好远就冲着他叫。可是那个人明明听到有人叫他，竟然没有一点反应，只是径直望着天，理也不理我。直到我站到他面前，他好像才看到我。

那人一身山里人打扮，脑顶上扣着一顶乱糟糟的皮帽子，脸上都是胡楂儿，看不出他的年岁。我想一般的老百姓看到我背着枪，身上的军装也不整不齐的，一定会有所反应，结果他却好像毫不在意，还没等我问他话就先把头转向我张嘴笑了，露出的雪白牙齿不由让人心一惊，他的这个反应让我愣了一下，但还是先开了口：

"这位同志你别怕，我是解放军。现在迷路了，我要回二杠马场，你能告诉我怎么走吗？"

他摇了摇头："小解放军同志，不行呀，我正忙着呢。"说完他又抬起头望着天空。

听了他的话，我不由得生气起来："你明明就是在望天，怎么还说自己在忙？"

"我丢了很重要的东西，我正等着它回来呢。你说我能不忙吗？"

"我不过是求你给我指个路，你只要动个手指头就行了。你看你这是什么态度呀？明明丢了东西还不去找，在这儿等着有什么用呀，干等着丢了的东西就能回来？"

我听了他的话气不打一处来，话说得也跟机关枪一样。那山客听了我的话也不恼，依然冲着我笑，他站了起来，拍了拍屁股，说："是呀，丢了的东西不会自己回来。可是我指的路你也不一定会走呀。"

如果不是有事求他，我真不愿意和这个山客说一句话。他说话一点也不像是山里人，神经兮兮的，每句话都好像是在和我抬杠一样。

"这位同志，如果我不听你的，干吗还要问你呢？"

"这么说你是听我的话了？那你随便走好了，反正从哪儿来，你就得回哪儿去。"

听了他的话，我忍不住又想发作，山客突然径直地向我走过来。我愣了一下，就在山客从我身边走过的时候，他把嘴凑到我的耳朵边上说："天池的水冷吗？"

我转过头正对着他的眼睛，山客乱糟糟的头发下的一双眼深邃不见底。我不由得身子一震，眼睛也跟着模糊了起来，耳边又传来那清晰的湖水波荡的声音。等我再次清醒过来时，发现身边早就没有了那个山客的影子，整个山林里只剩下我一个人。我信步往前走去，才发现自己就站在离马场不到二里地的一个山坡上，从这里望去已经可以看到马场上空徐徐升起的炊烟……

回到马场，我闷着头吃饭一句话也没说，老王叔可能看出我有点不对劲，就问："怎么啦？是不是天天在林子里转受了凉？现在天冷了，我让你大妈把我的薄棉衣给你找出来，明天穿上。"

我点了点头，使劲咽下口中的馒头，问老王叔："咱长白山里是不是有个大湖叫天池？"

老王叔咧嘴笑了："是呀，那可是长白山上的神湖呀。老人都说那天池本是天上星星落在长白山上砸出的大坑，湖水都是天上的雨水。也有人说那是天庭用来养龙的池子，所以叫天池。而且还是火龙呢，那边有几池小湖的水都是热的，还时不时地冒烟呢。"

我听得十分入神就兴奋地问："老王叔，那你一定去过天池吧？"

老王叔点点头："年轻时去过一次，是跟别人一起去采人参，结果迷路跑到了天池边，看到那湖水我腿都软了，没敢往里去。"

我抓着老王叔的胳膊说："老王叔，明天你带我也去看看吧。"

老王叔笑着摇摇头，说："傻孩子，天池离这儿好几百里呢，而且还在深山里，哪有那么容易去？没在那路上走个十几年是不敢往天池走的。"

听了老王叔的话，我心里一惊。我把今天看到的景象跟老王叔讲了一讲。

老王叔点了点头，一脸肯定地说："那就是天池。"

看着我一脸奇怪的表情，老王叔问："娃，你怎么知道那地方什么样呢？"

我挠挠头说，是以前一个老同志跟我说的，我没敢告诉老王叔那天池是我今天做梦看到的。

晚上趁老王叔和大妈不注意，我又一个人跑到了后院。不知为什么我很希望那个兔崽子在，可是我在马棚里转了一圈也没有发现它。我坐在第一次看到它的那个大干草堆里，干草堆软软的，躺上去竟然比床还舒服。被日头晒了一整天的干草有一股很好闻的味道，我把身子使劲向草堆里靠了靠，整个人就像陷在干草堆里一样。

想着白天的事情我还是感觉不可思议，那个天池到底只是我的梦还是我真的去过？我泡在水里的感觉太过真实，现在还可以回想我在湖水中的感觉，是我以前从来没有过的。我发现我到了这长白山以后，人总是会突然恍恍惚惚的，脑子里总会出现一些模糊的景象，却又不知道那到底是什么。我一个人躺在这里，望着夜空胡思乱想，苦苦没有结果，我干脆把双手枕在脑后，闭上了眼睛。

过了不久，我感觉我又开始做梦了。不知道什么时候我和那个兔崽子在一起了，好像我们已经和解，它不再用大大的红眼睛瞪着我，而是走过来把头靠在我的肩膀上。它好像长成了一匹高头大马，我骑着它在山林间穿梭。它跑得飞快，我伏下身子，紧紧抱着它的脖子。

脖子？！

我突然感觉我的怀里抱着一个很温暖的东西。我吓得身子一抖，两只手一下子就分开了。结果在我怀里的那东西好像比我还害怕，从草堆里一下子跳了起来，几步又从上次的柴火堆跳出了后院。结果我又像上次一样张大了嘴看着兔崽子的背影，好久都没有合上。

第二天一大早，趁老王叔老两口还没起床，我急急忙忙就从被窝里爬出来，背着枪在厨房里拿了两个窝头就跑出了马场。我依然按照昨天的路线上山，不知为什么我有一种强烈的预感自己会在山上遇到兔崽子。可是我站在昨天遇到兔崽子的地方，等待着它像昨天那样从对面的草丛中猛地站出来。结果等了好久它都没有出现，虽然有点失望，我还是背着枪继续往山上走着。

走了没一会儿，我就看到昨天的那个男人蹲在地上，手指在草上画来画去的。我不想理他，转身想换条路，结果他倒先抬起头，冲我笑着："小同志，你又来了？"

既然那个男人主动和我说话，我也不能装作听不见。我转过身冲着他哼了一声算是回答，然后大踏步继续从他身边走了过去。那男人只是笑笑，也没有怎么样。不知为什么经过他身边我偷偷吁了口气，这个男人有点让我害怕，看到他我的心里就阴森森的，也不知道是不是因为每次看到他都在这不见阳光的林子里。我一边低头寻思着一边走路，很快就又翻过一个山头。百无聊赖的我抬起头，结果竟然又看到那个男人坐在那里咧着嘴冲着我笑。

我的心里咯噔一下子，于是把枪端了起来："你到底是什么人？"

那男人端着手毫不在意："我呀，就是一个普通山客。"

我拿着猎枪继续指着他："那你怎么会刚才在那儿，现在又在这儿呢？"

那山客哈哈大笑："明明是你自己又转回来了，我可没有动过。"

我连忙四下看，可是每个山头长得都差不多，我又怎么能分清是不是刚才的那个呢。不过我刚才一直在往前走，怎么可能转回来，难道遇到了鬼打墙？

我紧盯着他："快说，你是干吗的？怎么总在这山上晃荡，我看你不像好人！"

为了吓唬他，我学着指导员训我们时的样子，还使劲地晃了晃手里的猎枪。

山客依然端着手，丝毫不以为然："哟，现在这人民子弟兵怎么还跟资本主义似的，不是听说现在都是新中国了吗？"

我被他的话呛得竟然不知道如何回击，愣了好一会儿才说："新中国解放军战士对待一切牛鬼蛇神还是该狠就狠，我怀疑你在这山上转悠有什么不良企图。"

山客微微一笑："不敢。我不跟你说过我在这儿等我丢的东西回来吗？"

我哼了一声："你脑子坏掉了吧，丢的东西能自己回来吗？"

"不能，但是会有人把它带回来的。"

"那你就直接说等人不就行了，装神弄鬼的。"

山客听了我的话愣了一下："等人？对，我就是在等人。原来我是在等人呀。"说完，他哈哈笑了起来。

我不喜欢他那笑声就打断了他："这荒山野岭的你能等到什么人？你说你等人，他什么时候来？"

"谁知道什么时候到呀，说不定他到了自己还不知道呢。"

这山客嘴里没有一句人话，我骂了一句牛鬼蛇神就不再理他，径直走了。

可是那山客在我身后喊了一句："小同志，你要想见它的话在山脚左转吧。"

我猛地转过身："你说我要见谁？"

山客站起身来向山走下去，却没有回答我。

我走到山脚，果然迎面遇到两条山路。虽然我心里想才不信这个邪呢，可是脚还是迈向了左面的路。这条路好像又是我从来没有走过的，这阵子上山我才知道长白山有多大，即使天天走也会走上陌生的路，不知道会把自己带到什么地方。这林子越走越深，我心里也越来越毛。会不会是那个山客想害我呢？我虽然开始疑神疑鬼，脚步却一直没有停。渐渐地，我走到了一个山谷。因为周围山林遮住阳光，这小小山谷显得有些阴冷，谷底是一片一人多高的杂草堆，就在我要接近谷底时，吹过一阵风，草丛随风摇摆，风中还夹杂着一些奇怪的声响，草丛里好像有什么东西。

我端起肩上的枪，小心地拨开草丛，一点点向里探去，我看见了兔崽子！它站在草丛中间，看着地面，不时地又蹦又跳，伴着哗哗的草声，我好像听到有咝咝的声音。我不敢太靠近，便蹲在不远处往里望。只见兔崽子一蹦一跳地将前蹄高高举起再落下把周围的草都给踩平了，它不停地打转，不一会儿草地就被它压平一大块。我又往它脚下一看，好家伙！一条两米多长快赶上虎子尾巴粗的大长虫。不过挺奇怪的，这条长虫一直躲着兔崽子。它每次想钻到草里时兔崽子便用蹄子去踩它，那长虫始终都没有办法逃出那块空地，没有办法只好回头去咬兔崽子。兔崽子每次都能轻松跳开，那长虫很快就开始烦躁起来，不停地在草地上画圈，头高高耸起，嘴里发出咝咝的响声。我被这奇怪的情景看呆了，不知道自己应该怎么办了。那长虫突然跳起来缠住了兔崽子，眼看着兔崽子就要被长虫勒死了，我还吃不准到底要不要上去帮忙，拿起枪也不敢瞄准。这时兔崽子一动不动地站着使劲吸着气，全身像胀气一样胖了一大圈。等到长虫完全缠住它时，兔崽子又用力吐气，鼓鼓的肚子便一下子瘪了下去。那条长虫没办法跟上兔崽子的身体变化，只好像没骨头似的从兔崽子的身上滑了下来。我从地上拿起一块大石头对准长虫的脑袋扔了过去，结果没打着，却把长虫给惊了，那长虫发现了我，把头转过来冲着我吐舌头，好像要冲我过来似的。就在这时兔崽子一脚踏在长虫身上，没等长虫转过头来，竟然张开大嘴就咬住了长虫脑袋，一扬头就把长虫头给扯了下来，不过两三口就把长虫头给吃了下去。妈呀，这是马吗？兔崽子吃完了长虫脑袋，便抬起头望着我。可是等我向它走去时，它三蹄两跳就跑上山去，只留下我一个人傻站在那里。

没有头的大长虫躺在地上，血一滴滴地渗入它身下的枯草里。

我远远地站着，不敢近身，怕它又突然活过来。大约半个时辰后，我悄悄地走过去，随手捡了一根地上的枯树枝，用它去挑长虫，突然间，大长虫身体的下面闪出一道绿光，直直地就冒出一棵翠绿翠绿的嫩草来，可是一眨眼工夫就不见了。我使劲地揉了揉眼睛，枯草地上除了一动不动的大长虫，什么都没有。

第1+1+1章

麒麟酒

　　虎子站在院子中间看了看我，突然又转向后院叫了几声，脚却一动不动。我突然想起了什么，几步跑到了后院。我直奔草堆，却不想二宝根本不在了。

不管怎样，我最后还是把这捡来的战利品带回马场了。

回到马场时天已经差不多全黑了，看到我肩背着枪手捧着死长虫，老王叔吓了一跳。

"好家伙，你怎么连这玩意儿都打到了？"

我红着脸说："碰巧，纯粹是碰巧。"

为了这长虫老王叔还特地宰了只鸡。大块的长虫肉、小鸡仔肉还有土豆满满地炖了一大锅，吃的时候把小铁锅端到炕上的小桌子上，揭开锅盖，满屋子都是诱人的香味。上桌前老王叔还特意从炕上的柜子里掏出一个小酒坛，小心翼翼地给自己倒了一碗，然后又给我倒了一碗。

"娃呀，这几年我和你大妈都没有这么高兴过了。你这娃懂事呀，小小年纪就参军了。也挺长时间没回家了吧，只要不嫌弃你就把这儿当你的家，来，咱爷俩喝一个。"

老王叔说完就自己喝了一口酒，我觉得心里热乎乎的，也跟着喝了一大口，结果那口酒从嘴一直烫到肚子。我大口喘着气，最后还是咳了起来。老王叔一边笑着一边用大手拍着我的后背，大妈笑着怪老王叔只让我喝酒却不让我吃菜，她不住地往我碗里送着雪白得像蒜瓣一样的长虫肉。

老王叔夹起一块长虫肉举到眼前："娃呀，你知道这是什么长虫吗？"

我摇了摇头。

老王叔大口嚼着长虫肉然后使劲地往下一咽："这长虫又叫草上飞，可是好东西。你打死的这条长虫在咱这地儿叫地龙。地龙那是难得一见的珍品，肉不光好吃还能治病。长白山的老人都说，超过丈把长的地龙头上会长肉冠，吃了它还能长生不老呢。我在这山上待了大半辈子还没有见过这么长的地龙呢，没承想今天碰巧被你小子打到了。看来你这个娃也是个有福的人呀，不过这头被你给打烂啦，要不然咱们三口人说不定还能长生不老呢。"

老王叔说完哈哈大笑，我听完是暗自心惊。我强压着胃里不住往上反的酒想问老王叔些什么，却不知道从何下口。

老王叔也喝得差不多了，满脸通红，身子也已经坐不稳了："娃呀，你别看我才喝一碗就这样。你不知道这酒也有名堂呀，这酒里泡着整整七七四十九种咱长白山上的药材呢。这酒方更是没人知道，你别以为我在吹牛，当初这坛酒还是我从山上一个兄弟那里得来的。我救过那老小子的命，没想到那老小子就只给我这么一小坛。他说得更不得了呢，说是相传他家祖辈就在长白山上挖参。有一天他祖宗走到林子深处突然闻到一阵奇香，顺着香气就走了过去，发现了一只像马不是马的大兽往一个树洞里不停地叼着草呀什么的，香气就是从那树洞里传出来的。等那野兽一走，他祖宗就偷偷爬了过去，就见那树洞里满满的一汪清水。放在嘴中一尝，娘咧，是酒！于是他在那儿蹲了三天，偷偷记下那兽往树洞里放过的七七四十九种草药。临了他又把那酒拿回来一壶，回家照着样做。我那兄弟说他们家人每个月喝一碗这酒，个个都活过了一百岁呢。娃呀，今天吃了地龙肉，喝着麒麟酒，咱爷俩也算是缘分呀。"

"麒麟酒？？"几碗酒下肚，我的舌头也大了一圈。

老王叔点了点头："我不是跟你讲过咱这两座山一座叫白狼山，一座叫麒麟山嘛，那是当初白狼与麒麟打架化成的山。我小时候，爷爷就总给我讲白狼和麒麟打架的事呀。还有我告诉你一个事，你可别跟别人说呀。"老王叔挨到我耳边说，"我家后院那个兔崽子有来头，我就琢磨那马驹一定有问题。你听着没？"

他隔着窗户指着后院，我摇了摇头。

老王叔神秘地笑了笑："我只要在这屋里一喝酒，那兔崽子就回来，它立马就能闻到酒味。而且那个躁哟，就像丢了魂似的。我有回给它喂了一次，这么一大碗一口就下去了。娃，说了怕你不信，那家伙飞了，真飞起来了。我也快六十岁的人了，头一次被吓傻了。所以那兔崽子我不管，不能管呀。它根本不是人间的物呀……"

说完老王叔就倒在炕上睡着了，我也迷迷糊糊地躺了下来。

半夜里我的身子被烤得火热，我从炕上爬起来，热炕头烤得我口干舌燥的。这不是我屋里的炕，因为刚入冬我那屋还没有烧炕呢。这是老王叔那屋的炕，果然老王叔就睡在我身边，大声地打着鼾。一定是我刚才睡着了大妈没舍得把叫我起来，就让我在这屋子里睡了。我从炕上爬下来，果然看到大妈一个人睡在我的屋子里。我跌跌撞撞地走到厨房，从水缸里舀了一大瓢水一口气就喝了下去，然后又捧了把水往脸上一抹，冰冷的井水一下子让我精神了起来。

我推开门走到了院子里，入冬的深夜很冷，呵一口气已经看得见白雾。黑夜将天压得低低的，星星、月亮好像就在头顶上。现在早就没有了夏天那些鸣叫的虫子，这时的院子也显得异常冷清。虎子也冻得蹲在窝里不再露头，我缩了缩头往后院走去，后院的干草又堆了不少。马都挤在马圈的角落里互相靠着，安静地睡觉。我往墙那边的草堆走去，刚才老王叔说兔崽子已经回来了，果然我刚走过去兔崽子就腾地站了起来，红红的大眼睛一眨不眨地瞪着我。我想去摸它，但它躲开了，结果我半天也没碰到它，它好像也知道我是没有敌意的，所以对我并不紧张，倒有些故意跟我玩耍似的，它一边晃着头一边往我身边跳跃，很是亲近，却始终没有碰到我。我想了想，然后几步跑回了屋。借着月光，我看见那坛麒麟酒还在炕上的小桌上放着，我偷偷摸摸走进屋去，看老王叔还在安稳地睡着，就悄悄拿起那坛酒跑回后院。站在后院，我打开了那酒坛的盖子，马驹立刻把头冲向我，直勾勾地瞪着那坛酒。我慢慢走过去，它也一点点靠近我。它终于一头扎进了酒坛里，而我也第一次真正地摸到了它。我轻轻拍着它的脖子，替它拂去身上的碎草，它的毛是那样顺滑，手插进鬃毛里好像放在棉絮里一样舒服。它一边使劲吸着坛子里的酒，一边顺着我的手晃着头，好像十分受用。我摸到它的头上有一个菱形的突起，这让我想起了牺牲的小李。

小李的后脑勺上就有这样一个骨头尖，入伍第一天小李就坐在我后面，聊天时他一边抓着我的手摸着他后脑勺一边笑着对我说："俺娘说俺脑门后面有疙瘩，将来一定能当大官。"到现在我还记得小李说话时脸红的样子。我摸着马头对马驹说："我曾经有一个好同志、好朋友，他叫李二宝，以后我就叫你二宝了。"二宝一扬头，呼呼吐着长气，满口的酒气直扑我的鼻子。二宝围着我的身子乱转，它在院子里撒欢地跑跳着，月光下它好像是在跳着什么舞蹈。要飞了？！我定定地睁着眼，紧怕漏看了什么。只见二宝摇头晃脑，歪歪扭扭地跳到草堆旁边，扑通一声倒在了地上。它睡着了！

我捧着酒坛子傻傻地看了好一会儿，也不见二宝起来。走过去一看原来那家伙都已经睡得打起呼噜了，真是扫兴呀。我歪着个鼻子看着倒在地上的二宝，最后没办法只好拽来好些干草盖在了二宝身上，好让它不被冻着。忙到最后我才想起来那个酒坛子已经空空的了，立刻急出了一身冷汗，酒劲也一下子醒了。怎么办？老王叔的宝贝酒被我给二宝喝光了。我站在那儿懊恼不已，我应该倒在碗里给二宝喝的。唉，没办法了，可是也不能告诉老王叔。我回到厨房往酒坛里舀了两碗水，使劲摇了摇，闻了闻，还是香味扑鼻。我偷偷把酒坛放在老王叔炕上的小桌上，悄悄在炕上睡去了。

我猛地睁开眼，阳光正照在脸上。坏了！起来晚了。我连忙穿上衣服，可是屋子里没有一个人。来到院子里，虎子见我出来马上凑了上来，我顺手拍了拍它的头。

我看见大妈在院子里喂鸡，就问大妈老王叔呢，大妈笑呵呵地说在后院呢。

我又来到后院，喊了声"老王叔"。

老王叔放下手里的耙子，高兴地应了一声，看来酒的事好像还没有被发现。我走过去接过老王叔手里的耙子。

老王叔笑呵呵地说："昨晚睡得咋样，怎么半夜醒了？"

我红着脸说："被渴醒了。"

老王叔又说："那肉还剩不少呢，咱爷俩一会儿接着吃。"

我连忙接着说："好呀，不过我不能再喝酒了。"

老王叔点了点头："不能喝啦，我昨晚喝了一碗弄得今早差点没起来。唉，人老喽。"

我心中暗喜说："老王叔你哪儿老呀，精神着呢。"

老王叔听了哈哈大笑。我在后院看了一圈没看到二宝就问老王叔："二……那马驹呢？"

老王叔说："谁知道，又自己出去玩了吧。"

这时他脸色一正，拉着我的手说："娃呀，我是信得着你才和你说那话的。你千万别跟别人说呀，你也别往心里去。因为这事会惹祸上身的，老人都说天上麒麟，地上白狼。虽是神物但都不应该近身的，那东西带来的不是大吉就是大凶，很容易惹来杀身之祸的呀。我老了我不在乎，你还年轻呢，要是真和这些东西扯上关系，死得冤呢。"

我觉得老王叔这么说只是不想让我把二宝的事传出去，所以没太在意就点了点头，然后跟老王叔说要给家里送封信，就从马场出来往山下二十几里外的镇子去了。

在路上我边走边合计，到了镇子先给家里写封信，再看看有什么前线的消息，还有就是得给大妈和老王叔买些棉絮回去，他俩的棉袄穿了好些年，里面的棉絮都已经硬硬的了，我的钱不够买新衣服就买些棉花让他俩换上吧。还有最重要的是买些药酒把老王叔酒坛子里的水换出来，希望不会被老王叔尝出来。就这样我一边寻思一边快步走着，手里准备的毛票都被我攥出水来了。足足走了四个多小时才看见了远处镇子口的大喇叭，喇叭里正大声讲着什么，仔细一听是"誓以全力拥护全国人民的正义要求，拥护全国人民在志愿基础上为抗美援朝、保家卫国的神圣任务而奋斗……"。

我直接来到了镇里合作社办公室，当初我刚来这里时也是办公室的人接待我的。上次送我去马场的老张还在，这次再见到我还是那么热情。我一进门他就立刻从办公桌后站了起来，一把握住了我的手连声问我最近怎么样。我告诉他我的身体已经好得差不多了。

老张高兴地一拍我肩膀，说："那太好了，真是赶得早不如赶得巧。还在想怎么通知你呢，今天晚上有车回省里，你赶快回马场收拾一下，晚上回镇里出发。"

"什么？出发去哪里呀？"

老张听了我的话愣了一下，然后笑了起来："当然是从哪儿来回哪儿去呀，身体好了就可以回部队啦。"

"从哪儿来回哪儿去？"好熟悉的一句话，但是我想不起来是从哪里听到了的。但老张的话并没有给我带来太多喜悦，反而让我困惑了起来。我刚刚开始习惯在马场和老王叔家的生活，还有昨天才让二宝开始接受我，马上就要走吗？那也许以后就再也见不到马场、老王叔还有二宝了。

老张看我半晌不说话，就奇怪地问我："怎么了，小杜同志？是不是太高兴了，还没有反应过来？今晚出发，明天白天你就能回部队啦。"

"我只是想是不是太急了？可不可以再过些日子走？"

听了我的话老张更奇怪了："怎么不想回部队了？以前可没有人愿意待在这小山沟里，大家都挤着往部队里跑。你倒好，不想走了，我接你的时候，你还老大不愿意呢。"

听了老张的话，我很是不好意思。想想当初自己的确是根本不想待在这里，现在却突然不想离开了。难道就是因为马场、老王叔、大妈还有二宝吗？我说不清楚，但我现在就是一点都不想离开，感觉似乎有什么东西在这马场、这长白山牵引着我。我低头想了好久才又抬起头对老张说：

"张干事，这一次我不回去行不行？我想继续留下来帮老王叔打理马场。"

老张仔细地看了看我，最后笑着拍拍我的肩膀："哪能不行，我还是第一次见有人主动想留在我们这儿，留在马场的呢。我是怕你吃不了苦，你倒是让我刮目相看了。你有这个觉悟，我也十分高兴呀。你就安心在马场待着吧，我会跟部队汇报你的工作的。你想待到啥时候就待到啥时候。"老张凑近我又说，"每年我都想为马场添几个人，老王头就是不愿意。他总怕给部队添麻烦，你还是头一个能在马场待住的呢，看来你也和咱这儿挺有缘。"

然后，老张便不再提让我回去的事情，他把我拉到椅子上，从办公桌上拿过一张报纸递给我，告诉我一定要拿回去给老王叔念一念。报纸上面用大字写着"中共中央联合全国各民主党派发表《联合宣言》"，内容就是我刚刚在大喇叭里听到的讲话。而我坐在那里心也一下子就踏实了，不知道为什么那一句"从哪儿来回哪儿去"让我紧张了好一会儿，等我想起那个山客也对我说过同样的话时，我才放下心来。不过是一次巧合，没必要大惊小怪的。

后来老张又跟我谈了很多现在战争形势上的大道理，眼看马上就要下午两点多了，我从马场出来到现在连口饭还没有吃呢。老张看我十分着急的样子才想到问我到镇里有什么事。我拿出事先写好的信交给了他，让他帮我送到部队里，因为这镇子里没办法寄信，只有送到部队里才能寄到老家。然后我告诉老张说要买些棉絮和药酒，撒谎说老王叔的风湿犯了。老张听了我的话脸上露出挺奇怪的表情，我当时也没有在意，我以为是因为现在镇里的物资紧缺，工农兵合作社里一定没有这些东西。我怕老张为难就说如果没有也没关系，老张没说话拉着我把我带到合作社，他找来一个同志，我跟着那个人来到了库房，库房也是空荡荡的，只在角落里堆着一些东西。看东西这么缺，我买完棉絮又顺便拿了罐盐。这时老张从另外一间屋子走过来，手里拿了个小坛子。老张把坛子交到我手里，脸上还是那奇怪的表情，我把坛子在手上掂了掂，沉沉的。

我想打开看看是什么，老张这才笑了："小杜同志，别看啦，你不是想要给老王买药酒吗？这就是。咱们合作社从来也没卖过药酒这东西，这是我自己藏的。"

我一听是老张自己的，说什么也不要。

老张拍拍我的肩，说："拿着吧，难得你一片好心。我觉得你这个人够朋友，所以才舍得给你，何况你是给老王买的呢。"

我被老张说得有点不好意思，也不好意思再跟老张让来让去了。

和老张一起走出合作社的时候，他开玩笑似的跟我说："哎，小杜你知道吗，这酒是我几天前刚从一个老乡手里收来的。我刚才听你想要找药酒时还纳闷了一下，好像我这酒就是特意给你准备的一样。"

拿到了东西，为了天黑前能赶回马场，我连忙和老张道了别往回走。因为买到了自己想要的东西，走起路来步子也格外轻快，嘴里还哼着歌，别提多开心了，几十里的路走起来也不觉得累了。

很快我就看到了马场前的那两座奇形怪状的小山。看着那两座小山，我心里突然又出现了以前那种奇怪的感觉。不知不觉我离开走向马场的小路，转向了一条平时没有注意过的小路。顺着那条小路可以一直走到被老王叔称作麒麟山的地方，只是那路是延伸到山背面的，所以平时根本注意不到。我走到山路拐角处时，忽然一阵阴风吹过，我不禁抱紧了怀里的酒坛。转到山的背面，竟有一个小平坡，在那平坡上黑黢黢地立着一栋房子。我不禁奇怪，从来不知道这里还有人住，住在这里也太背了一些吧。走近了看到屋前有一条小幡，这房子原来是一个小庙。不过庙已经很破旧，幡也只剩下一根木杆立在门前，窗户只是用破毡布挡着，周围满是杂草，两扇庙门更是残缺不堪，早已经从门闩中脱落下来，只是斜斜地靠在一起。从两门之间的缝望进去，里面是一片黑暗。我走到门边，将头靠近门缝向里张望着，突然看到黑暗里有一只野兽向我冲来，它头上长角，张牙舞爪的样子很是吓人，我向后倒退了几步，一屁股坐在了地上，身后传来一阵爽朗的笑声。

一听那讨厌的声音我就知道又是那个山客。我坐在地上，感觉那个男人一点点向我走近，我的后脖子突然感觉一阵凉风。我心里闪过一个念头，这个人总在我身边出现，而且神神秘秘的，总觉得他和我有什么关系。

"小同志，你终于来了。"

我警惕地转过身看着他："你要干什么？"

那山客站在我身后几步的地方，双手背后，望着那个小庙。

> 生在仙山，身系千古
>
> 风云突变，神兽降生
>
> 仙草转世，麒麟摆尾
>
> 白狼腾空，千秋万代

这几句话虽然不响亮，但字字都如重锤般击在我胸口。我不禁放下手中的东西，站起身望着山客脱口而出："这是麒麟山，麒麟庙。"

山客点了点头："你终于还是想起来了。"

我点了点头，紧接着又摇了摇头："没有，只是脑子里一下子闪过这个名字。"我紧紧地盯着山客问道，"我应该想起来什么吗？你到底是什么人，这到底是哪儿？"

山客笑着点了点头："别急，你的记忆还没有完全恢复，这里就是你的家乡，你已经回到家了。"

"不对呀，"我瞪大眼睛，"我不是吉林人，我是辽宁人，我爷爷我爸爸都是鞍山人呀。"

山客拍了拍我的肩："这种事我没办法几句话跟你讲清楚，但你要相信我。你因伤来到马场、遇到那马驹都绝非巧合，一切冥冥中早有安排。我一直在这里等着你。"

看着我将信将疑的眼神，山客继续说："我知道你心里一定还有很多疑团，可是现在时候已经不早了，天马上就黑了，再不回去你的老王叔一定会惦记你的。"我听了他的话才猛然醒过来，从地上捡起刚才掉下的东西就往回跑。山客的声音又在我的身后喊起：

"如果你想知道真相，今天晚上再来这麒麟庙，记得千万别让其他人知道。"

我一路小跑地回到马场，走进院门，正好遇到大妈走出屋泼水。大妈看到我回来十分高兴："怎么才回来，饭都做好了，快进屋洗把脸吃饭。"

我答应了一声就进了屋。我先进了自己的屋把那小坛药酒藏好，然后走进大屋，老王叔已经盘腿坐在炕上，正吧嗒吧嗒地抽着他的旱烟袋，小桌上还摆着昨晚的炖肉，只是那酒坛已经不见了，只要不喝酒我心里就有底了。我接过大妈递给我的饭碗，然后把买好的东西从背后拿出来放在了炕上。

"老王叔，大妈，这是我在镇里买的，是给你们的。"

大妈和老王叔愣了一下，大妈把那棉包拿过来用手一掂："棉花？"

我点了点头："大妈，我看你和老王叔的棉袄里的棉花都薄成那样，冬天一定抗不住风，我这是专门买来给你们的。还有盐巴，现在镇里东西越来越少，我就先买了点给你们存着。"

大妈十分开心地连声说："这孩子，这孩子。"老王叔也从炕上爬起来要给我拿钱。

我一把将俩老人按在了炕上："大叔，大妈，这都是我专门买来孝敬你们的。你们不是总说我像你们儿子吗，从今儿个起我就是你们的新儿子啦。"大妈听了我的话又开始抹眼泪了，我告诉老王叔我年前不回家了，就在这里帮他侍弄马场。

老王叔半晌没说话，只是最后用力捶了下我肩头，说："傻孩子。"说完又让大妈拿酒，我连忙把大妈给拦了下来："那酒咱们留着过年再喝吧。"

老王叔也没有坚持，吃饭的时候我看得出老两口的嘴角一直是翘着的。

吃过了饭，大妈连碗筷都没有来得及收拾，就从箱底翻出几块新布来盘算着要给我做一个新的棉坎肩。老王叔也难得没有一点牢骚地坐在炕上听着大妈唠叨，我趁他俩不注意，把原来的小酒坛拿出来，回到自己屋子里把药酒倒了进去，再用力摇了摇放在鼻子下用力地吸了吸，好像味道差不多，心里的一块石头总算落了地。

这时我就只想快点到马场外的麒麟山上。我跟老王叔说我出去转转，老王叔和大妈只是嘱咐一声别太晚了就没有再问我什么。我套上外衣就跑出了屋子。

出了屋子我看见虎子正在院子里晃悠，我一把扑过去，揉着它的头说："虎子，跟我上山去。"虎子被我的举动弄得呆住了，被我摆弄了半天才从嘴里发出几句哼哼来表示不满。我走到院门口，打开院门回头又对虎子说："走，虎子！"

虎子站在院子中间看了看我，又转向后院叫了几声，脚却一动不动。我突然想起了什么，几步跑到了后院。我直奔草堆，却不想二宝根本不在。我在后院里转了几圈也没有看到它，从后院回来我拍了拍虎子的头说了句"傻虎子"，便一个人走出马场往麒麟山而去。

第2²章

噩梦乍醒

　　头像要裂开一样疼，我不断地揉着，头发已经被汗水浸湿了，我无论如何都想不起自己是怎么回到马场的，还以为自己会死在天池的湖底。

　　这差不多是我第一次晚上走出马场，虽然夜里在院子里待过，但和在野外是完全不同的感觉。四周黑黑的，好像没有边际一样，还好天上的月亮够明亮，我借着月光和记忆一点点向山脚走去。虽然这山离马场不远，但也有好几百米的距离，在白天这点距离不算什么，在夜里却完全不同了。我回头望去，马场的灯火在黑暗里也只剩下一个星点，我不禁有些后怕起来，但又不想就这样放弃。现在有点后悔没有从厨房火灶里拿根柴火当火把，只有硬着头皮向山上走了。现在已经接近冬天，夜里早就听不到虫子的叫声了，周围的寂静更显得黑夜的可怕，不时吹过的山风让我的身子开始发抖，可是转到山坡背面，我却看到了光亮。那点光让我一下子不再害怕，快步向它走去。

　　那光亮来自麒麟庙前的一个火堆，而山客就站在火堆旁边。如果不是曾经仔细留意过山客的长相，我都不会相信现在站在我面前的人就是那个山客。山客这次没有戴帽子，到肩的长发竟然扎了个大辫子垂在脑后。他刮去了胡须，脸上也不像先几次都是灰尘。他看起来有三十几岁的年纪，额头宽大，眼睛细长，鼻子英挺，面容中带着几分威严，竟然让我想起了小人书《三国演义》里刘备的模样。山客脱去了平日的灰棉袄，换了一身白衣。衣服上的对襟一直开到领口，而下摆长长地垂下，盖住了脚面。我从来没有看过有人这样打扮，感觉又好看又新鲜。

山客对我微笑着说："你还是来了，坐吧。"

不知为什么，面对这样的他时感觉和以前完全不同。他的话语间也透着一种威严，让人不知不觉就听从了，我走到他身边，坐在他早已经摆好的石头上。

山客将手里的柴扔到了火堆里，说："在解除你心中的疑惑前，我先给你讲个故事吧。

"盘古开天后，这个混沌世界从此分出了大川海洋、五岳群山。在东方有一群山岭离天境最近，神仙总是从天境下凡到此处，他们把这群山称为'不咸'，意为仙山。当初女娲补天也是从这山峰上飞到天边，女娲补过天却故意将这天界留一缺口，让那天界的河水流入山峰之上，成了天池。女娲用这天池水和泥造出炎黄子孙，第一批被造出的人就生活在这仙山上，专门守护不咸山。为了不让其他人随意闯入仙山，女娲赋予了不咸山族人通灵、预知的能力，不咸山族人也因此被称为神族。女娲非常喜欢天池，怕它受了玷污，还用泥造出两只圣兽守护这池水。这两只圣兽掌握着日月迁移、天下变化，是中华的神兽，也是生活在这里的不咸山族人的守护兽。因为有神灵庇护，不咸山族人与世无争、安居乐业。却不想外界的其他族人因为受到鬼神的诱惑有了贪念，终于有一天他们闯入仙山，夺走神兽，从此天下大乱，纷争不断。当天境神仙发现时，人间已经过了几世，局势无法挽回，神仙一怒之下冰封不咸山，收回神兽，人间一下子堕入地狱。最后人间百姓乞求天神饶恕，天神也不愿人间从此毁灭，便和人间定下约定。人间已入轮回，百姓必定要尝尽酸甜苦辣，但每当人间进入乱世无法轮回时，天神便会让两神兽重回人间，世间将改朝换代，苍生得生。从此人间便步入朝朝代代，生生死死。可是，那些凡人的贪念和欲望竟然是如此可怕，他们窥视着仙山和神兽，他们都妄想成为神、成为天下万物主宰……原本生活在不咸山的居民为了守住神兽和仙山的秘密，只能不停地躲避，在世代的变迁中流离失所，没了家园。"

听完山客的话我忍不住问："那不咸山？"

"不错，不咸山被天神冰封后，年年山峰积雪不化，所以后人又叫它长白山。申，而我和你便是那长白山，不，是不咸山族人最后的后裔呀。"

"你叫我什么？"我被山客的话吓住了，我出生、成长都在离这儿几百里的地方，怎么突然就成了这山上族人的后裔？

"你叫申，是我们族最后两个族人之一。而另一个就是我，我的名字叫肃慎，也是我们族最后的族长后裔，我的名字就是我们的族名。肃慎族，没落的神族。"

我被这个叫肃慎的人的话吓到了，我怎么也没办法接受他的说法，竟然连民族和姓名都变了。我不住摇头："我不是什么肃慎族，我家在这几百里外，不可能是这长白山族人。我是汉族，更不叫什么申。"

"申，一切都是命中注定，你想逃也逃不过。你家在离长白山几百里外是不错，却正对长白山正东方。你是正月十八寅时生，因缘际会，便是天生的神命。"

"我是子时生的，不是寅时。"

"子时？"

"对呀，我妈记得可清楚了，说半夜十二点的钟声一响，我的哭声紧跟着就来啦！"

"那你爸爸是不是叫杜其，妈妈叫李琳？"

"你怎么知道？"

"因为这都不是巧合。"

杜其，李琳……杜其，李琳……麒麟！

肃慎站起身来拍了拍手："我知道你一定还不相信这一切，不过当你亲眼见到，我想你就会明白了。"

说完他将手在火堆上一招，那火苗竟然猛地蹿了起来。我连忙将手挡在眼前，结果眼睛还是被那耀眼的火光闪到，眼前一片空白，不由自主地闭上了眼睛。隔了一会儿，我听到肃慎对我说："我们到了，睁开眼吧。"

我睁开眼，却被眼前的一切惊呆。什么小山坡、麒麟庙早已经没有了踪迹。在我面前，一池平静的湖水在月光下泛出银光，它还是像我第一次见到时一样，安静祥和，只是在夜晚更显得神圣。我竟然又来到了天池。

我正怀疑自己是不是在做梦，肃慎从我的身后走出："这次你应该相信了吧，只有肃慎族人才能看到这天池，如果你不是肃慎族人，你不可能看到它两次的。"

虽然知道这些都是真实的，我还是暗自掐了一下自己的大腿。真疼！现在的我早已经失去主张，看着肃慎我也不知道应该说些什么。

肃慎看着我笑了："申，我知道你还是很难相信，但这的确是事实，而且你能来到这天池更是有着重要的使命。"

"使命？"

我看到肃慎眼里闪过一丝光芒，肃慎双手抓住我的肩膀："对，掌握着肃慎族命运的使命。"

说完，他向天池的方向一指，我顺着他的手指看去，一匹白色高头大马徐徐从水面远处走来。

皓月当空，白马走在镜子一般的湖面上，它的皮毛被月光映得无比光滑，从远处看去如同锦缎一样反着银光。它踏出的每一步都有环状的波纹在水面上无声地扩大，如果不是亲眼看到，我一定会以为是在做梦。最后白马站在湖的中央，低头去饮水。月光照在它的头顶，突然一道白光从天上直照下来。白马长长的鬃毛分开，一只尖角从它的头顶显现出来，就像山上麒麟庙中的雕像。

肃慎突然在我身边轻轻吟诵：

东有麒麟，背月而来

轻若鸿毛，踏水无声

天池与会，神人合一

"麒麟？这就是麒麟？"

"没错，它就是我们肃慎族的圣兽麒麟，喝了麒麟酒，它便可以借月光得到麒麟真身，申，能得到这麒麟的也只有你一个人呀。"

我听着肃慎的话，脚不由自主地向天池跨出，却不想脚竟然没有沉入水里，而是像麒麟一样踏在水面上。我不敢低头去看，耳边好像还能听到从脚下传来的水流声音。我仿佛被麒麟牵引，一步步向它走去。麒麟站在水中央，不时摇晃着脑袋打着响鼻，我能感觉到它在看着我。当我走到它身边，将手伸出去时，麒麟温顺地将脸贴在我的手心上，我感觉到一阵温暖从我手心传来。它头上的光开始向我的身体蔓延，这时，我的头突然像要炸裂开一样，我大叫了一声跪在了水面上，而那麒麟兽也一跃而起，飞一般地跳入了黑暗，我的耳边一片安静，水声、风声，什么都听不到了，身边的光也一下子黯淡了下来。

我听到肃慎的声音从背后传来："它为什么走了，为什么？"

他的声音嘶哑，透着气急败坏的情绪。

我抬起头，身边却是一片黑暗，我不知道应该怎么回答肃慎，而肃慎的声音又响了起来："你是不是还没有恢复前世的记忆？"

前世？我不知道什么前世。

肃慎的话在我脑子里嗡嗡作响，就在我沉思的时候，耳边突然传来一声沉沉的叹息，然后有一股力量猛然将我向前推去。我整个身子向前扑倒，一下子堕入了湖水当中。冰冷的湖水瞬间就把我包围了，我慌了起来，双手胡乱抓着，却抓不到任何东西。周围还是一片黑暗和冰冷，我想张嘴喊叫，却灌入了冰冷的湖水，我的意识越来越不清晰，渐渐地什么也不知道了。

当我再次睁开眼睛时，看到老王叔还有大妈一脸紧张地站在炕前。直到我从炕上坐起来，老两口才长长吐了口气。我问他们怎么了，大妈先说了话："你这孩子把我们吓死了，昨天晚上半夜回来就不说话，一个人愣愣地回了屋，夜里就听你一个人在屋里喊着什么。今儿早你大叔来叫你，怎么叫你也不应。等我俩进了屋才发现你穿着衣服躺在炕上，满头大汗。我摸了一下你脑门，这个烫人呀，连忙给你盖了床被，你都睡了差不多大半天了，这才醒过神。"

头像要裂开一样疼，我不断地揉着，头发已经被汗水浸湿了，我无论如何都想不起自己是怎么回到马场的，还以为自己会死在天池的湖底。难道昨晚的一切又只是我的梦吗？我已经开始分不清哪些是梦哪些是现实了。

老王叔看我揉着头痛苦的样子关切地问我："娃你怎么啦？昨天晚上是不是遇到什么不干净的东西了？"我抬起头看着老王叔，不知道是否应该告诉他我见到的一切，我想还是不让他知道为好。

老王叔见我不说话，接着问我："你是不是去了麒麟山那边？"

我的心里一惊，但没有表露出来。

老王叔还是从的我眼神中看出了什么，他继续说："你呀，那麒麟山虽然不高，却是有名的鬼打墙，经常有人在那山坡上转不出来。你昨天一定是撞了邪，我夜里还听你在屋子里喊着什么麒麟、麒麟的。"

"我真的喊了？"

老王叔点了点头："没听太真，但有几句还是听到了的，你一边说什么麒麟一边还喊着什么。你到底是怎么回事？"

这时大妈手里拿着只碗走了进来，打断了老王叔的话："别追着孩子问了，什么中邪，就是夜里着凉了，刚吃完饭一身汗就跑出去一定是受了风寒。来，赶快把药喝了。"

我接过大妈手里的碗，把碗里那黑黑的药汁一口喝下，我也希望这些都是我得病以后的幻觉。那药可真苦，喝完了药我脱去了外衣，外衣也如被水洗过一样湿漉漉的，盖上被子我很快又睡着了。

再次醒来，已是半夜。我又渴又饿，想从炕上爬起来去厨房找些吃的，结果刚爬起来就看到几个碟碗摆在炕头。我借着月光看到碗碟里放着棒子面的窝头、咸菜还有一大碗蛋花汤，我端起汤咕嘟几口就喝光了。我拿起窝头就啃，结果被噎得不住地打嗝。我坐在炕上不住地捶胸口，把头转向窗外，一轮明月正挂在天上，隐约可以看到马场外的麒麟山与白狼山，两个黑黑的轮廓屹立夜空当中。我不禁叹了口气，这一切到底是怎么回事？

现在的我有点渴望知道真相，又怕知道真相后我自己接受不了，如果肃慎说的那些都是真的，我该怎么办？想起肃慎，我感觉他实在是有些高深莫测。他在这长白山好像就是专门等我，他一再提醒我到底有何目的呢？我隐约记得他对我说了复族的事情。难道在这新社会里，他还有这种想法吗？想到这里我的心里又开始有点不安。

虽然还是深夜，但我现在刚刚醒来又吃了个饱，怎么也不想再睡，便披上衣服悄悄走出屋子。刚走出屋子，虎子便从窝里坐了起来，鼻子里发出低哼声，走到了我的身边。我拍了拍它的头，虎子的大舌头便在我的手心里舐来舐去。我蹲下来和虎子玩了一会儿，便起身向后院走去，虎子还是像以前一样没有跟过来。

刚走进后院，我就发现有什么躺在草堆那里。我悄悄走过去看，果然是二宝。它蜷成一团，头枕在前腿上。当我走近它时它睁开眼睛，却没有像以前那样紧张地站起来，而是依然躺在那里静静地看着我。我靠着它的身体坐了下来，在我们接触的那一瞬间，我能感觉到它身体紧张得一颤，其实我也像它一样紧张呀。可是当我完全靠在它的身体上时，它长长地打了一声响鼻便不再动了。

我与二宝越来越接近，也开始彼此熟悉。我把手放在它的身体上，它的身体坚实温暖，身上棕色的毛还是那么顺滑，我轻轻拂过它的身体，二宝一动不动，只是胸膛不住地起伏。它的鬃毛从来没有修整过，长长的，就像少女的长发一样散在身上，我拨开它脸上的鬃毛，看着二宝那双大眼睛，我感觉到它似乎想向我说些什么。我也有许多事想问它，可是我又应该怎么问它？我突然想起什么，把手放在它的额头上，二宝那宽宽的额头上平平整整的。哪来的角呢？二宝似乎很喜欢我摸它的头，它轻轻地晃着头。我在心里笑了自己一下，棕色的二宝又怎么可能是麒麟呢？

快入冬了，夜似乎特别漫长，夜风也很冷，我把身上的衣服扣子系好，然后拉了好多干草盖在身上。这样虽然一点也不冷了，却又让我有了睡意。最后我靠在二宝身上，慢慢闭上了眼睛。

不知过了多久，我被周围的嘈杂声弄醒，睁开眼才发现太阳已经照到了屁股上。马棚里的马早已经醒来，有些正在低头吃草，有些站在那里与其他的同伴互相蹭着身体。我发现身上不知什么时候披上了一件羊皮袄，我知道那是老王叔的，一定是老王叔发现我睡在草堆里了。我从干草堆里爬起来，手拎着大衣向前院去，结果正和向后院走的老王叔走个撞面。我跟他打了声招呼，老王叔面无表情地应了一声。老王叔看起来有点生气，我又跟着老王叔走回到后院。老王叔挨匹马仔细地看着，不时还摸摸这匹，拍拍那匹。

我站在老王叔身后说："老王叔，我今天和你一起上山打草吧。"

老王叔头也不回："都入冬了，山上还能有多少草呀，马场的草够用了。"

没想到开口碰个了钉子，我站在老王叔身后，没再说话。老王叔突然回过头盯着我看了一会儿，然后拍了拍我肩膀，说："去吃饭吧，等吃完饭咱爷俩出去转转。"

我几口就把饭吃完，急忙跑出屋子，老王叔已经在院子里等我了。

他看见我就把旱烟袋往鞋底敲了敲："走！咱上山。"

说完便背着手走在了前面，我连忙快走几步跟了上去。走出马场我才发现老王叔的脚步竟然是直冲麒麟山去的，还没有等我问他，老王叔却自己说了起来，好像是对我说又好像是在自言自语：

"娃，在这里老一辈都知道一个事。也不知道什么时候，有一个风水先生来到这麒麟山上，他用罗盘在这山上测了三天三夜，最后又来到了山下的一家财主家。那时和现在一样，也已经是寒冬腊月，而那户财主家的四合院的瓦房上长了一棵碧绿的青草。那风水先生要用一锭金子买这棵青草，财主心里纳闷，但并没有声张，他叫来了自己的三个兄弟把这个风水先生接到了家里热情款待。被灌醉的风水先生告诉财主，原来财主家房上的草是棵仙草，用它可以引出麒麟山上的麒麟，得到麒麟便可以长生不老。财主四人骗风水先生说出了用那棵仙草引出麒麟的方法，便将风水先生打死了。在正月十八那天，他们四个人按照风水光生说的时间，取下房上的青草，来到了这个断崖上，把整棵草放在一处小石凹里。结果立刻凭空就出现了一只像马但又不是马的棕色野兽，张口去吃那宝草。财主和他的三个兄弟马上冲了出去，他们各抱住了麒麟的一条腿。可是兄弟四人都有私心，他们都说是自己先抓到的，谁都不肯让手。就在他们争执的时候，那麒麟腾空而起，把兄弟四人都甩下了山崖。后来人们便在这里盖了座麒麟庙，而这个断崖就叫作抢马崖了。"

背着双手的老王叔从后面看上去背有些驼，略显老态，他一边往崖上踱着，一边给我讲着。他时而低头叹息，时而扬起头像是在回忆些什么。老王叔那好像铜器摩擦一般的嗓音在寒冷的空气里有细微的回声，在我的耳边回荡不已。我不禁听得入了神，又站在那个小山坡上，我才知道这个断崖以及眼前的破庙背后竟然有着这样的一个传说。我的耳朵里现在反复回响着刚才老王叔说的麒麟、长生不老这几个词，又隐隐觉得自己似乎遗漏掉了什么。

老王叔走到庙门前，看着麒麟庙门的破落样子。他叹了口气，又摇了摇头，用手扶起两扇靠在一起的庙门，结果从门缝落下好多灰尘来，我走过去帮把他把两扇门靠在门框上。我和老王叔一边拨去空中的蜘蛛网一边往里走着，庙里黑漆漆的，借着背后的太阳光我看到了神案上的石像。很奇怪，庙里供的并不是什么神仙，而是一只身子像马、头像龙的野兽，这便是老王叔口中的麒麟吧。

我叫了一声老王叔，想问他带我来这儿干吗。

老王叔摆摆手："先别说话，跟我一起拜拜。"

我和老王叔站在神案前对着石像拜了三拜。

老王叔回过头对我说："这庙可是真有神灵的，当年小日本刚进村时，把我们村老少都带到了这里，当时带队的鬼子叫山本，为了给我们村一个下马威，他说要当着大伙的面把这麒麟的头给砍下来。结果刀刚一砍在这泥像身上，刀刃就折了弹回去扎在了他自己身上。日本鬼子怎么都没想到自己的队长竟然就这么死了，气得当场把我们村长给枪毙了，也把这麒麟庙给砸了，最后还把我们村子一把火给烧了。现在你看到的村子已经不是原来的村子了，那时我们村子还叫麒麟村呢。"

老王叔一边说着一边从地上拿起些树枝，清除神案上的蜘蛛网和灰尘，我也连忙走过去帮老王叔。凑近了，我果然看到那泥像脖子处有一道深深的砍痕。

这时老王叔突然说："你和那马驹是怎么回事呀？"

神案上的灰尘扬起，我被呛得猛烈地咳嗽起来。老王叔回头看了看我，没有说话，但我总觉得他似乎是有什么话要对我说，眼神里也有着奇怪的东西。不过最终他只是冲我摆摆手："娃，这儿太埋汰了，你还是出去待会儿吧。"

我一个人走出破庙，顺着墙边往庙的后面走，破庙的后墙便挨着那断崖，从这里我才看到对面白狼山的背面原来也是一个小山坡，位置、形状与这边的相差无几，但光秃秃的什么也没有。只是有一面山墙又直又陡，仿佛刀削的一样。我还想再往前走一些，却不想从断崖吹来一阵山风，呼地一下把我的军帽给吹飞了，我连忙回头去找，却看见肃慎手拿着我的军帽站在那里冲着我微笑。

虽然我一点也不喜欢肃慎每次出现都要这样神秘兮兮的，但现在我还是挺期待他的出现的，因为我要太多的问题想要问他。我几步跑到他面前，刚要说话，结果肃慎倒先开了口：

"抢马崖边麒麟庙，断狼坡上白狼石。申，现在已经到了我们的关键时刻。"

"什么关键时刻？肃慎，你到底在说些什么？那晚的事到底是不是真的？你想找到麒麟到底是什么目的？"

对我这一连串的问题，肃慎并没有回答，反而对我说："申，我们已经没有时间了，上次没有成功我不怪你，不过后天便是十五，月圆之时你一定要到断狼坡来。"

说完肃慎便转身离开，我追上去，却不想刚转过墙角正好撞在老王叔的身上。老王叔哎哟一声差点摔倒，我连忙抱住他。

老王叔站稳，看清是我，说："哎你小子毛毛愣愣的，跑啥呀？"

我问老王叔："你有没有看到刚才过去一个人？那个人最近……"

老王叔看着我的眼睛："娃，你慌里慌张地说啥呢，什么人？这里离镇子那么远，根本没有人会到这儿的。"

我四处张望了一下，果然早已经看不到人影了。我想对老王叔说肃慎的事情，但是看着老王叔那严肃的脸，我想他一定不会相信我的话，便把那些话悄悄咽到了肚子里。

和老王叔一起下山的时候，我指着对面白狼山上的小山坡问老王叔："老王叔，这个小山坡叫抢马崖，那对面的有没有名字？"

"断狼坡。"

老王叔说完便闷着头向前走，我感觉老王叔好像心里有事，便问他怎么了。老王叔回头看看我，见我头上的帽子戴歪了，便帮我正了正，然后说："娃，你说邪不邪。我这两天心里总有点不稳当，刚才我一碰那泥麒麟，麒麟的头一下子就掉了下来。唉……"

第$\sqrt{5} \times \sqrt{5}$章

白狼山之谜

　　雪花漫天飞舞，我的油灯里的那点星火在黑夜里不住摇摆。我和肃慎相对而立，他的白衣随着雪花飘舞，但那雪花好像永远落不到他的身上。

也许是因为还在在意上午庙里的事情，老王叔一下午都一个人待在后院的马棚。我过去看了几次，他一直坐在那里望着空空的马棚不说话。看着他那个样子我也不敢过去，便回到屋子里陪大妈。

大妈手里似乎有忙不完的针线活儿，几乎有空的时间就在那里缝缝补补。我坐在炕上，一边帮大妈绕线头一边和她唠嗑。我能看出大妈挺喜欢我待在她身边，脸上一直笑呵呵的。我告诉大妈今天和老王叔一起去了山上的麒麟庙。

大妈一边低着头缝衣服一边说："这老头子，现在还有这份闲心。"

我问大妈，知道麒麟庙的传说吗？

大妈点了点头："怎么会不知道呢，这些事只要是长白山的人都知道。"

"是真的有麒麟和白狼吗？"

大妈停下手里的活儿，把手里做了一半的棉衣往我身上比了比，说："那又有谁见过呢，从小就听老人讲，到现在自己也一把年纪了，可除了对面的两座山就啥也没见过了。都说得麒麟能长生不老，得到白狼能得到天下。"

"能得到天下？"

"瞎扯呗。"说完，大妈自己笑了，"我觉得这就是山里的爷们儿喝醉了酒在逗闷子。这山里人世世代代都在这山上，哪知道什么天下，想长生不老倒是真的。就说那老头子，还把那坛什么麒麟酒当宝贝。人哪能长生不老呀，只求世道太平，安安稳稳地过上一辈子就好了。"

我听了大妈的话，不由得反复咀嚼："只求世道太平，安安稳稳地过上一辈子就好了。"

"是呀。我和你大叔这辈子是闹腾过来的，从小被地主、山匪欺负，后来是日本鬼子。好不容易解放了，大家过上好日子了，倒还真想多活两年呢。现在就想着快点打完朝鲜这仗，咱中国就再也不打仗了，家家都过好日子。"

听了大妈的话，我从炕上站起来："大妈，我，一个志愿军战士向您保证，一定打败朝鲜的美国佬，保护好国家。"

大妈被我的话逗得呵呵直笑，咬断了手上的线头对我说："呵，那我可先得喂饱咱的小志愿军。我这就去做饭，这衣服做得差不多了，我得赶着点。看这天，马上就要下雪了。"

大妈在厨房里忙活晚饭，我从窗户望出去，看到老王叔背着手往院外走，我知道他是去叫马回圈。我几步跑出屋，跟在老王叔的身后。老王叔停了一下，侧了下头，马上又转了回去继续向前走。我感觉从今天早上起老王叔就有点怪怪的，我跟在他后面，也不说话，两个人就这样无声无息地走着。到了山脚下，老王叔拿起胸口挂着的哨子，用力吹响，哨声再次响彻整个山谷。我站在老王叔身后望向天空，天空上几块浮云被夕阳映得通红，远处那些早已经没了绿色的山坡也如同烧着一般。看着军马披着红霞从山坡上缓缓跑下，我的心一下子豁然开朗。好像前些日子的种种阴霾一下子都不见了，这天地间只剩下我、老王叔还有这些军马。

我叫了一声老王叔。

老王叔转过头看着我，脸上带着笑容。他长吐了一口气说："马上就要下雪啦。"

晚饭是大妈包的混着棒子面的山菜馅的大蒸饺，大妈一边往我碗里放黄澄澄的饺子一边说："明天就是入冬啦，应该吃饺子，可惜咱家也没有什么肉，只能做素馅的，还是些山野菜，对不住你了。"

"怎么会呢？有饺子吃我高兴还来不及呢。"

我接过碗，看着那热腾腾的大得跟金元宝一样的饺子就已经馋得不行了，一把抓起来，却不想那饺子烫得手拿不住。我连忙又扔回碗里，老王叔和大妈一起笑了。我用手掰开大饺子，一股热气立刻蹿了出来，我闻到了野山菜混合棒子面的清香，顾不得烫手，还是抓起一半吃了起来。看着我大口大口吃饺子的样子，大妈特别高兴，还没有等我吃完便又往我碗里放了第二个饺子。

我一边吃一边问老王叔："老王叔，大妈，你们是怎么知道要下雪的呢？我看这天和以前没有什么不一样呀。"

老王叔笑着说："活在这儿几十年了，看天就跟看自己孩子的脸一样，啥时哭，啥时笑心里都有底的。"

我和老王叔一边吃饭一边有一搭没一搭地说话，我突然想起什么，就问："老王叔，你知道这山上有一个族叫肃慎族的吗？"

老王叔正捧着饺子，听了我的话愣了一下："啥？肃慎族？长白山上就有汉族、朝鲜族，还有满族，哪来的什么肃慎族。"

我哦了一声，继续问他："老王叔，那这麒麟、白狼的事到底是从哪儿开始传的呢？得到白狼真的能得到天下吗？"

老王叔猛地把手里的筷子往桌子上一摔："瞎说啥？这又是谁告诉你

的，乱七八糟的。"

我不明白老王叔为什么这么生气，就不再开口说话，闷头吃饭。大妈看不过去，用筷子敲了敲老王叔的手背："咋啦咋啦，是我告诉孩子的。就兴你神神道道的，我就不能给孩子讲点故事呀。这些事在这儿连三岁小孩都知道，就你把它当回事。"

老王叔被大妈这么一说也开始闷头吃饭不说话了，结果这顿饺子越吃越难受，棒子面像卡在我嗓子眼里一样，让我开始觉得咽不下去了。我放下碗筷，说了声"我吃饱了"便走出了屋子，刚把门带上，就听到老王叔冲着大妈大声说："你个老婆子，懂些什么！以后这些事少讲。"

不知为什么，听了老王叔的话我有点难受，老王叔还是把我当外人。这让我一下子没了精神，本来就不应该在这老山沟里待着，也不知道自己哪根筋不对，硬要留下来。想到这儿我也开始生自己的闷气了，回到自己的屋子里蒙上被子就开始睡觉。蒙眬里好像听到大妈在叫我的名字，我迷迷糊糊地应了一声也没有起来。等我再一次睁开眼时，周围已经是一片漆黑了。

我本来想继续睡去，却不想身下的炕如同火炉一般烤得我口干舌燥，原来今天大妈把我屋子里的炕也烧着了，我没有脱外衣就睡了当然受不了。我起来穿上鞋，摸到厨房喝了一大碗水，人才感觉舒服了好多。我一只手拿着碗，另一只手扶着水缸沿，突然发现这一幕在前几天刚刚发生过。想起老王叔的那坛酒，我忍不住笑了。我又跑到后院想看二宝在不在，结果二宝不在后院。天气越来越冷，我在外面站了一会儿就被风吹个透心凉，连忙跑回了屋。就在我走到自己的小屋时，大屋里似乎有什么动静，我站在走廊仔细听了下，却又什么也听不到了，可能是老王叔刚才睡觉时翻了个身吧。我也没有多想，便回了自己的屋子。

再躺回炕上，还是没有一点睡意。我把双手枕在脑袋下面，瞪大眼睛向窗外望去，窗外却一片黑漆漆的，看不到月亮也看不到半点星光。我想起肃慎今天说过的话，再想想大娘的话和老王叔的态度，我突然明白肃慎说的什么要复族的话了。我把手从脑袋下面抽出，在胸前用力地握了一下拳，这似乎更坚定了我的想法。

反复想着这些事情，夜似乎也短了许多。好像才稍稍闭了一下眼，天便已经亮了。我走出屋，正好遇到大妈，大妈问我："怎么起这么早呀？昨晚我看你穿着衣服睡的，我忘了跟你说给你烧了火炕怕你热着，结果你睡得特别死我也叫不醒你。"

我呵呵笑了笑，说："大妈，没事，昨天睡得特别好，暖和着呢。"

大妈听了我的话也笑了。

我往大屋里看了看没有看到老王叔，问大妈老王叔在哪儿。

大妈把嘴往后院努了努："还不是在后面收拾马棚。"说完大妈马上拉住我的手，"孩子，昨天的事别往心里去，这老头儿脾气是挺怪的。自从去年马场出了邪性的事，他就不喜欢别人说这些鬼呀神的东西了。"

我点了点头，说："没事。"

大妈从蒸锅里拿出一个大碗放在我的怀里，里面放着好几个大蒸饺："昨天看你爱吃，特地给你留的。"

吃过了饭，我便跑到后院去帮老王叔。老王叔的脸色虽然不像昨天那样阴着，但也只是对我点点头，没怎么说话，我们俩就这么闷着各干各的活儿，老王叔收拾马棚，顺便给马理理毛发；我在外面归拢干草和柴火堆。两个人干完各自的活儿也不说话，老王叔背着手在马棚边上转来转去，我则坐在在干草堆上扔着石子，直到大妈叫我们进屋吃饭我们才一起往屋里走。

　　老王叔一边走嘴里一边嘟囔，我没有听清他说什么，就问："老王叔，你说什么？"

　　老王叔像才回过神一样转头对我说："哦，我是说这雪怎么还没有下呀。"

　　晚饭的时候，我和老王叔一起望着窗外出神。大妈看着我们说："你们爷俩看啥呢，这么出神？外面黑灯瞎火的有啥看头，快好好吃饭。"

　　我和老王叔回过头开始吃饭，我一边吃饭一边想着一会儿找什么借口上山。天已经全黑了，如果找不到什么合适的理由，我总是在夜晚上山毕竟不好。于是吃完了饭我还坐在炕上出神，结果偷看了一眼老王叔，他竟然也是一样在那里发呆。就在这时，在外屋收拾碗筷的大妈突然喊道："哎，下雪了。"

　　我连忙跑到屋外，果然黑夜里星星点点有东西落在头上、身上。我张开手，一点冰冷的东西落在手心里，瞬间变成水滴。

　　我也开始大喊："下雪了！下雪了！"

　　老王叔在屋子里说了一句："这孩子，没见过雪呀。"

　　我跑回屋子里套上棉袄就往外跑，大妈追着我跑出来："哎，孩子你干吗去呀？"

　　"下雪了，我想出去转转。"我突然想起什么，又对大妈说："大妈，我得点根木头当火把，省得一会儿天黑找不到路。"

　　大妈奇怪地问："咋，你还想走多远呀，还用火把。"

　　我以为大妈不让我出去正想说点什么，大妈手里拿着一盏油灯，笑着从屋里出来。

　　"傻孩子，都啥时候了还拿火把，来，给你拿着。"

　　我连忙接过来，走出了院子，离开时我好像看到老王叔的身影在屋子窗户后晃了又晃。

我把油灯举在胸前，快步地向山上跑去，雪竟然越来越大，如柳絮一般落在周围。走到白狼山山坡时雪已经盖住了脚面，不知道是因为出汗，还是落在身上的雪化了，我感觉脖颈不断有湿气涌出。嘴中呼出的团团蒸气围绕着我，包绕住油灯，昏黄的灯光透过蒸气映得四周都朦胧起来，身边落下的雪花竟然带着点点星光，地面上的那条雪路突然化为一道银河。银河的尽头站着一个人，依然是长发白袍，雪花好像凝结在他身边。肃慎冲着我微笑地说："申，你还是来了。"

雪花漫天飞舞，我油灯里的那点星火在黑夜里不住摇摆。我和肃慎相对而立，他的白衣随着雪花飘舞，但那雪花好像永远落不到他的身上。我盯着他，没有说话，他好像没有注意到我的神情一样，冲着我招手："申，还有一个时辰就到了白狼现身的时候。我们肃慎一族，终于可以重新统一山河。"

"不可能！"我打断了他的话，我用手指着他说，"现在已经是新中国了，你这种封建迷信的思想不可能实现。我来这儿不是帮你实现复族的，我是来告诉你，我是一名志愿军战士，不可能去帮你做这些事情，你还是打消你的鬼念头吧。"

肃慎笑了笑："这是天意，我们违背不了的。"

"什么天意，根本就是封建迷信，现在已经是新中国了，怎么可能还搞什么复辟！"

肃慎转过身望着星空："是吗？那为什么白狼星在天空闪烁？"

我顺着他手指的方向望去，漆黑的天空上挂着一颗大大的亮点。这样的雪夜天上怎么会有星星？难道我是被这扑面而来的大雪闪到了眼睛？我不停拂去落在脸上的雪，那颗星在天空中越来越亮，似乎在慢慢移动。我转过头想问肃慎，却看见他一脸严肃地望着那颗星，右手举在胸前，拇指在其他指肚上画来画去，嘴里还念念有词。看着他那样，我竟然忘了我本来想要说的话。当我再回头望向天空时，发现那颗闪烁的星星突然开始快速地移动，好像马上就要从天空中掉落一样。

就在此时，肃慎竟然一把抓住了我的肩膀："申，麒麟呢？为什么麒麟还不来？白狼星提前下世，麒麟再不来就来不及了！"

我被肃慎弄蒙了，不知道要说些什么。

肃慎也不理我，放开我的肩，一边原地打转一边不停地说："来不及了，来不及了！为什么，为什么会提前！"

肃慎从怀中拿出那两块木牌，不停地端详。我借着油灯的光看到那两块牌子上各刻着一只野兽，正是麒麟和白狼。我走近肃慎，碰了一下他的肩，他回过头，脸上却是狰狞的表情：

"为什么会这样，爹，为什么和你说的不一样？我应该怎么办？"

他的话音刚落，我手上的油灯簌地一下灭了，眼前突然变成一片黑暗。黑暗中，我什么也看不到，只感觉耳边传来呼呼的风声，大片的雪花打在我的脸上。我开始有点害怕，手里的油灯也不知道扔到哪里去了。我张开双手，四下摸索，脚下厚厚的积雪让我不敢移动。我大声叫着肃慎，却没有人理我。就在我不知道怎么办的时候，一道闪电从我头顶闪过，整个山坡如同打开灯光的独幕的舞台，而我就在这个舞台的正中。

整个山坡被奇异的光包绕着，我看见自己的影子映在山坡上的那面山墙上，在慢慢变大。而在那黑暗中似乎有什么往外涌出，我不敢靠近，只看见有一团东西在黑暗中挣扎。我以为是有什么东西想从山墙里钻出，后来发现黑暗中是两股力量，互相纠缠着、撕咬着。我被眼前的景象惊呆，不知不觉走近了山墙，我的影子慢慢覆盖了整片山墙，那两股力量便在其中徘徊。它们的力量悬殊，小的一团似乎不敢与大的正面冲突，一直蹿来蹿去，想找机会蹿出山墙，大的却总在关键的时刻将它拉回到黑暗中。我越走越近，感觉黑暗里的那两股力量就在我的面前，触手可及。就在我要伸出手的时候，突然背后吹过一阵强风，我一下倒在了雪地之中，那肆虐的狂风卷着暴雪，压得我抬不起身。

我的耳边传来一阵阵声响，是撞击和撕咬的声音。

那两股力量始终纠缠在一起，那股小的力量始终处于下风，它总是想从战斗中脱离，想跳出那片黑暗。

我不知道这一切到底是什么，也不知道为什么自己会身处其中。但我有一股说不出的冲动想要冲进那片黑暗，我能感觉到这两股力量与我有着莫大的关系。最终，我挣扎着从雪地上爬起来，无法控制地冲进了那片黑暗，刹那间，身边的一切声音都消失了，我的怀里抱住了一个软软毛毛的家伙。

周围突然又恢复了光亮，我看到肃慎手持火把站在我的面前。而我自己正蹲在山坡的山墙脚下，我的怀里竟然抱着一只毛茸茸的狗崽！它好像才几个月大，身上还满是软软的灰色绒毛。大大的嘴，脑门极宽，特别是脑门上一撮白毛显得这狗崽十分精神。可是它的耳朵硬硬地支棱着，又不太像狗，难道是狼？我本没见过狼也不敢肯定。肃慎走过来看着我怀里的小家伙，脸上的表情也随着火把的火苗明暗不定。

"怎么会这样，这到底是什么？"

他从我怀里抢过那狗崽，仔细端详着然后笑了起来："这到底是什么？爹，一切都与你说的不一样，为什么会这样，难道历史又把我们肃慎族给抛弃了？"

说完他高高举起那狗就要摔下，我冲过去一把将它抢了回来："你要干什么？"

肃慎盯着我怀中的狗崽说："把它送回去，这样的它根本没办法帮助我们，反而会破坏我的计划。"

我紧紧抱着它："不行，这是我的，你不能把它拿走。"

肃慎看了我一眼便不再理我，转身便融入了黑暗当中。

我一只手抱着狗崽，一只手拿起肃慎留下的火把，转身离开时脚碰到了倒在地上的油灯，我用脚钩起它也拿在手里，一步步慢慢地走下了山。我不知道时间已经过去多久，四周还是像我出来的时候一样漆黑一片，只不过雪已经停了，风也小了。我感觉怀里的小家伙在发抖，便把棉衣解开，将它拢在怀里。不知差点滑倒多少次，我才跌跌撞撞地走到山脚下，马场院子里木杆上的油灯依然亮着，那是大妈特意为我留的。

老王叔屋子里的灯已经灭了，我小心地溜回自己的屋子。把手里的小家伙放在我的被窝里，还没有等我把衣服脱掉，就听见老王叔在我的屋外喊我的名字。打开门我看见老王叔一脸严肃地站在我的面前。

"你去哪儿了？"

"我看下雪了，就出去转转。"

"转转？你跑到白狼山干吗？"

我迷茫地看着老王叔，他怎么会知道我去了白狼山？

老王叔阴着脸看了我两眼，一屁股坐在炕上："你刚出门我就跟了出去，眼看着你一步步上了白狼山。可是没走多久我就遇到鬼打墙了，怎么也上不去山。你这些日子到底都在干什么？"

原来是这样，难怪老王叔这些天都对我爱搭不理。也许这几天发生的事让老王叔怀疑了一些什么。我也不知道怎么对老王叔讲这几天发生的事，只好低头着不说话。

看我不说话，老王叔更加确定了他的想法，他继续说："我就知道，你听我说了麒麟的事以后就魂不守舍。也怪我多嘴，你这个娃不知道天高地厚，还真天天跑到麒麟山上乱转。难道我带你去麒麟庙给你讲那些事你都没听进去？这样会遭报应的。"

话还没有说完，被子里的小家伙突然动了起来，把坐在炕上的老王叔吓了一跳，他猛地掀起被子，看到被子里的小家伙，老王叔倒吸了一口气。

狼！！！

第6×4－6×3章

狼崽小白

　　我在这长白山脚下出生，活到现在已经六十多岁了，见过的、打过的狼也不下几十只了。狼性难改呀，狼就是狼，不可能当成狗养的，狼养在家里就是个祸害呀。

老王叔坐在炕沿上一句话不说，只是闷着头吸烟袋。我知道他在生我的气，我也有一些气不过。

刚才老王叔一见到那狗崽，不，是狼崽，就大发雷霆，竟然从屋外拿了根棍子要把狼崽打死，情急之下我一把将狼崽抱在怀里。老王叔指着我的鼻子喊："你给我把它扔了！"

"不！"我一梗脖子，"就不！"

老王叔气得手都抖了起来："你要那玩意儿干吗？你抱的那是狼崽子！"

"我就要！"我跟老王叔死犟着。

大妈被我们吵醒，跑到我的屋子问怎么了。

老王叔冷笑了一声："看这小子这几天就不对劲，难怪天天往外面跑，竟然在外面偷偷养了一只白眼狼。"

大妈看到那狼崽也大吃一惊，忙拉着我问这是怎么回事，我遮遮掩掩也不知道怎么说。

老王叔打断我的话："别说了，反正这狼崽子不能留。"

我一个人坐在屋子里抱着狼崽，不知道怎么办好，我知道我这么做不对，毕竟我只不过是在这里短住。养这东西我也不能带走，留给老王叔始终是个祸害。可是真的要打死这狼崽吗？我低头看了看狼崽，狼崽对于刚才发生的一切并不了解，它好像已经很困了，坐在我的怀里不停地打着哈欠。狼崽张大了嘴，粉红色的舌头一吐一吐的，耳朵也不随着嘴巴动。我碰了碰它耳朵，它很不满意地晃了晃脑袋回头就叼住了我的手指，却不真咬，只是一下下地吮吸着，不一会儿就眯上眼睛睡着了，我脱下身上的棉袄盖在狼崽身上。

大妈叹了口气说："孩子，你就听你叔的吧，我们哪能养狼呀。"

我小心地说："可是我不想就让它这么死了，挺可怜的。"

老王叔叹了口气转过了身子："你这娃呀，怎么说呢，是一个好娃子。可是这脾气死倔，跟我一个样。"

说完我和老王叔都笑了。

老王叔往炕里挪了挪，让我坐在了炕上，他问我："你最近天天往这山上跑就是为了这狼崽子吧？"

我没说话，只是点点头。

老王叔哦了一声，说："我还以为……这倒是我多想了。"他重新点了一锅烟袋继续说，"娃子，我在这长白山脚下出生，活到现在已经六十多岁了，见过的、打过的狼也不下几十只了。狼性难改呀，狼就是狼，不可能当成狗养的，狼养在家里就是个祸害呀。"

我点了点头，说："我知道，可老王叔我真舍不得打死它。"

老王叔说："娃你还小，心软是肯定的。"

我说："那这狼崽怎么办呢？把它放了吗？"

老王叔摇摇头："那么小的崽子放山上也得死，要是活下来不也是一头吃人的白眼狼？到时候你想打都困难了。"

"可是我就是不忍心看着它死。"

老王叔看我一再坚持，也知道没有办法说服我，只好点点头："好，那我明天和你一起上山给它放了。"

老王叔和大妈离开了我的屋子，我在炕上把狼崽抱在自己身边，狼崽团成一团，紧紧贴着我的身体，软软的身子好像一个小火炉，烫得我心里一阵阵地难受。这狼崽莫名其妙地来到我身边，还没有等我明白怎么回事，明天就要再把它放回到山上。它不是被冻死、饿死，就是被别的野兽吃了，我不禁一阵心酸。我把手伸到狼崽的下巴与胸前之间，那里毛软软的，摸着舒服极了，很快我也睡着了。

迷迷糊糊中我感觉自己在飞跑，那是在一片黑暗之中。我不停地穿梭在森林中，树枝不断把我绊倒。有东西在追我，我看见在黑暗中闪亮的眼睛，眼中充满了赤裸裸的杀意。为什么这个世界上会有杀戮？为什么我一出生就要面对命运的不公平？我想放弃了，因为这并不是我的本意。我倒在地上，不再前进。是谁咬住我的肩，把我从悬崖上丢了过去？在我下落的那一瞬间，我听见心里有个声音在对自己说："不要逃避，为了你的到来，我已经等待了五百年。去吧，只有你才能拯救未来。"可是另一个声音也一直在我耳边鸣响："别再做无谓的牺牲，这已经不是你的时代。为什么你不相信命运，难道只有现实才能让你醒悟吗？我在等着你回来，一直在等着你回来……"

我惊醒时一身冷汗，我梦见自己变成了一只狼，被自己的同类——狼群攻击。梦里我一直在不停地奔跑，躲避狼群的追杀。那些狼眼里流露出凶狠的目光，仿佛要把我生吞了一样。最后在某种东西的指引下，我才得以逃脱。刚刚醒来的我还有些惊魂未定，狼崽却早已经从我身边爬了起来，它对我衣服上的扣子十分感兴趣，咬住一颗扣子来回地甩着。我伸手拿过我的衣服，它又开始攻击我的手指，咬住了我的手指呜呜地哼着，然后跳开，在炕上打了个转，再转过身含住了我的手指。我来回晃动着手指，狼崽被我逗得十分兴奋，一边围着我的手打转，一边尖声叫着。这时老王叔在屋后喊我："娃，该上山啦。"

昨晚下的雪已经把外面的世界染成白茫茫的一片，草上、树上也压满了积雪，偶尔会因为动物和鸟儿的经过而落下。脚踏在积雪上发出嘎吱的响声，我的心情也跟着越来越低落。老王叔走在我前面，他背着双手，手指间夹着那根长长的烟袋。老王叔的背影看上去是那么老，他夹袄上的破口里飞出几片棉花。早晨山上很冷，老王叔头上戴着顶兔皮帽子，从帽子下露出几绺花白的头发。

老王叔走走停停，然后回头看着我，我知道他在询问我是不是在这儿把狼崽丢下。我总是摇摇头说："老王叔，再往远走走吧。"

其实我只不过是想再多抱抱那狼崽。狼崽在我怀里十分老实，只把头露在外面，瞪着大大的眼睛好奇地四处看着。临走时我不停地喂狼崽东西，只是希望它能够在山上多挨几天。我把手伸到怀里，摸着狼崽那滚圆的小肚皮，它的脚不安分地踢着我的手，我的眼泪不争气地落了下来。

老王叔回头说："别走了，就在这儿吧。"

这儿有一个不大不小的土坑，看来是山上下雨塌方弄出来的，拨开坑里积雪露出下面厚厚的落叶。老王叔说："就扔这儿吧，以后就看它自己的造化了。"我没有办法，只好把狼崽放在坑里。狼崽跑在地面上十分活跃，在雪上面这儿扑一下那儿跳一下，把雪和落叶弄得到处乱扬，丝毫没有意识到发生了什么。

老王叔好像自言自语似的说着："畜生就是畜生，没啥感情的。"

我知道他是冲着我说的，我站在坑边，一脸的舍不得。老王叔抽完了一袋烟，站起身冲我说："娃，走吧。"我跟着老王叔往山下走着，刚走几步就听见了身后狼崽嗷嗷的叫声。

我每走两步就回头望望，狼崽的叫声越来越凄惨，我开始有些犹豫，想往回走。

老王叔不时和我说着话，想分散我的注意力："娃呀，你小小年纪，看不出你的心肠这么好。"

我对老王叔说："老王叔，不知道怎么回事，我从小就喜欢猫呀狗的。我爸说我小时候有一回，他和妈都在地里干活儿，谁也没有注意到我在慢慢往床下爬。等他们进屋时就看见我家养的猫不停地往床里拽我，我才没有掉到床下面。爸说我从小就和动物特别亲，不管什么畜生都敢上去抱。不过也奇怪，性子再烈的马呀驴呀从来没有踢过我，狗都没有咬过我。"

老王叔笑呵呵地听着："娃呀，你心肠好呀。畜生这东西灵着咧，你看我养马这么些年，马就跟人一样呀，不过有些畜生是一辈子也碰不得的呀。"

我点了点头，老王叔一拍我肩膀："走！回去再陪你老王叔喝两盅。"

我吓得啊的一声，连忙摆手。

老王叔问我："怎么小子，怕啦？"

我点了点头，说那酒后劲太大，自己实在不敢再喝。

老王叔听了哈哈大笑。我想着可别再喝了，要不然发现那酒是假的就麻烦了。

冬天的夜总是来得很快，刚吃过晚饭天就已经全黑了。我拿了盏油灯来到后院，二宝却不在那里，说来它好久都没有回来了。我坐在二宝睡觉的草堆里，马棚下的干草晒了一天，十分松软，还带着些刚下的雪的清凉。我使劲往里坐了坐，让自己全身都陷入草里。望着天上的星星，我开始想那狼崽了。夜里从山里吹过来的风很大，里面夹杂着说不清的声音，一直往耳朵里灌，像是女人的窃笑，又像是婴儿的啼哭。我把脖子缩在衣领里，狼崽现在也许已经冻僵了，它一定缩在角落里等待着死亡。多可怜呀，它来到这个世界才一两个月。我还记得狼崽头上那条白色条纹，长大以后它一定是头漂亮的狼。那时我会带着它在长白山上打猎，它轻轻一跃就会咬到飞在半空中的野鸡，它用鼻子就能轻易闻出狐狸的味道。可是现在它也许已经死去，等待着的只是路过的野兽将它的尸体吃掉。我听见风中分明掺杂着白天狼崽那悲伤的叫声，我正在想着，突然被人从草堆里扯了起来。

"你不要命啦！"老王叔一把将我手里的油灯拿走，"你小子，把草点着火了怎么办？赶快回屋。"老王叔不由我分说就把我推回了屋。

第二天天还没亮我就从炕上爬了起来，穿上衣服悄悄从马场跑了出来。我快步往山上跑着，从嘴里呼出的白气很快就让我的眉毛挂满了霜。我把帽檐使劲向下压了压，盖住了我的耳朵，可是还感觉脸冻得像刀刮过一样生疼。我顾不上这些，只想快点跑上山，我要再看一眼狼崽。我知道自己很傻，但是我的心里有很奇怪的念头，我感觉自己能看到狼崽。这种感觉越来越强烈，我甚至已经想到狼崽见到我时的兴奋样子，它向我扑过来咬着我的裤脚，嘴里小声地哼叫着。我咬紧了牙，生怕自己不小心叫出声来把狼崽给吓跑了。可是等我走到了那个土坑前，一阵说不出来的酸痛涌上心头，狼崽不见了。

我跌坐在土坑前，看着空空的土坑不住地喘息。狼崽已经不见了，它从这坑里爬了出来？可是它那么小根本爬不出来呀。它已经被别的野兽叼了去？可是这坑里连一点挣扎的痕迹也没有呀。失落与悔恨交织，我想哭，却流不出泪来。我死死地盯着土坑里厚厚的落叶，隔了一会儿，我看见那落叶里好像有什么东西在蠕动。落叶在一点一点地下陷，然后慢慢地凸起。我蹲在坑边小心地看着，会不会是狼崽呢？突然腾地从落叶中冒出一个脑袋，是一只野兔子！好大的兔子呀，看个头足有十来斤重，满身是厚厚的毛，它趴在那里肚皮胖得满是褶皱。它显然已经看到了我，却依然一动不动平静地注视着我。我想要跳下土坑去抓那兔子，一只大手却从背后按住了我的肩膀，是老王叔！

"等会儿。"

他的话明显带有命令的语气，我站在那儿不动，全身僵僵的，老王叔眼睛也死盯着那兔子。那兔子终于动了，不过它只是原地打个转，然后又重新趴了下来，趴的时候小心翼翼的，生怕吵醒了它身下的小东西——狼崽，狼崽咬着母兔子的奶头还在酣酣地睡着。母兔躺在那里眼睛一眯一眯的，母性尽露无疑。我和老王叔对视了一眼，显然我们都没有见过这种事。我们就一直站在那里看着土坑里的那对"母子"，一直等到狼崽从母兔子怀里醒了过来。老王叔才回过神："娃，你下去把那崽子抱上来吧。"我跳下土坑，狼崽见到我十分高兴，围着我不断地打转。而那母兔子趴在那里一动不动，我知道那母兔子在这里已经冻了整整一个晚上早就没有了力气。我把它们俩都抱了上来，然后把那兔子给放了。老王叔也没有反对，我知道他一定也会那么做。我把狼崽抱在怀里，狼崽身上暖暖的。

老王叔问我："你这狼崽是在哪儿捡的？"

我不敢告诉他狼崽的来历，只好说是我在打猎的时候捡到的。老王叔看了一眼我怀里的狼崽，摇了摇头不再说话。

回到马场吃过了早饭，老王叔和我一起坐在炕沿上看着狼崽在屋子里的地上玩耍。狼崽叼住老王叔的鞋子来回甩着，它似乎已经开始习惯老王叔身上那重重的旱烟味。

我问老王叔："老王叔你怎么也上了山呢？"

老王叔说："还不是因为你这娃天不亮就爬起来？我怕你出事就跟了出来。"

听了老王叔的话，我心头不由一热，看了看老王叔，而老王叔咬着旱烟袋，眼睛直盯着狼崽，额头上硬是挤出个"川"字，我知道老王叔也和我一样一定在想着些什么。

老王叔说："娃呀，我这辈子算是没白活，什么事都让我赶上了。这狼崽你要养我也不能拦着你，它也算是唯独一头落我手上没打死的狼了，只是有句话我得先跟你说。"

说完老王叔就盯着我，我连忙冲老王叔点了点头。老王叔才继续说："娃你既然现在已经和这山扯上关系，将来出了什么事就不能后悔啦。"

我刚想回答老王叔，老王叔却不顾我，接着说："你不是一直想知道麒麟和白狼的事吗，其实我知道的也都是老一辈传的，怎么说的都有。有人说原来这山上只有白狼，后来麒麟来了也要在这山上称王，它们就打了七天七夜，最终两个都化成了山。因为麒麟山比白狼山高了一头，所以大家就说是麒麟胜了，所以我们这儿叫麒麟村，把麒麟当成山神。而另一种说法是麒麟和白狼一个代表吉，一个代表凶，它们水火不容，一直都存在在这山上，只是我们凡人没有见过，图个吉利才把这里单单叫作麒麟村。我爷爷给我讲的却是，原来这山上有妖怪，年年下山吃人。有一年长白山神经过，便拿出两个桃符写上麒麟和白狼扔到了山里。麒麟和白狼把那妖怪打败了，为了不让那个妖怪重现人间，它们化成了两座山镇守在这里。我爷爷还说，麒麟和白狼虽然化成了山，但每隔五百年它们的子孙就会重新降生，为的是降妖除魔。"

老王叔说到这儿，狠狠抽了一口快要熄掉的烟袋，若有所思地说："在这长白山里传得最多的还是说这长白山是中国龙脉所在，麒麟和白狼就是保护着龙脉的神兽。当初来这里的日本鬼子都听信了这个传说，偷偷在这里抓了好多人去给他们找龙脉，结果几百人一下子都消失在了这座大山里。传说里还说麒麟主司生命，谁得到麒麟角就会长生不老；白狼主司权力，谁得到白狼皮就会得到天下。"

　　听完老王叔的一番话我终于把自己知道的所有事情都联系在了一起。原来肃慎对我说的并不是他一个人的胡编乱造，好像确有其事，但老王叔又不知道什么肃慎一族，这长白山里似乎藏着太多秘密了。老王叔话说完以后一直不再作声，他的目光重新又放在了狼崽身上。我知道他在想什么。可是那狼崽一身灰毛，只有额头上的一撮白毛。它不是白狼。

　　就这样，狼崽在马场里养了下来，我叫它小白。我喜欢它那撮白毛，像道闪电。我把它养在后院的柴房里，让大妈用我的破衣服缝了个垫子。把小白放在上面，它缩成一个小球球。小白胆子很小，它平时连柴房门都不敢出，更不敢靠近马匹还有虎子，小白很害怕虎子。记得我第一次把小白推到虎子面前时，小白很兴奋地围着虎子乱转，虎子却张着嘴露出白森森的牙，吓得小白连忙躲到我身后。我知道虎子并不是真的想咬小白，因为它连身子都没有站起来。看小白离开了，虎子又悠闲地摇着尾巴，它只是在告诉小白自己不喜欢它。后来我发现不光是军马和虎子，就连大妈养的鸡都敢欺负小白，我和老王叔站在那里看着老母鸡撵着小白满院子跑。

　　老王叔不住地摇头："这崽子怎么不带个狼样呢？"

　　也许是因为马场没有肉喂小白吧，小白长得很慢，而且异常瘦小。我和老王叔开始以为小白可能会活不下来，但小白一点不像狼一样挑食，有什么吃什么。渐渐地，老王叔和大妈也都把小白当成了普通的狗崽，再也不用紧张的眼神盯着小白看了。但我知道小白是有狼性的，那是十五那天，天上的满月把屋子照得亮亮的。我被月光给照得睡不着觉，偷偷溜到后院，结果在院中就看见小白蹲在柴房门外，盯着月亮。小白的毛参参着，尾巴粗了一倍，它的眼睛又圆又亮，充满了野性。月光洒在小白身上，它的毛竟然反出耀眼的银色。那晚我一直躲在角落里偷偷看着小白，而小白也在月光下站了一夜。

第7章

二宝失踪

恍惚间,二宝的身旁突然闪现出一道绿光,一棵半米高的青草居然就在不远处的雪地上凭空跳了出来,可是就在二宝转身的瞬间,青草不见了。

刚入年关，又接连下了几场大雪。整个山岭已经变成白茫茫一片，就连马场也被冰雪覆盖。

我是第一次见识深山里的寒冬，就算穿再多的衣服，每天推开房门，看着高高的堆过脚踝的积雪还有那迎面吹来的冷风，还是让我不由得发抖。军马早就不再上山了，它们每天也只是挤在马圈里互相取暖。开始我还跟老王叔一起出来切草、喂马，老王叔看我被冷得缩头缩脚的样子就把我赶回屋子，不再让我干活儿。但最后还是老王叔被我推回屋子里，我在这马场也待不了多长时间，还是为他们老两口多干点活儿也算是表表我的孝心吧。还好到了这关口，除了喂马已经没有其他的活儿，所以大部时间我还有老王叔老两口都猫在屋里，盘腿坐在暖暖的炕上吃着大妈做的炒瓜子、煮花生消磨日子。

虽说没有什么事情，老王叔好像还总是放不下心来。以前他几乎每半个时辰就打开窗向后院望上一眼，现在窗子已经被钉死了，窗纸也加了厚厚的牛皮纸，一点看不到外面，老王叔还是习惯把头凑近窗子。

我问老王叔在干吗。

老王叔笑笑，说："不放心呀，一天见不到那些马匹就跟一天没抽旱烟一样。"

我也把头凑过去，可是除了风声什么也听不到。

老王叔歪着头眨着眼睛："你听，老二又开始用脖子蹭杆子了，小黑又抢别人槽子的草了，两匹马又因为马圈里的地盘刨刨起来了……"

我不相信老王叔的耳朵能这么灵。

老王叔笑着拍了拍腿："不是耳朵灵，是心灵。每天就围着它们转，总是惦记这时它们在干啥，那个时候它们又怎样了。娃，就像你爹妈，这时不也一定在惦记你嘛。"

听了老王叔的话，我不禁有些伤感，而老王叔也突然叹了口气，我知道老王叔一定是在想二宝了。

现在二宝已经长大了，老王叔也不再叫它小兔崽子了。只是不知什么时候起二宝开始躲着老王叔了，哪怕是我和老王叔一起去后院，它都会站得远远的，摆出一副谁也不理的样子。二宝好像不愿意让别人知道，只有我一个人到后院时才会和我亲近。老王叔现在每次看到二宝时的眼神也有些怪怪的，但不去管它，只是在二宝不在的时候，会一个人看着干草堆发呆。

虽然现在我每天大部分时间都陪着小白，但在收拾马棚的时候我也会像老王叔那样望着干草堆发会儿呆。二宝最近回来的次数越来越少，每次在家待的时间也越来越少，回到后院也就是往草堆里一躺呼呼睡觉。与两个月前相比，二宝长大了好多。身上软软的毛已经全部褪落，现在它身上的毛油光顺亮，已经是一匹成年马了。二宝每次回来身上都会有不少伤痕，像是咬痕和抓伤。见过它吃蛇，我心想它和老虎打架都不稀奇。拿些药油给它擦，第二天就会发现那些伤全都好了，就连伤痕都不见了。这些事情我从来都没有告诉过老王叔，我知道他不喜欢我碰二宝，也许是像他所说的那样吧。所以我总是晚上悄悄地跑到后院去找二宝。

　　偶尔我听到后院有声音，可是跑到后院了却发现什么也没有，只不过是风声、雪声和一些说不清的声音，所以我躺在炕上总是没办法安然入睡。有时我会把小白从柴房抱到炕上，摸着它身上茸茸的毛，闻着它身上特有的野兽气息，才感觉平静一些。这样的感觉很熟悉，熟悉得让我以为我就是在这里出生，在这里长大，是个地道的长白山人，但同时仿佛又有什么在等着我去做，可到底是什么我却始终没想起来。

　　忘记了是哪一天，也许是十五，或者不是。我突然在夜里醒来，身边的小白也跟着抬起头。它的头高高扬起，向着窗户的方向。我似乎听到后窗有什么声音，以为是二宝回来了，我连忙披上衣服，拿着油灯悄悄来到后院，油灯下后院一片安静，马匹也没因为我的到来而从梦中醒来。一个人站在院子当中，他白衣白袍，长发披肩。肃慎站在院中冲我点头微笑。

　　"申，别来无恙？"

　　我不敢大声说话，怕吵醒屋里的老王叔和大妈。

　　"你怎么能来马场，你这是夜闯民宅，不！是军事重地了，是犯法的。"

　　"哦，我只是站在长白山上。倒是谁批准把马场建在这儿的？"

　　"你这根本就是胡搅蛮缠！"我走过去拉着肃慎就往院外走。

　　"那狼崽可好？"肃慎一边被我拉着一边问我。

　　"不好，已经被我扔山上饿死了。"

　　肃慎听了我的话笑了，他用手一指："那是什么？"

　　我回头看去，小白不知什么时候竟然蹲在屋门口，它紧紧盯着肃慎，身体竟然有些颤抖。

　　"跟我走吧，你不能留下，你得回去。"肃慎停下脚步，张开双手。但他竟然不是冲着我，而是冲着小白。

"你到底想干吗？"看着小白被肃慎吓得慢慢后退，我不禁推了肃慎一下。

肃慎转过来看我："你到现在还没有恢复前世的记忆，留在山里也没有用，你还是早点离开吧。"

"你又在胡说些什么？前世，哪来的什么前世！你呀，不要再搞封建迷信啦！现在是新中国，新社会，我是一名军人，不会相信你的这些神神鬼鬼的话的！"

"时间不多了，事情发展已经越来越坏了，我没办法给你讲太多，但你一定要离开长白山。"肃慎一脸严肃地说。

我把油灯吊在手腕上，一把抱起小白："我为什么要听你的？留在马场是我的工作。现在这狼崽是我养的，更不能给你。"

肃慎突然紧瞪双眼，他伸手就从我怀中扯过小白。看他样子那样单薄，却不想力气大得惊人，我根本挡不住他，眼看着他就要把小白带走，却不想小白张嘴狠狠地咬了肃慎一口。

肃慎紧锁眉头，仿佛痛入心脾，身子踉跄就要跌倒。我好像看到肃慎看小白时眼里流露出了绝望。

他不相信地喃喃自语："为什么，为什么你会拒绝我，这样未来会怎么样？"

肃慎脸色惨白，长发凌乱。他跌跌撞撞地走到马场门口，转过身对我说："申，一切皆有定数，不是你我随便就能改变的。你还看不到将来，以后的命运无论怎么样你都得承担。"说完他张开双臂高声唱道，

麒麟惊，白狼现

五百修行，毁于一旦

失亲人，伤心痛

正月十五，飞来横祸

我的心头一震，肃慎的声音在我耳边嗡嗡作响。我的身子好像突然失去了力气，一屁股坐在地上，小白在我身边紧紧靠着我的身体，我的眼前开始模糊，意识又开始不清晰起来。不知过了多久，虎子的叫声才把我从失神中唤醒。

我听见老王叔在屋子里问出了什么事，我答了一声"没事，出来尿尿"。老王叔哦了一声便再没有了声音。

我从地上爬起来，发现裤子都已经被身下的雪浸湿了，冰冷直刺我的皮肤。我把小白送回到柴房，看着小白安静地躺下后才回到屋子里，躺在暖和的被窝里，耳边依然回响着肃慎的话，久久不能入睡。

那晚肃慎的出现给我带来的不快并没有持续太久，因为转眼就要过春节了。这些日子老王叔老两口已经开始为过年忙前忙后，虽然并没有太多值得准备的，可还是像模像样地整理柜子，清扫屋顶。然后两个人坐在炕上盘算着要购置的年货，我看两个人都在为了我忙碌，更不想提回家的事情了。我决定陪老两口过完这个年，等开春了以后再回部队。老王叔和大妈知道了我的决定，笑得嘴都合不上。

我想到镇里让老张再帮我给部队和家里发个电报，老王叔说他正好也得到镇里去一趟看看能弄些什么年货好让三口人高高兴兴地过个年。有老王叔陪我去镇里，我当然十分高兴，只是山里的雪依然没有减小，还有越下越旺的趋势。仿佛这雪不下个铺天盖地，老天爷也觉得不过瘾。路上的雪已经快没过脚踝，要去镇里足够我和老王叔走一整天的了，所以老王叔决定骑马去。

这个决定让我很兴奋，我还从来没有骑过马呢。以前看着部队贴的宣传画里那些骑兵骑着高头大马高举马刀的样子就觉得十分威风，没想到自己也有机会骑一次军马。我竟然兴奋得睡不着觉，都来不及等到明天。我趁老王叔和大妈在屋里收拾东西的时候跑到后院马棚，摸摸这匹，拍拍那匹。就在这时什么在我身后轻轻碰了一下我的身子，我回过头看见二宝把头搭在我的肩上。

我抱着二宝的脖子不停地晃，它的鬃毛已经长得盖住了我的脸，有一些都快垂到了肚子下。二宝晃着头，那鬃毛飘散展开，竟然像是一双张开的翅膀。我摸到了二宝头上的菱形突起，那里越来越硬，已经可以摸到一个硬尖。那真的是角吗？二宝似乎还是不喜欢别人摸它的额头，它不住地晃着头，我被它逗得直乐。二宝并没有像往常那样和我玩耍，而是擦着我的身子径直向柴房走过去，我很奇怪地跟在它的后面，看着它用头把柴房门拱开，然后前蹄用力地在雪地上踩着，踩得雪花四处飞溅起来。

小白慢慢从柴房中探出身子来，它盯着二宝，嘴里呜呜有声。我怕二宝性子太烈弄伤小白，连忙拦住二宝。

我拍着二宝的头："别怕别怕，这是小白，也是我养的。"

二宝丝毫不理会我的话，把头一摆将我撞到了一边。它四个蹄子叉开，头低低的，脖子向下平伸，全身好像一支上了弦的弓箭。小白也不示弱，头同样低低的，尾巴夹成一团。我走过去刚一触到二宝的身体就感觉它全身一震，我以为二宝是被小白的狼性吓到，便转身想把小白关回到柴房里。不想二宝从背后把我撞倒，向小白冲去。小白连忙跑出柴房避开二宝，二宝不依不饶地追着小白，好像要把小白从后院赶出去一样，而小白绕来绕去始终不离开后院。小白虽然灵活，但始终没有二宝敏捷，小白被二宝用前蹄踢中，在雪地上打了滚，二宝上前就咬住了小白的身子。小白痛苦地叫了起来，我跑上去紧紧拉住二宝的鬃毛，可是二宝依然不放口，而且用力地把小白向外拖着。我转身拿起身边的草耙就打在二宝身上，慌乱中竟然使了十成的力气，比第一次打它的那下还要用力。耙身打在二宝身上发出啪的一声脆响，二宝愣住了，但马上用后蹄踢了我一脚，我被弹了出去，摔倒在地上，胸口一阵剧痛，肋骨都可能被二宝踢断了。我大口地吸着气，但还是挣扎着爬过去把小白盖在了身下。小白在我身下尖声地叫着，马圈里的马群也被惊醒开始躁动起来。二宝在我身边来回打转，它不时把前蹄高高举起，但每次都没有落在我的身上。它大口地喘着粗气，鼻子里喷出一道道白气，好像十分生气，我只能紧紧地抱住小白，剧烈的疼痛让我的意识开始模糊。

恍惚间，二宝的身旁突然闪现出一道绿光，一棵半米高的青草居然就在不远处的雪地上凭空跳了出来，可是就在二宝转身的瞬间，青草不见了。二宝头从我身边跃过，头也不回地向前飞奔，然后，和那青草一样凭空消失了。

天空又飘起雪来，大片的雪花落在院子里，落在我身上。好久我才从疼痛中清醒起来，周围也重新平静下来。我不知道自己为什么会如此保护小白，说不出刚才为什么会那么做。我一翻身，脸冲着夜空，雪花打在我的脸上又瞬间化掉，一滴滴冰凉的水珠好像是老天流下的眼泪。一个小舌头在我脸上不停地舔着，是小白爬到了我的身边。它背上被二宝咬的那处伤并不是很严重，我抱着小白看着雪花一片片落下。

我突然感觉二宝这次不会再回来了，这一次它是真的走了。

第2^3章

过年危机

老王叔身子一震，头都没抬说了句："死了。"

"死了？"老张哦了一声，"真他妈的邪门。"

我和老王叔是农历小年那天去的镇里。

老王叔从马圈里挑出两匹壮实的马，他一边小心地给马腿绑上干草围着的绑腿一边对我讲冬天骑马的要领：

"冬天骑马不能上来就快跑，要先小步溜达；下了马也不能立刻让马停脚，一定要带着马慢慢溜几步。还要记得注意给马清除嘴边口气冻出的冰霜，更不能让马喝冰的井水……"

我一一用心记着，我知道这些马都是老王叔的命根子，千万要小心些。这可是我第一次骑马，坐在马背上身子随马的步伐轻快地弹动，行走在满是白雪的山边，心里是说不出的惬意。我索性放开缰绳让身下的马小步跑着，而我自己张开双手在马背上高兴地大叫，听自己的声音在山间回荡。老王叔心情也十分好，跟着我呵呵地笑着。

我问老王叔上次在我打猎时唱的是什么歌。

老王叔说那是长白山里的山歌，也是山里小伙子追姑娘时的情歌。每个山里的男人都会唱的，上次唱的只是第一段。我让老王叔把后一段也唱了，老王叔爽快地答应了。他清了清嗓子大声唱了起来：

天上的月亮哟

麒麟的眼眼

地上的姑娘哟

红红的嘴嘴

麒麟眨着眼

姑娘嘬着嘴

姑娘哟，何时才能让俺进了你的门

　　我和老王叔边走边聊，不知不觉就到了镇子。我们在镇子口的大路边下了马，两个人牵着马慢慢往里走。可是很奇怪，走进镇子竟然没有看到一个人，大树上的铁喇叭也没有像往常一样放着广播，可能是因为要过年了吧。我和老王叔到了合作社办公室，可是敲了半天门也不见有人开门。我们又去了合作社，结果那里也一样没有人。我和老王叔都很奇怪，老王叔说往年可不会这样的。这时从镇子另一边跑过来几个人，我看得出走在最前面的就是老张。我和老王叔冲着他招了招手，老张离老远就冲我们喊着："你们来了太好了，正想找你们呢。"

　　老张风风火火地跑到我们身边，连招呼都不打就一把抓住了我俩的胳膊。这时我才看见他身后跟着的是两个民兵，手里都拿着步枪。

　　我问老张这是怎么了。

　　老张叹了口气，说："唉，你们是不知道。今年不知为咋，深山里的狼群突然下了山。上个星期闹了前面好几个村子，还咬死了好几个人呢。"

　　我倒吸了一口凉气。

　　老王叔奇怪地说："不可能呀，我可是打小在这长白山脚下长大，还没见过狼群敢到村子里闹的。以前过冬的时候倒是有过单个的狼崽子饿得溜下山。这次的狼群有多少只狼？"

老张说："听前面村子的老乡讲不下五十只狼，黑压压的一大片，晚上呼啦一下子就窜进村子里。不过都不进屋，就是往牲口棚钻，见什么咬什么。人要出来就咬人，死的那几个人都是因为想打狼结果反遭狼咬的，不过那些狼咬死猪呀，牛呀的却从来不吃，而且在每个村子都没待超过一个晚上，也不像是饿狼。"

老王叔的脸上露出奇怪的表情，老张继续说："老王呀，现在就怕那群狼不知什么时候就奔你的马场去了，这是我们最担心的。我和这两个同志刚通知完附近的村子做好保护措施，正想着怎么给你们报信呢，你们就来了，真是太好了。"

听了老张的话，我和老王叔都愣住了，我看了看老王叔："咱们怎么办呀？"

老王叔狠狠地说："咋办？来一个我宰一个。"

老张拦过话来："老王同志呀，话不能这么说，马场算上小杜一共才三个人，还要照顾几十匹马，到时候如果狼群真的来了，无论伤到马还是咬到人，咱们都不合算呀。"

老王叔问："那咱们怎么办？"

老张说："要不咱们一起回去，让老嫂子拿上东西，咱们带着马去民兵支队那里？"

老王叔一听急了："咋地，让我躲着狼？哪有人躲着畜生的？我这辈子只打过狼还没有怕过狼呢。"

老张也急了："老王你怎么这么倔呢，这回不是开玩笑的事，这事不能让你做主，马场现在得由我们支部来管。"

老王叔又说："不行，你们支部也不能说管就管。那么大的马场怎么搬？几十匹马从马场带到支部，没草没料，还没有大牲口棚，冻坏了马你不心疼呀？"

我看两个人越说越急，连忙拉住了老张："老张，这么着吧。咱们一起回去在马场守两天，如果这两天没事那就是狼群又回山里了，把马从马场挪出来真的不是容易的事呀。"

老张想了一会儿也只好点了点头："也只能这样了，他们民兵连现在也正在山里撵狼群呢，狼群也不一定敢下山了。"

结果被狼群的事一闹，我和老王叔早就忘了给我家里写信和买年货的事，我们还有老张和那两个民兵同志一起急急忙忙地往马场赶去。

因为只有两匹马，所以我们五个人就牵着马快步往马场走着。很快老张与老王叔两个人又有说有笑起来，两个人本来就是十几年的战友，每年部队的人到马场也都是老张做的交接，我去马场也是如此，两个人交情好得没话说。老张从老王叔手里夺过马缰绳，顺便又扔给老王叔一个烟卷。

老王叔拿在手里闻了闻，就把烟夹在了耳朵上："这玩意儿太淡了，还是我这家伙有劲。"

老王叔从腰里抽出烟袋冲老张晃了晃。老张点着了自己的烟，又凑过去给老王叔的烟袋点着了。山上的风很大，两个人为了点着烟头都顶在了一起。终于把烟给点着了，两个人一块儿笑了起来。

老张用手指了指老王叔："老哥你呀。"话还没有说下去就转身又给我扔了根烟卷，我接过来，旁边的民兵同志给我点着了，我学着老张的样子大口吸着，结果把自己呛得直咳嗽。这时所有人都乐了起来，笑声盖过了山上的风声。

老张吸了一口烟，说："老王哥，你呀听老弟一句，今年不比往年呀。咱们部队全在朝鲜打老美，现在就连全县加一起也没有一百个民兵，也都分派到下面几个村子里了。说实话，我身边也只剩下这两个兄弟了。你的马场是我最担心的，如果真的出了事，你说我怎么办呀。"

老王叔呵呵笑着："你小子呀，我在这山里六十多年了。地主没压死我，日本鬼子没打死我，我咋还怕这狼给我吃了呀。"

老张说："老哥，我在这儿也待了三十多年了。这些年你是看着我过来的，说实话我真就把你当成我哥呀，你今年多大岁数了？嫂子多大岁数了？我都想好了，开了春我就跟上面说，给你的马场派两个人。是硬性指标，你不要都不行。"

老王叔笑着叹口气："人真老喽，得要人照顾了。小张呀，就照你说的办吧。"老王叔回身冲我和那两个同志喊着，"咱们走快点，过了这山头就是了。我给你们杀只鸡，咱们今天晚上吃肉喝酒。"大家的笑声再次响彻了山谷。

大妈看我们带回了镇里的同志更是开心得不得了，对于狼群下山的消息反而并不怎么在意，看来这种事对于山里人真的是没有什么。大妈给我们杀鸡做菜，我们五个人盘腿坐在老王叔屋子里的炕上，围成一圈，吃着秋天采的榛子还有栗子。榛子是大妈在铁锅里混着沙子粒炒过的，平时用小布袋包着放在炕头烤着，那榛子仁咬在嘴里真是又香又脆。我们五个人谁也不用工具，就直接把榛子放在嘴里，用手捂住腮帮子，嘎巴一声就吐出榛子壳。那栗子是大铁锅煮的，又沙又甜。等到大妈把做好的饭菜放到桌上，炕上的榛子壳和栗子壳已经堆得像小山一样了。

既然老王叔说了吃肉喝酒，现在肉来了，老王叔当然又从柜子里拿出来那一小坛酒。老王叔还是像几个月前一样给他们讲着酒的妙处，只有我一个人红着脸小心地看着老王叔喝酒时的表情，结果老王叔还来不及品酒就被老张硬灌下了一大碗。那两个民兵同志也都是山里汉子，喝起酒来也是一样的豪爽。一圈下来小坛子里的酒就见了底，我们五个人也都是脸红脖子粗了，没等饭菜吃完，几个人就已经全在炕上东倒西歪的了。

大妈笑呵呵地抱过几床棉被来，一边往炕上铺着一边和我说："这个小张呀，这些年可是给我们马场不少照顾。就是和老头子一样急性子，脾气也又臭又倔，年年都得和你王叔拼回酒。这些年两人都越来越老，可是脾气也是越来越大，喝酒还这么冲。"

看着大妈给炕上的四个东倒西歪的大老爷们一个个脱鞋，我想起了我妈。

大妈给他们盖好了被，冲我说了一句："你也在这屋子睡吧，我去你的屋子睡，喝了酒就早点睡吧，今天你们可都累坏了吧。"

躺在炕上，我身边传来老王叔和老张两个人的鼾声，心里却感觉到异常的充实，很快我也睡着了。

第二天一大早我就被老张的大嗓门给吵醒了："同志们快起来，我们今天可是有不少活儿要干呢！"

那两个民兵同志比我大不了几岁，和我一样揉着眼睛从炕上坐了起来。老张把手一次次伸进几个人的被窝，他的手冷得跟冰棍一样，把我们冰得大叫。老张站在那里像孩子似的大笑，这时我们才发现老张早就穿好了衣服，而且刚才一直在外面待着，他的脸冻得红红的，说话时都不住地吐着白气。我们几个人也连忙爬了起来，刚穿好了衣服，大妈就把蒸好的窝头和地瓜放在了炕上，我们四个人下手抓着吃了起来。

我一边大嚼着一边问老张："老王叔呢？"

"他在后院收拾呢，咱们也得马上过去帮忙。"

我们几个人一边咬着手里的地瓜一边往后院走，刚走出屋虎子就冲着我们摇着尾巴欢快地叫着。昨晚又下了些新雪，踩在脚下咯吱咯吱的，一走到后院就看到老王叔在用叉子一把一把地叉着干草。

老王叔看到我们来了就冲老张说:"你小子呀,怎么不让娃们多睡一会儿呢。"

老张一挥手:"那可不行,咱们的任务可艰巨着哩。你们两个跟我上去补马棚,小杜你帮老王弄草。"

后院一下子就热闹了起来,马儿们也因为人多起来而异常兴奋,站在马圈里不停地打着响鼻。老张站在马棚上嘴里哼着歌,我听出来那是"雄赳赳气昂昂跨过鸭绿江"的调子。

老张唱着唱着突然像想起了什么,停下来问老王叔:"哎,老王。去年出事后那马驹呢?"

老王叔身子一震,头都没抬说了句:"死了。"

"死了?"老张哦了一声,"真他妈的邪门。"

那两个民兵同志显然不知道这件事,就问老张什么马驹,老张给他们讲那年部队来配马时发生的事情,包括马群是怎么惊的,红光是怎么死的。老张讲得绘声绘色,我也终于把这件事完完全全地知道了。老王叔显然有些不高兴,咳嗽了两声,见老张根本没有停止说这事的意思就丢下叉子一个人不声不响地回了屋。

老张丝毫没有理会,干完手里的活儿冲我喊了一声:"小杜,走,跟我上山去砍些柴回来。"

老张和我并排在山上走着,老张交给我一把镰刀,他自己也拿了一把,他一边走一边笑老王叔,说他这么大岁数还跟小孩似的,到现在还惦记着那事呢。说完这句话老张的脸色凝重起来。

"小杜,老王这人要强了一辈子,就算有再大的困难也没跟我们部队伸过手呀,所以这次就全靠你了。"

我点了点头,老张拍了拍我的肩:"老王今天早晨跟我说他和嫂子都十分喜欢你，说你是一个好孩子。我跟你接触不多，但我也能大概知道你是啥样人，你这人错不了。"

我把胸脯一挺："老张同志你有啥事就直说吧，什么任务我都坚决完成。"

老张叹了口气："你也知道，老王倔得跟牛似的，他死也不可能跟我回支队。眼看就过年了，支队里那么多事我也不能整天在马场待着，可是我就是放心不下这马场呀。"

我大声说："老张，你放心，这马场有我呢。"

老张大手使劲往我肩头一拍："好样的！"他仔细地给我讲了些山里如何防狼、打狼和必要的逃生方法。

老张用镰刀砍下几根树杈，然后又把树枝一头削得尖尖的。他拿在手里空刺了几下："小杜，你在部队里练过刺刀吧？"

我点了点头。

老张扬了扬手里的树杈："你照这样削几十根，然后插在围墙上，还要留一部分。如果狼真来了，就当长矛、刺刀捅死畜生的。晚上把头用破布包着，蘸些油点着了就是火把。"

我便照着老张的样子，开始砍身旁的树干。

一下午我就和老张砍了差不多三十几根长树枝，我们坐在树桩上把它们都削得尖尖的。天不知不觉地暗了下来，老张从兜里拿出根布绳把树枝绑成一捆，和我一起轮流用肩扛着走回马场，结果走到马场时天已经完全黑了下来。刚走进马场我就听见了小白尖尖的叫声，本来我怕老张他们发现便把小白拴在了柴房里，它是不可能跑出来的。我连忙放下肩上的树枝冲进了后院，只见柴房的门被打开了，小白不知被谁拽了出来拴在马桩上。它的耳朵与尾巴也被草绳绑在了一起，小白一边尖叫一边疼得不停地原地打转，它的眼里流露出惊恐，看到我拼命地想向我跑来，却一次次被脖子上的皮带扯回去，我连忙走过去解开了它头上的绳子。

站在旁边的那两个民兵同志不解地问我："小杜同志你这是干啥？咱们在柴房看见了这狼崽子，老王叔说是你养的。"我生气地哼了一声："是呀，就是我养的。你们怎么能这样呢？"他们奇怪地问："这玩意儿是狼，你不弄死它怎么还能养着它呢？"

我没有好气地说："不用你们管，我就是养着，怎么了？"

这时老张走了进来，一眼就瞧见了地上的小白："哎呀，我说小杜，我跟你说了半天，原来你早就把狼崽子给招家里来了，你怎么搞的呀？"

我无言以对，只好抱着小白不说话。

老王叔走进来，说："小孩子爱玩就让他玩呗，管他做啥呀。"

老张像是没见过老王叔似的："哎呀，老王你这是怎么了？见狼不打的老王头儿我还是头一朝看见呢。"

老王叔也不理他，只说了句"吃饭了"就走回前院去了。那两个民兵同志连忙跑了出去，留下来的老张蹲下身子仔细地看着小白。他掂了掂小白的爪子，又扒了扒小白的嘴。

"咦，这狼崽怪漂亮的，这脑门还是白的。老王，你不是当它是白狼吧？"

老王叔气得从前院折了回来："妈了个巴子，你少扯淡。"

老张呵呵地笑着："你呀，一说就火。小杜，你知道咱山上白狼的事不？"

我看了老王叔一眼，摇了摇头。

老张站了起来，说："还是不知道好。小杜，这狼不是好东西，还是早点扔了吧。"

就这样又过了两天，我们把马棚和院墙全都给加固了，栅栏上也全都绑好了尖尖的树枝。眼看再有两天就过大年了，大家都觉得这狼群是不会来马场了，而且那两个民兵同志想回家过年，急得跟什么似的。

老王叔瞧在眼里便跟老张说："小张，你们回去吧。这狼看来是不会来了，别让孩子们不能在家过年呀。"

老张也点了点头，说："是得回去了，这几天也没有县里的消息，我也要回去看看了。"老张从民兵手里拿过一支步枪交在了我手里，"小杜，这马场就全靠你了。"说完他又交给我一包子弹，一直走到门口老张都在不停地嘱咐我："小杜，这可算是组织上交给你的任务，一定好好完成呀。"

我把步枪往胸前一放，给老张来了个立正："老张你就放心吧，狼要是来了，我保证一枪一个。"

老张拍了拍我的肩膀："小杜，你眼下最重要的任务就是要陪老王老两口过个好年，他们的儿子牺牲在战场上，是抗日英雄。咱们子弟兵就是老王家唯一的亲人啦，小杜呀这次得让你当回儿子。"

我笑了笑说："老张，没问题。老王叔老两口对我这么好，我当然得好好报答，甘心当个人民的好儿子了。"

老张还想和我说些什么，身后传来老王叔厚实的声音："小张呀，咋不想走呀。拉着小杜说啥呢？是不是还想吃你老嫂子做的小鸡炖蘑菇呀。"

老张小声笑了一下："这老小子。"他大手一扬，带着那两个民兵同志走进了清晨的雾气之中，很快就再也看不到他们三个人的身影了。

大年三十那天大妈做了满满一桌子吃的，没想到这穷山沟里竟然也能找到这么多好吃的。桌子中间是满满一锅炖肉，黄黄的肉汤飘着诱人的香味，锅里四四方方的是野兔子肉和土豆，圆圆的是鸡蛋和栗子。我和老王叔大口地嚼着，吃完的骨头就顺手扔给地上趴着的虎子，虎子总是不等那骨头落地就扬起头一口咬住，逗得我们直笑。桌子上还有大妈蒸好的地瓜干、卷着咸鱼干的白菜卷还有整整一大盘盐炒榛子仁，老王叔一边吃着一边埋怨着老张他们那天把酒都喝光了。

大妈一边往桌子上拿菜团子一边说："少喝点酒好，大过年的你又想把小杜给喝迷糊呀。"

那菜团子皮是用玉米面混白米面的，馅是素的，都是山里的野菜。每个团子都像金元宝那么大，黄灿灿的，又好看又好吃。

大妈看我吃得起劲，还不好意思地说："山里没有白面，大妈没法给你包饺子，对不住你呀。"

我对大妈说："大妈这就挺好吃啦。"

大妈高兴地又往我碗里放了一个："好吃就多吃点，这些都是给你做的。"

老王叔撇了下嘴："你想把娃给撑死呀。"

大妈一瞪老王叔："咋啦？孩子爱吃，你管不着。谁像你，吃了几十年连个好都不会说。"

这下老王叔说不出来话，只好呵呵乐了起来。这是我第一次没有在家里过年，可是感觉就好像坐在自己家里吃着妈做的饭菜一样，很温暖。

吃过饭，趁老王叔和大妈收拾碗筷，我拿着一小碗炖肉走到柴房。打开柴房门，小白蹲在地上静静地望着我。自从老张他们走后，我便把小白拴在柴房里。因为它越来越大，差不多和虎子一般大小，即便它没有什么攻击性我也害怕再出现什么意外。我把肉放在小白的面前，小白狼吞虎咽地吃了起来。我轻轻地摸着它的头想，过完春节了，开春我便得回部队了，小白要何去何从呢？既不可能放在马场继续养着，要放生吗？也不是很现实。就在我苦苦思索的时候，身后传来一声咳嗽，转过头我看见老王叔正站在我的身后。

老王叔和我走到后院，切好的草料整齐地码在墙角，那是我和老张他们几个切的，足够马场用到开春的了；马棚也全都补好了，就算明年夏天下大暴雨老王叔都不用再发愁了；整个院墙也用黄泥新砌了一遍，十分结实。老王叔一样样仔细地查看着，最后抬起头满意地笑了。

"这个老张呀，真是细心，连马槽子都给我弄好了。"老王叔抬起头叹了口气，"人活这么大数岁了，这人呀谁好谁坏，我这一眼就都知道了。"

我不知道老王叔说这话的意思，只好静静地等着他把话说完。

老王叔继续自言自语似的说着："可是人一老脾气就是犟呀，其实我们是应该跟老张一起回支队的。"

我问老王叔怎么了。

老王叔看着我说："人老成精，我这两天心里总是一上一下的，我感觉今年我会出点事。可是自己要强了一辈子就是不愿低这个头，给部队添麻烦。"

我冲老王叔说："没事的，不是有我在嘛。老张人好、心细，这些都想到了，他还让我好好照顾你们老两口呢。"

老王叔转过头看了看我，然后又叹了口气："其实我就是放心不下你呀。我和老婆子都是老胳膊老腿的，怕啥。你这孩子是个好孩子，我和你大妈都是打心眼里喜欢你，而且你和我们这马场也特别有缘呀。"老王叔突然话锋一转，"它好久没有回来了吧。"

我开始没有想到老王叔说的是谁，但马上明白老王叔指的是二宝。

我看着老王叔的脸，他的眼睛明亮没有一丝老气，我不禁点了点头。

老王叔继续说："其实你每天晚上偷偷跑到后院我都是知道的。"

听了老王叔的话我吓了一跳，老王叔笑着拍了拍我的肩膀："别怕。娃，今天跟你说这些话是我把你当成自己孩子了。不知道为啥今天想跟你说这些话，其实你第一天偷偷想要打它我就知道。那时我还不熟你这个人，以为你只是一个普通的淘气孩子。后来又以为你信了我的话把它当成了麒麟，还误会了你。可是后来我看你每天晚上去后院，原来你只是真心喜欢它呀。等你养了那狼崽我才算真正看清了你，你这孩子和四条腿的东西有缘呀。缘分这东西不信是不行的，那兔崽子原来最怕人，咬过多少人，从来不让别人近身，就连我也不敢轻易碰它呢。结果你一来就跟你近乎起来，那个狼崽子更是黏着你。你这样的孩子我还是头一次见到呀。"

我小心翼翼地问老王叔："那酒的事，老王叔你也知道啦？"

老王叔哈哈大笑："你这个小崽子，那点事能瞒住我吗？你拿我的酒给了那个马驹子，不过你还知道买药酒放回去，也看出你这孩子有心啦。我都这么大岁数了，还在乎那一两口酒呀。"

我不好意思地笑着，老王叔说："唉，可是越是看着你这样，我就越感觉你和这马场会有麻烦。也不知道为什么，可能是岁数大了吧。娃，等到开春你就赶紧回去吧。"

我不再说什么，只是点了点头。

老王叔今天的话很多，他继续说："娃呀，不是我撵你。那马驹咬狼崽的时候我也看见了，我感觉这里面有事。等你走以后我会帮你照看那狼崽，到时就会把它放了。它和那兔崽子都一样有灵性，不是一般的牲畜。"

我点了点头，拦住了老王叔的话头："老王叔你不用担心了，不会出什么事的。"

老王叔笑着摆了摆手："不说了，不行了，肚子胀得难受，得放放货。"

我笑着说自己也是。于是我和老王叔两个人像孩子一样，站在院子当中撒起尿来。闪亮的星光星星点点地洒在我和老王叔的身上，屋子里的灯光洒在雪地上，照得院子通亮。

第10－1章

血战

　　老王叔头也不回地说："妈的，狼群没走。它们准备把我们困死。"

转眼就过了初七，出了大年，天气还是那么冷。

这几天又连续下了两场雪，新雪把山上的路重新给盖住了，看来要想出山也只好等到山上的雪化掉才行了。现在除了看看后院的马，还有带着小白在院子里玩，我几乎不出屋子。老王叔他们老两口也是，我们三个人这几天差不多都是围坐在炕上吃着大妈炒好的榛子和栗子，聊着闲嗑数着日子过，也算是悠闲。

我以为过了年，一切就跟着结束了。

可是，事情就是发生在这样平淡的日子，那一天是正月十四。晚上月亮早早就挂在了天上，一轮圆月照得整个马场都亮通通的。我正在柴房逗小白，突然想到再过四天就是我的生日了，现在的我开始越来越想家了。看来我的生日也要在马场过了，无论如何就只有安心在马场待到开春了。不知为什么，今天小白一点精神都没有，无论我怎么逗它，它都不理我，只是把头枕在前腿上，尾巴也没精神地耷拉着，没力气地摇摆着。过了一会儿我也感觉没什么意思，就枕着自己的胳膊仰面躺在了干草堆上，房梁上那吊着的油灯来回摇曳，火苗突高突低，我的心情也跟着一上一下。我突然有了一种不好的感觉，小白也开始躁动起来。它支起耳朵，不安地张望着，我坐起来望着小白，我好像也听到了什么声音。我披上了衣服走到了院子里。后院的马群也同样很躁动，老王叔站在马棚外面一脸凝重。我走到他身边，他也不回头看我，说："这马有点惊，好像是要有事呀。"

我站在他身边，跟他一起望着远处不说话，过了好一会儿老王叔才回头看我："没事了，你回屋吧。早点睡觉，明天就是正月十五了，我让你大妈再给你包点菜团子。"

我答应了一声就回到前院。站在院中我向外望着，黑黑的，和平常一样。只是感觉今天的星星很奇怪，蓝汪汪地在山坡上一闪一闪的。感觉那星光一点一点的，好像越闪离自己越近，煞是好看。我叫老王叔过来看，老王叔才看一眼就猛地一拽我衣服。

"快！回屋，那是狼眼！"

我听了老王叔的话立刻出了一身冷汗，感觉自己的发根也一根根参起。没想到狼真的来到马场了，那些就是狼眼吗？我望着那些蓝色的星一闪一闪地慢慢向马场靠近，脑子一下子变得空白。那一瞬间就像当时小李的枪打在我的身上一样，中枪时并没有感到疼痛却有着很奇怪的念头。我感觉自己身上有什么东西不断地往外跑，好像一下子被抽空了一样，在慢慢地向下沉。我想往回走，却发现自己已经抬不动腿了。老王叔早就快步走到屋里了，回头见我茫然地在院子中间晃着，他跑回来冲着我就是一脚。

"傻啦？快回屋！"

我这才回过神来，可是耳朵里有一种嗡嗡的声音，眼前的东西也开始不真实起来。

我好像是在做梦，现在的一切我都有感觉，但又好像不是真正发生的。其实我是一个胆子很小的人，每次当自己十分害怕时都会有这样奇怪的感觉。我混混沌沌地跟着老王叔走进了屋，老王叔把柜子上的步枪往我手里一塞，自己拿起了那把双筒猎枪，冲大妈喊着："快！你去弄几根火把！"

我不知道应该做什么，只是拿着步枪跟在老王叔后面，结果一下子就撞在了正要转身的老王叔身上。

老王叔急得直跺脚："怎么呆住了，还站着干吗？快去前院守着呀，千万别让狼崽子们进院子。"

我这才醒过神，嗯了一声跑出来，刚站在院门口虎子便凑过来靠到了我的腿上，它呜呜地低声叫着，身子却在发抖，虎子也在害怕。几只狼绝不会把虎子吓成这样的，我知道一定是老张说过的狼群来了。我的眼睛紧紧盯着外面，现在还只能看见那狼眼在闪，却看不见狼的样子。看着那成片的狼眼，我都能想象出它们并排走路的样子。狼群走得很慢，它们排成一排，有条不紊地把整个马场包围了起来。眼看着狼群就离我们几百米远，突然它们停了下来。我看到那片狼眼徘徊在马场对面的土坡上，这时后院的马儿们开始嘶叫，那叫声里充满了恐惧与暴躁。老王叔走了出来，他背着猎枪，手里拿着两根火把。

老王叔给了我一根火把，说："别怕，狼群一时半会儿不会进来。我去后院把火生起来，你自己机灵点。"

我听了老王叔的话，高举着火把，火光照亮了整个院子，我借着火光往外看，结果头上火光太胜我反而什么也看不到了。我举着火把一动不敢动，生怕一放下狼就会从我的身边跳出来。我就这样没有一点意识地站着，火把落下的火星烧焦了我的头发，烧坏了我的棉衣。

不知道过了多久，老王叔重回到院子里叫着我的名字我才回过神来。老王叔怀里抱着一大把柴，他在院子当中堆起个柴堆，然后用我手上的火把将木柴点燃。院子里还有一些残雪没有扫净，很快被火烤化，成了水，弄湿了地面，眼看堆在最下面的木头因为沾了水汽很难点燃。我焦急地喊着："快着呀，快着呀。"

老王叔一边侍弄着手里的柴火一边头都不抬地说："不用着急，狼群不会那么快有动静的。"

"真的吗？"我将信将疑。

"你放心吧，这个我心里有数。"老王叔继续说，"狼这畜生奸着呢，咱这马场背靠着山，狼群没办法从后面进来，它们也不会轻易从正面进来的。我已经把后院里的火点着了，等把这边点着就好了。"

老王叔虽然说得轻松，但我还是看得出他的手有点抖。好不容易院子里的火终于点着了，看着火堆里的木头越烧越旺，我和老王叔同时舒了口气，这时我们的头上都已经满是汗珠了。

我问老王叔："这狼群真的不会冲进来吗？"

王叔看着狼群那边说："狼这玩意儿也不会白白送死，它们总是等到差不多时才进攻呢。这还没有到夜里呢，等夜深了，我们困了，这些狼崽子才正是精神的时候呢。"

听到我们要跟这些狼耗一夜，我不禁打了个冷战。

"那天亮了狼群能走吗？"

老王叔还是望着那边说："谁知道？我也是头一次看这么多狼一起下山呢。"

说着老王叔从火堆里捡了根烧着的木头使劲往黑暗中扔了过去。烧着的木头撞在地上时火焰一下子溅开，我看到几只大灰狗似的狼在火光里一闪就不见了。

大妈从屋子里出来，又给我和老王叔一人添了一件棉袄，还把子弹袋交给了我。

我冲大妈说："大妈，这里太危险，你快进屋吧。"

　　大妈嘱咐了我和老王叔两句就回了屋，然后从屋子里的窗户探出头来看着我和老王叔。老王叔蹲在院子当中，不时地往后院望着。他是在看后院当中的那堆火烧得怎么样了。现在后院和前院的两堆火差不多把整个院子都照亮了，院子里也已经化了一大片雪，脚下的地面都变得软乎乎的了。老王叔叫了我一声，我走了过去和老王叔背靠背蹲了下来。

　　"娃呀，这院子里要只有我们三人还好办些，我最怕的是马。狼要是从两面进来，我们根本照顾不住。我现在就寻思千万别让狼崽子们发现后院的马道。不过如果狼崽子真从那儿进来，我只能去照看马匹了，前院只能靠你一个人了。"

　　我对老王叔说："这狼还能兵分两路？"

　　"这狼才精哩。"老王叔嘿嘿冷笑了两声，"谁在正面进攻，谁去包抄穿插，谁去什么地方埋伏、突袭，都分得特别清。谁要是一旦被狼盯上，那就是凶多吉少了。狼这玩意儿跑得并不是特别快，可是后劲十足。狼群在山上捉野猪时都分成好几路撵野猪，一追就是几天几夜，最后能把野猪的肺给跑炸了。而且狼群从来不跑空的，如果不得手狼崽子们也绝不会停手。"

　　我听了老王叔的话心里七上八下的，手不住地在衣服上蹭来蹭去，因为太过紧张，握了一会儿枪手心里便充满了汗水。可是时间过得出奇地慢，火却烧得那么快，眼看着火一点一点小下去，对面的狼群就会骚动起来。老王叔不断从后院拿来木头添入火堆，夜里越来越冷了，就算烤着火也能感到冷风像刀子一样刺透棉袄。更要命的是我困了，眼皮沉得都快抬不起来。我使劲瞪着眼睛，上下眼皮还是来回打架。

　　看着我来回站起来又蹲下，老王叔问我："你咋啦？是不是困了？"

　　我只好承认自己已经坚持不住了。

老王叔看着对面的狼群说："嗯，小伙子是不能缺觉的。你去睡吧，一会儿你进屋，叫老婆子出来替你。"

我说："那哪儿行呀，我怎么能让你们替我守着呢，应该是我为你们守着的。"

老王叔拍了拍我肩膀，说："这狼群不一定什么时候走，我们不能都跟它们耗着，今天你先睡，明天替我咋样？"

既然老王叔已经说到这儿了，我也只好答应。我和老王叔又往后院的火里添了好些柴，又搬来一大堆柴放在前院里。我回到屋子，大妈马上迎了上来。她像事先知道我和老王叔的打算一样，从我手里接过步枪对我说："娃别怕，你大妈年轻时也是民兵呢。你快去睡觉，明天还得靠你呢。"

我回到炕上，还是有一点不放心，打开窗子向外望。我看见大妈和老王叔也是背靠着背，一人守着一个方向。他们两个人站在那儿一句话也不说，但我似乎已经感觉到了那份默契。我实在困得不行了，一头就倒在了炕上，迷迷糊糊中我突然想到了小白，小白还拴在柴房，自从狼群来就一直十分安静，它怎么没有一点躁动？想着想着我很快就睡着了，什么也不知道了。

迷迷糊糊中我梦见了小李，他笑呵呵地站在我面前，那是在我们刚入伍时，他那崭新的军装上没有一点褶子。我跑过去想抱住他，可是他一下子变成了老王叔，他的身上全是血，流到了我的身上，弄到了我的手上。我抱着老王叔哭，老王叔怎么也不回答我。他的身子在我怀里一点点变凉，我的身后传来老张的声音："小杜同志，这马场就全靠你了。"我回过头，老张已经不在了。二宝站在远处看着我，我想叫二宝，可是我叫不出声来。二宝看了看我，突然前蹄跃起，它长出了翅膀，它头上那角越来越长，它变成了麒麟。它向我冲来，它离我越来越近。我有点害怕，我想跑开。可是不知什么时候怀里的老王叔变成了小白，它咬住了我的手，我无法动弹。就在这时，我看见肃慎出现在我面前，他一身白衣，面无表情，他说："申，这是你的选择，是你改变了你自己的命运……"

砰！！！

一声枪响把我从梦中惊醒，出事了！

我一揭被子就从炕上跳了下来，跑到了院子里。

这时，天已经亮了，院子中间是一大堆没有烧尽的木头，黑灰被风吹得满院子都是。院子里还弥漫着浓浓的火药味，老王叔手上的枪筒里还冒着青烟，他的脸也是一样的青紫。大妈不在院子里，老王叔眼睛一动不动地盯着院子外面，半天骂了一句："狗日的。"

我连忙跑过去："老王叔咋地了？"

老王叔头也不回地说："妈的，狼群没走。它们准备把我们困死。"

我看着院子外面静悄悄的，什么也没有。

"妈的，刚才这群狼崽子看天亮了想冲进来，被我撂倒了一个。"

我顺着老王叔的手指的方向看，果然在院子前不远处看见了几处血迹，雪地上也有什么被拖过的痕迹。一片被狼群踩得乱七八糟的雪地上零星地散落着血花，看起来是那么触目惊心。

我问老王叔："那我们现在怎么办？"

"怎么办？没办法，只有这么耗着。狼群把我们出山的道给堵死了，这四十多里地只有我们一户，想别人救我们也难呀。"老王叔手一指，"娘的，就是这家伙。"

我看见远处几百米的山坡上慢慢现出一只狼，这是我第一次完完全全清楚地看到一只狼。它的毛色有些发灰，嘴又尖又长，两只眼睛斜吊在脸上。它的个头很大，甚至比虎子还要大好多。它慢慢走上山坡，尾巴像棍子一样硬硬地拖在身子后面。它看上去是那样藐视我们，当它的目光与我和老王叔的对上以后，那狼就远远地站定了，死盯住了我们。

"娘的，跟老子耍威风！"

我知道老王叔一定被这狼的嚣张气坏了，我喊着："老王叔，打死它。"

这时老王叔才转过头看着我："这么远打不到的，这家伙是知道的，要不然它不会那么轻易地露面的。那是头狼，是狼王呀。"

狼群里总是由最厉害的一只狼领头，它是狼群的头，也是狼群里至高无上的王。

我听我爸讲过，但是，我没想到头狼竟如此地威风。

那只头狼冲着马场望了一会儿，突然扬起脸叫了起来。那声音尖锐刺耳，听起来是那样不舒服。山坡上突然一下子冒出无数的狼头，有几只小一些的狼把一只狼的尸体拖到了头狼身边。头狼踩着死狼，低头一咬竟然把那狼头咬了下来。面对我们，那只头狼开始嚼着狼的尸体。我听到它咬骨头的嘎吱声，也闻到了风中让人作呕的血腥味。

我开始感觉害怕，我的棉袄里满是汗水，衬衣湿淋淋地沾在身上，冷风吹过，背后又瞬间冰冷一片。我看见老王叔的脸上也有汗水沁出来了。

"娘咧，狼崽子看来是跟我们干上了。这回看来不是它死就是我亡了。"

"老王叔，咱们能赢吗？"

老王叔转过头看了看我，半晌才说："能，有啥不能的。去后院把你大妈替下来，让她给咱们热口饭，咱们得吃饱喝足地和这些狼崽子干。"

我来到后院，看见大妈一动不动地举着枪站在马棚那里，她的脸上沾满了黑灰，身上的棉袄也有好几处被烧开了花。大妈的头发乱了，干枯的白发在风中飘舞着。大妈看起来是那么憔悴，我走过去扶住了她，她回头见是我，冲我笑笑，意思是自己还能挺得住。

我拿过大妈手里的枪，对她说："大妈你歇着吧，等一会儿还得给我和老王叔做饭呢。"

大妈还是虚弱地笑笑，我看得出她已经没有什么力气了。但她没有用我扶着，自己慢慢地走进了屋，不一会儿就捧着盆热气腾腾的玉米面饼子走了出来。还好老张当初弄的高高的尖栅栏起了一定作用，狼群似乎还没有找到突破这道防线的方法，它们好像也不准备在白天里大举进攻，老王叔和我盘算了一会儿就决定我们三个人都回屋看着狼群了。

我们三个人都蹲在老王叔屋子里的炕上，让虎子待在屋门口，如果狼群从正面进攻，虎子就会告诉我们。我们三个人打开窗户，眼睛死盯着后院的那条马道。

老王叔又一次叹了口气说："其实我们三个人都好办，只是后院的马不好办呀，不能眼看着这几十匹马全被狼给咬死呀。"

"我们能看住一匹是一匹，我不信这狼群能守着我们十天不动弹。"

老王叔把猎枪和步枪从窗口伸出去，枪都上了膛。

"只要是有狼冲后院去就开枪打死。"

就这样我们一直蹲在炕上盯着外面，三个人换班睡觉。好不容易挨到了下午，远远望去，对面山坡上那些黑点一动不动，狼群还是没有走。趁大妈睡觉时老王叔对我说："你说为什么狼群到咱们这儿就不动了？"

我摇了摇头。

"那你说会是马场的马引得狼群来这儿的吗？"

我又摇了摇头。

老王叔叹了口气："我在山上生活大半辈子，也不明白这事呀。娃，看来是没有办法了。"

"没办法了？"我不解地看着老王叔。

"咱们的柴火只够再烧两天了，没有了火到了晚上狼崽子便百无禁忌，到时这院墙根本拦不住它们。现在烧两堆火太浪费柴了。而且再过两天不去喂马，那马也挺不住了。"

"那咱们真的没办法了吗？"

老王叔望着外面不再说话，只是握着枪的手松一下紧一下，像是在下最后决定前而思考些什么。

现在的我就像在打仗一样，精神一点都不敢放松。我想战场上的同志们盯着美国佬的碉堡时也跟我现在一种感觉吧。可是我现在面对的是没有一点人性的狼群，虽然它们没有我们人聪明，但它们是不怕死的畜生呀。要是老张他们在我们身边就好了，只要再多两个人、多两支枪，就算面对再多的狼群也不怕，要不然有一挺机关枪也好，冲着对面就是一突突把狼崽子们全给打死。我一边望着外边一边胡思乱想着，我的思绪很乱，一个又一个念头在脑子里打转，可是想想都是不可能的事情。唯一可行的计划就是骑马跑出去，可是这个办法也太危险。因为面对狼群，马群很容易害怕而不敢跑或者受了惊向深山里跑，那样会比现在还要糟，可能连活的希望都没有了。眼看着天一点点黑下来，我在心里念着明天一大早狼群就回山，明天一大早狼群就回山……

天黑了，如同圆盘一样的月亮高高地挂在天上。好圆的月亮呀，因为今晚的月光特别亮，我才抬起头来望着天空。原来今天是正月十五呀，本来应该坐在屋子里吃大妈给我做的好吃的山菜团子的，现在却站在冷冷的院子里面对着那凶恶的狼群。狼群根本没有走，天一黑它们就躁动起来，我能感觉到它们在一点点向马场靠近。白天里本来很安静的马群也开始骚动起来，它们不停地在马圈里走动、打响鼻，还有一些性子烈的马已经开始暴躁地用身体撞马圈的护栏，我站在前院里就听得到它们沉重的鼻息。

老王叔把后院剩的木头还有一些干草分成两堆，只剩下这些了。这些木头加上那些本来是马匹饲料的干草也只够烧半夜的。最后大妈把屋子里的樟木箱子都拆了，薄薄的木板放在火里吱吱地烧着，院子里立即充满一股好闻的松油味。

老王叔叹了口气："这么多年了，从来没有这么丢脸过，被一群狼崽子逼成了这样。这几个箱子是我和老婆子家里唯一值钱的家什，当初这还是准备给儿子结婚用的呢。"

老王叔说到这儿自己笑了，我看着却是那么凄凉。老王叔又嘱咐了我几句就拿着猎枪走到了后院，我一个人站在院子里看着火光发呆。经过了昨天我已经不是那么害怕了，当死亡还未来临时，我们总是害怕，可是一旦知道死亡已经在面前了我们倒会坦然面对。火苗在柴堆里忽上忽下，我盯着那蓝紫色的火苗，看它渐渐变大，感觉自己慢慢地被那火苗包围。

虽然有火光，可还是感觉院子里突然黯淡了许多，抬起头来才发现天上的月亮不知道被什么挡住了。天上黑漆漆的，星星少得可怜，黑暗似乎要把世间的一切都吞没。狼群在黑暗中更加躁动，那如同蓝色鬼火的眼睛又闪现在对面山坡，并一点点向马场靠了过来。我站起来，紧握住了枪。

老王叔在后院喊了一嗓子："娃，看紧喽，这群狼崽子又上来了。"

虎子站在我身边呜呜地低吼着。对峙了一天两夜，不论是狼还是人都开始失去了耐心，我拉开了枪栓，老王叔也端起了猎枪。大妈不知什么时候也走出屋子站在了我身边，她一手拿着一根火把，另一只手拿着切菜的菜刀。在夜风中大妈瘦小的身体好像随时都会被吹走，不时地摇晃着。可是现在看来却没有一点可笑的意思，我知道自己也在不时地发抖。

狼群离我们越来越近了。

三百米！

二百米!

一百米!

嗷……

一声狼叫穿破黑夜，直刺天空。那尖锐的声音不禁让我的心猛地一颤。

因为这叫声竟然是从我们的院子里传出来的。

第 3^2+1 章

白狼之王

　　小白的叫声里有着说不出来的至高无上，在我听来狼群的叫声似乎都在追寻着小白的声音。

　　这时月亮重回天空，华光照耀大地，雪地上如镜面一般光亮，我看见遍山的狼全部伏倒在地。

是小白！

那叫声是从柴房里传出来的！

小白的叫声充满了急躁，我连忙跑到柴房，打开柴房门我看见蹲在角落里的小白不住地咬着绑在自己脖子上的皮带，它不断地向上挣脱着。我不由得愣在那里，这时身后传来老王叔的声音。

"怎么了？出了什么事？"

我不知道怎么回答，小白突然停止了动作直直地看着我。它的眼里充满了渴望，它想让我帮它解开皮带。可是现在这个时候我应该这样做吗？会有什么样的事情发生呢？老王叔的声音再次传来：

"到底怎么了，你快回个话呀。"

我不再犹豫，快步走上去解了小白脖子上的皮带。解开的那一瞬间，我感觉小白的身体猛地一颤，它如箭一般蹿出了柴房。

等到走出柴房时，小白已经跳到院里的架子上。前腿站住，身子坐在后腿上，头高高扬起，开始不停地嗥叫。听到小白的叫声，狼群停了下来，走在前头的十几只狼突然都坐了下来，把嘴放得低低的，好像都伸进了雪里就那样叫了起来，后面的狼群也跟着一起发出了叫声。那叫声与小白的不同，低低的，好像从鼻子里哼出来的声音，说不出的沉闷，就像三伏天河边吹过闷热无响的风，我的呼吸都跟着困难了起来。小白的叫声与狼群的叫声，一高一低，不停地在山谷中回响。小白的叫声里有着说不出来的至高无上，在我听来狼群的叫声似乎都在追寻着小白的声音。

这时月亮重回天空，华光照耀大地，雪地上如镜面一般光亮，我看见遍山的狼群全部伏倒在地。

不知什么时候老王叔走到我身边："娘咧，你养的狼崽子真是个狼王呀。"

我望着小白，小白坐在高架上，它胸口挺拔，牙口紧闭，远远望着狼群的样子早已不是两个月前被我抱在怀里的那只刚断奶的小狼崽了，虽然身子依然弱小，但已然是成年狼的模样。

我胸口有股东西在涌动，我高声叫着小白。

小白转过头看着我，目光如同看着外面的狼群，我明白小白不是属于我的。也许外面才是它的天地，它是至高无上的王。

我回过头问老王叔："现在怎么办？"

老王叔眯着眼看着小白："这崽子真是白狼王的话，它要是有点灵性就应该带着狼群离开马场。"

我点了点头。

狼群还是跪在那里一动不动，小白却从架子上轻轻一跃，到了院子外面。小白停在院墙外，回头望了望，我多想把它叫回来再摸摸它，也许除了这一次我再没有机会摸它了，可是我没有勇气伸出手去。现在的它是那么陌生，我无法想象这个小白就是每天晚上和我一个被窝睡觉的小白。小白开始往狼群跑去，它小步跑了几米突然又站定回过了头。小白看着我，伸出了舌头。它还是我的小白，我在心里喊着。无论它走到哪里，无论它是什么，它都是我的小白，曾经被我抱在怀里，曾经和我一个被窝睡觉的小白。看我站在院门口失魂落魄的样子，老王叔叫了我一声："你干什么呢？还不回院子里来。"

我往回走了走，隔着栅栏远远地看着小白。小白这一次没有回头，一直跑到了狼群当中。它站在月光下一动不动，狼群从远处跑过来将小白围在中间。小白在狼群围成的圆圈中间坐了下来，左腿翘起，身子跟着向后扬，嗥叫起来。随着小白的叫声，狼群又低下身子，低声和着。圆圆的月亮正挂在小狼群的头上，一簇光猛地砸了下来。小白被那光团团围着，它的身上泛起耀眼的银光，小白身上的灰毛瞬间变成了银白色，闪烁着华光，小白就是白狼！我不禁又跑到院子门口，老王叔和大妈也走到院门，和我一样张大了嘴。我打开院门情不白禁地往外走去，随着小白的身体一点点通透起来，狼群围着小白时而挺身时而伏倒，好像在跳舞又好像是在膜拜，也许这就是狼群的一种仪式，狼群用这种仪式来迎接它们的王，或许这些狼群下山就是为了找小白吧。想到这儿，我突然有了一种奇怪的想法，如果小白真的是白狼，真的是狼王，为什么当初我会做那个奇怪的梦呢？为什么到了现在我的心里还是那样不安？就在我胡思乱想的时候，意外发生了。我发现四周没有刚才那么亮了，而且在慢慢变暗。我慢慢地看不清远处的狼群了，原来月亮的光照范围在慢慢缩小，我抬起头时才发现，不知从什么时候起头上那个圆圆月亮的一角已经被什么吞掉，只剩下黑黑的轮廓，是月食！

"天狗吃月！！"

老王叔大声地喊着。随着月亮的变小，小白的身体似乎一下子僵硬了起来，它的身体不住地抽动，头像痉挛一般地一扬一扬的。狼群一下子全散开了，全都静静地看着小白的变化，它们互相碰撞着身体，摩擦着彼此的头部，似乎在讨论。月亮越来越小，小白也越来越痛苦。就在月亮完全被吞掉时，从狼群里猛地冲出一只狼，它狠狠地扑向小白，是那只头狼——原来的狼王。

它一头将小白撞飞，小白在地上打了几个滚，再没有爬起来。狼群里其他的狼远远站着一动不动，好像都已经不知所措。没有了月光的照耀，小白似乎失去了所有力气，挣扎了好几下都没有爬起来。

老王叔惊慌地叫着："完了，完了，天狗食月，小白狼没有力气了，老狼王一定要借机篡位。"

看着小白在老狼王的爪下爬来滚去，我问老王叔："这可怎么办？"

老王叔一把给我拉回院子："没办法！只能看它自己的造化了。"

我举起了手里的枪，老王叔说："没有用的，你弄不好打着的是白狼！"

我听了只好放下手里的枪，看着小白与那只头狼撕咬在一起，我咬着手上的指甲，头上冒出了汗，脑子里突然想到了那天肃慎的话。

"一切皆有定数，你这样做只能自己承担后果。"

原来这句话竟然是对着小白说的，原来他早就知道小白是白狼。他上次想把它带走，却未能如愿，留下了这样的话。

麒麟惊，白狼现

五百修行，毁于一旦

完了，那老狼王比小白不知大几倍，小白根本无力招架，不过几个回合老狼王就已经将小白踏在身子下，它头一低就冲着小白的喉咙咬去，而小白已经躲不开了。就在我打开院门冲出去时候，一个黑影已经从我后面蹿了上去。

是虎子！

我不知道虎子是什么时候走出院子的，可能是刚才跟着我一起走出的，也可能不是。我从来没有见过虎子冲得这么快，它如同箭一般撞在头狼身上，那只头狼被撞得踉踉跄跄，脚也离开了小白。虎子拦在了头狼面前，而那只头狼只是轻轻一跳便转到了虎子的背后。虎子却因为腿瘸不能马上回身，就在这时头狼的爪子划过虎子的肚子。虎子回头咬住了头狼的肩头，那只头狼痛得往旁边一跳，它的头顺势一低一扬却已经将虎子的肠子甩了出来。虎子的肠子被头狼甩出几米远，虎子一下子倒在了地上。虎子挣扎着半跪在地上，它转过头看着马场，看着我和老王叔，慢慢地倒了下去，再也爬不起来了。我什么也不顾，抓起根火把就冲了上去。见我跑过来狼群一下子就围了上来，小白跪在虎子的尸体旁边一动不动。我拼命挥着手里的火把，东撞一下西扑一下。我也不知道自己在做什么，面对冲过来的狼群脑子里已经是一片空白。

这时一声马嘶划破长空，也让我一下子从惊慌中镇静下来。

天空的圆月好像就在山顶不远处，一个高大的身影映在月亮上。它高高举起前蹄，鬃毛在风中飞扬，像是一对巨大的翅膀。马棚里的马匹也跟着昂首挺胸地一起嘶叫起来，狼群被这突如其来的情况弄得不知所措，它们互相碰着鼻子，好像是在询问应该怎么办。那只头狼面对这意外的挑战丝毫不惊慌，它也一样仰起头回以尖锐的咆哮。我停下来不住地喘气，脸上不知什么时候流满了泪水，被风一吹，脸上的肉如同被刀割过一样疼。我望了望远方的身影，它会是二宝吗？我没办法确定也没有时间确定。我抱起跪在地上的小白，刚要去抱虎子的尸体就听到老王叔在叫："快回来，都死了还抱啥！"我咬着牙抱着小白就往回跑，小白好像已经受伤了，在我怀里一动不动，现在抱着它已经不像当初那么轻松，三四十斤的分量现在就好像千斤重担一般。

还没有等我跑回马场，狼群已经重新组织好准备攻击，它们又开始从黑暗里围了过来，很快就冲到了我的身后。老王叔接连打了两枪，有一只狼被老王叔一枪给轰倒了，狼群的动作又迟缓了些。眼看就到了院子门前，突然从黑暗中斜蹿出只狼来，冲着我就扑了上来，而我已经傻傻地不知道躲了。

一直到等老王叔把我推倒我才回过神来，可是那只狼已经扑到了老王叔的身上又抓又咬起来。我连忙扔下小白，拿起地上的枪，抢起来一枪托就打在了那只狼的头上。那只狼"嗷"地叫了一声就灰溜溜地夹着尾巴蹿到了黑暗中，老王叔身上却已经满是血迹。眼看着狼群一点点向我们靠近，我大声地喊着老王叔。

老王叔挣扎着从地上爬起来冲着我喊："还不快跑，等啥呢？"

我一手抱着小白一手扶着老王叔，只有几步的路竟然走得如此艰难。大妈在院子里看见我和老王叔，也不顾一切地想向外跑，老王叔叫了一声："别出来，给我看好院。"

终于走回了院子，大妈连忙把院门关上，我和老王叔一起瘫倒在了院子里。我喘了两口气，想起了老王叔的伤，我去扶老王叔，结果老王叔抬起手就给我一拳头，冲我吼："你傻呀，为了条狗、为了个狼崽子就跑出去，你不要命啦。"

火光下我看见老王叔的脸也已经是老泪纵横，豆大的汗珠子不停地从额头上落下。我哇的一声哭了起来。

老王叔叹了口气："哭啥呀，还没死咧。"

我借着火光看着老王叔的伤口，老王叔的棉袄被狼挠得稀烂，里面的棉花已经飞得差不多了，直露出老王叔那单薄的脊背。老王叔的背上好几条血口子，深处已经见到了泛着白茬的肉，只要一动血水就从伤口里渗出来。老王叔痛得不住地往回吸气，我开始后悔自己刚才干吗那么莽撞，害得老王叔受这么重的伤。

见我一直在哭，老王叔拍了拍我肩膀："娃，别怕。刚才我也是一时性急打了你。"老王叔停了停说，"娃，你是好样的！我这辈子见的人不少，能像你这样心好的孩子可不多。冲你为了虎子能跑出去，我们老两口就是豁出命也得把你送出去。"

我听出老王叔的话里有话，我问老王叔："老王叔你这是啥意思？咱们不是一直要三个人一起守住马场吗？"

老王叔刚刚话说得急了，连吐了好几口气才惨然一笑："傻小子，我和你大妈在这马场一辈子了，早就认定了就是死也得死在这马场了，何况我现在只剩半条命了，哪还能跑得出去呀。"

"不行！"我大喊了起来，"不行，要死三个人一起死！"

老王叔的嗓门也一下子大了起来："说送你走就送你走，你还能犟过我？老婆子，咱们只好那么办了。"

大妈回头应了一声，又冲我笑了笑："娃，你老王叔有打算，你不用为我们操心了。"

老王叔刚才喊了几句气又有些上不来气，喘了一会儿才慢慢对我说："娃你现在知道这狼群为什么围着我们马场不走了吗？"

我看着老王叔眼睛盯着我怀里的小白，我也明白了，是为了小白。

老王叔说："这真是白狼崽子呀，真没有想到这也能让你撞到，这说不定是你的命呀。"

小白躺在我的怀里，胸口一起一伏。小白的伤也很重，脖子上好几处咬伤，腿也被头狼咬中，鲜红的血印在小白那已经变得雪白的毛皮上，分外刺眼。

我咬了咬牙说："老王叔，咱们……咱们……把小白扔给狼群吧。"

老王叔说："不行，"他的语气很平稳，好像经过了深思熟虑，"这白狼是神物，被我们遇到就是仙缘，如果我们不管一定会遭报应的。老狼王逆天行事一路下山就是为了追杀白狼，今年一定不会稳当呀。娃，白狼不能死，你一定要好好护着它。咱这三人中有仙缘的也就只有你一个了，所以我和你大妈为你干点啥也是心甘情愿。"

我的眼泪又不争气地流了下来，哽咽着再也说不出话来。

老王叔拍了拍我的肩，突然又问我："你说刚才那马会不会是它？"

我摇了摇头说："太远了，我也看不清。"

老王叔笑了一声，但看起来是那么凄凉："这是什么世道，活一辈子竟然到老看到了麒麟和白狼。"

院子里的火虽然还是那么旺，剩下的木柴却越来越少了。我换过大妈，拿着枪站在院门口，大妈则在院子里给老王叔和小白包扎好伤口。我眼睛紧盯着院门外，狼群又隐蔽到山坡后。整个山谷好像什么也没有发生过一样平静，虎子的尸体静静地躺在地上，它的血已经将雪地染成了暗红色，月光下犹如一朵盛开的牡丹。我不由自主地想起虎子陪伴我的这些日子，我知道我这个人太过软弱，就连死只狗也会如此激动。但有些事情是与生俱来的，就算你想着改变，一旦事情发生你还是一如既往，这就是所谓江山易改本性难移。我这种人根本不适合上战场，老天把我从一个战场上拉回来却又把我送到了另一个战场上。这场战斗我到底会不会赢，现在也许只有老天爷才知道了。小白真的就是白狼，它是老天选中的狼神，却被自己的同胞追杀，这到底是什么样的命？我回头去看小白，小白的伤口已经被大妈包好了。它趴在地上好像没有一点力气，只是一直抬着头远远望着狼群，看样子小白在两三天之内都不可能走动了。老王叔和大妈不知什么时候去了后院，我隐约感到一丝不安，因为老王叔和大妈的态度太过安详了，早已经没有了两天前面对狼群的急躁与不安。以前听班长说过，先锋班的同志往往在战斗前几分钟都会慢慢平静下来，那是因为誓死的决心让大家变得坚定起来。难道老王叔和大妈真的准备牺牲自己来救我吗？那我到底要不要自己一个人走？我是不是应该听他们的话呢？我被一连串的问题弄得心里闷闷的，又是一夜没睡，脑袋也不争气地疼了起来。这时大妈走到我身边，她把我手中的枪接了过去："娃，去后院吧。"

我来到后院，老王叔扶着马圈的栅栏站在那里。他冲我微笑着，我看见他身后的白马已经上好了马缰。他见我过来，就转过身去，他借着火光仔细地看着每一匹马，他走进圈里挨个摸着它们。最后老王叔从马圈里走出来牵过来那匹上好马缰的白马。

"娃，拿着。"

我愣住了。

老王叔拍了拍马脖子："这马现是在马场里跑得最快的马，也是头马。一会儿你就骑着它往外跑吧。"我叫了一声老王叔，老王叔冲我一摆手，"别说了，娃，我知道你要说什么。可是咱们三个人不能都让这狼给困死了，火烧不了多一会儿了，火一灭狼群马上就进来。到时候连人带马全都得被咬死，一会儿你骑着马带着马群跑出去，说不定还能活。"

我问老王叔："那你和大妈怎么办？"

"娃，你不用担心。到时候就剩下我和你大妈还有白狼，我们找个地方就能藏起来，总不能大家都绑在一块儿受死吧，分开了也许大家都能活。"

"真的吗？"

老王叔稍微点了点头，沉思了一会儿说："其实这也是个下策呀，对不起这些马了，而且你也不是一点危险都没有的。你到时就骑着马闷头往山外跑，马群出去肯定冲散狼群。我和你大妈就借机会藏起来，到时候马一定会死掉几匹、跑散几匹，但我们人就可能都保住了。"

我知道现在也只能用这一个办法了，老王叔身上有伤，他和大妈都不可能骑马出去，如果硬要骑着马冲出去可能情况更糟，想到这里我就接过了老王叔手里的马缰线。

"娃，别担心。只要你跑出山就能到镇子里找老张、支部来救我们了，那我们不全都能活了嘛。还有，如果那马驹真的不是凡物的话，它也一定能护着你、护着这马场。我就不信咱们爷俩命能绝在这儿。"

我冲老王叔用力地点了点头，老王叔笑了，可是借着后院微弱的火光我看见老王叔的脸上不知什么时候又挂上两道泪痕。

大妈给我系好了腰上的皮带，把菜刀别在了我的腰上："别担心，我和你老王叔不会有事的。"

我含着泪点了点头，不知这次出去还会不会再见到他们，老王叔和大妈在这几个月里对我如同对自己孩子般地爱护，我在这马场也像在家一般舒服，没想到离开时竟然会是这种生死离别。我走到小白身边蹲了下来，小白还是虚弱得站不起身子。它用舌头不断地舔着我的手，我的眼泪终于止不住又流了出来。这马场似乎都是因为我的到来才发生如此变故，如果没有我，没有小白，这马场一定还会平静如往昔。我知道没有可能回头了，既然已经如此，也只好大步地走下去了。

我站起来冲大妈大声说："大妈你等着我，我一定把部队带回来救你和老王叔，你们一定要小心躲好，我还得吃你给我做的山菜馅团子呢。"

大妈含着眼泪不住地点头，我转过身就跳上了马。

老王叔不知什么时候已经站到了马圈的草棚上，他的身子有些颤抖，他手扶着肩上的伤口不住地咳嗽。

我紧张地叫了一声老王叔。

老王叔冲我哈哈笑着："娃，别怕。你老王叔老胳膊老腿还能用，最后送你一次，也让你看看你老王叔当年的模样。"看我骑稳了马，老王叔继续说，"娃，你看我这马只给你上了缰绳没上马鞍，这是有讲究的。走山路是不能放马鞍的，颠几下子就把你的大腿磨破了。而且一旦落下马，鞍子还会绑住你的脚。娃，腿要夹紧，手就牢牢抓住缰绳，身子能多低就多低，马跑起来时要俯下身子抱着马脖子。"

我把缰绳在手上缠了几缠，冲着老王叔点了点头。老王叔站直了身子，冲天大口吐了几口气。老王叔一抬手就扯起了手中的闸绳。

"哟嗬……"

随着老王叔的一声叫喊，几十匹马一齐冲出了马圈，冲后山奔去。我低下头把身子紧紧靠在了马身上。

身子不知撞到了什么，腿也被旁边的马匹夹得生疼。我什么也不顾只是紧紧地用双腿夹着马肚子，风从面前呼呼地吹着，我听到了老王叔在我的身后歌声：

> 山风响，麒麟叫
> 英雄自古仰天笑
> 湖水摇，白狼跳
> 英雄相惜肝胆照

第 3^2+2 章
置之死地

麒麟惊，白狼现

正月十五，飞来横祸

马群还没有跑到山坡就被路旁边蹿出的十几道黑影团团围住，是狼群！

马儿们受了惊，马群一下子被分开，我听到身后的马发出惨烈的嘶叫，有几匹马已经被狼群扑倒。我已经顾不上别的，只有拉紧手里的缰绳，想让身下的马跑得再快些。可是我骑的这匹马也受到了惊吓，来回地打转却不知道往哪儿跑了。这时天还没有放亮，马转了几圈我便看不清方向，缰绳勒得虎口生疼，我左手抱住马脖子，右手拢住缰绳又在手腕上绕了几圈，身子紧紧趴在马背上却不知道怎么办了。这样下去一定会死掉，眼看着又有两匹马被狼咬伤倒在地上，虽然也有几只狼被马踢伤、踩倒，但是剩下的狼越来越凶猛。马群被狼群紧紧围住，剩下的马儿们贴得越来越紧，而我骑的马被圈在最里面动弹不得，我完全不知所措，只是感觉被汗水浸透了衣服，衣服紧紧贴在我的身上。

砰……

一声枪响把我惊醒过来，是老王叔！我回头望去，身后一片火光，老王叔把马棚给点着了。火苗越烧越高，借着山风不一会儿就冲到几米高。马场后院瞬时成了火海，火光映红了半个山谷，我听到了老王叔沙哑的声音：

"快跑呀！借着火光往前冲！"

听了老王叔的话，我深吸了一口气，借着背后的火光看清了山路，抽出腰上的菜刀用刀柄使劲往马屁股上一戳。身下的马疼得竟然跃了起来，然后猛地冲出狼群往山下的路跑了出去。刚转过一个弯一个硕大的黑影突然从我头上蹿出来，是老狼王！它向我扑来，我连忙趴下身，感觉后背还是被抓了一下，好像棉袄已经被它撕成两半。我身下的马也吓得停下了，老狼王一落地又借势扑了上来，我身下的马高声嘶叫起来，双蹄高高举起，老狼王没有从正面冲过来，又蹿到了马背后。这一次马没有来得及转身，那只头狼一下子就蹿了上来咬住了马屁股。马疼得跳了起来，它像踩到了弹簧一样不断上蹿下跳想把那只头狼从自己身上甩掉，结果它将狼和我一起甩了下来。

我的身子已经落了地，可是缰绳还紧紧地缠着我的右手。我整个人被吊在了马的身上，左手的菜刀也不知飞到哪里去了。右臂关节不断被拉伸，我也觉不出疼了，只是空着的左手在无意识地挥舞着。马感觉背上轻了许多竟然飞奔起来，它顺着另一条小路跑了上去，那是上山的路。我大声喊着让它停下来，可是马已经惊了，完全不听我的话，它越跑越快。我的小腿还有膝盖不停地在冰冷的雪地上摩擦，还好地上有很厚的雪才不至于把我的腿磨破。我的身子随着马匹来回地颠簸，右手已经快没有知觉了。我努力想用左手抓住缰绳，突然左腿猛地撞在了路边的树干上。我疼得啊的一声大叫，我想我的膝盖已经撞碎了吧，再没有力气挣扎，慢慢地我昏了过去……

是谁说神就能帮我们得到一切？
是谁说神就能让我们长生不老？
我看见山上的麒麟脚踩着祥云
我看见山下的白狼飞跃过深谷

　　神呀，请你告诉我

　　何时我才能得到它们？

　　…………

　　我听见有人在唱歌，歌声是那么深沉，就在我耳边，我却睁不开我的眼。我不知自己身在何处，却能感觉到身边是那么漆黑。一个熟悉的声音突然在我身边响起：

　　麒麟惊，白狼现

　　正月十五，飞来横祸

　　"是你！肃慎！"

　　肃慎眼里满是悲哀地看着我："申，你不信我的话，当初让你走你不走，你还带走了白狼，现在后悔了吗？"

　　"难道这一切你都知道？你真有那么神？还是你把狼群招到这里来的？"

　　肃慎苦笑："我哪有这个力量，申，招来狼的是你呀。"

　　"我？"

　　"如果不是你，麒麟怎么下凡？如果不是你，白狼怎么现世？可是又是因为你，麒麟不肯变身，白狼不到时辰便下凡，又不肯随我离去。"肃慎越说越急，步步向我紧逼。

　　我向后退着："你说什么我不明白，你说的，好像一切都是安排好的，说得自己好像神仙一样。"

　　"就算是神仙又如何？"肃慎苦笑了一声，"你还不是一样连神仙的话都不听。"

"那你一定知道如何救马场了？为什么只是眼睁睁看着！然后在这里说些风凉话。"

"不是我见死不救，而是我无能为力。神也不是万能的呀！我所看到的一切，并不是现在的一切；我所想要的一切，并不是我所能得到的一切。神啊，你给予我的都是什么呢？

"不，申，我不是神，我们这世间万物只是神的一转念。但是，申，我可以告诉你，现在离开还来得及。你与这长白山极有渊源，你命不该死的，你放心好了，但别再想回马场，那里不是你应该去的地方。"

"那马场和老王叔老两口呢？"

"你把白狼带回马场，就已经改变了他们的命，他们在劫难逃。"

"既然是我惹祸上身，那我也绝不会独自离开马场的。这是哪里，我要回马场！！"

"现在果然是不再相信神的时代。白狼选择你果然没有错，但是命运可不可以改变就看你们自己了，记住我说的话吧。"

身边逐渐静了下来，肃慎的声音也越行越远，我又慢慢地什么也不知道了……

不知过了多久，我醒了过来，睁开眼睛就看见一个中年汉子站在我的面前，见我醒来他冲我笑了笑，露出一口雪白的牙齿。

我的身上盖着厚厚的羊毛毯子，脸上却冰冷入骨。原来那汉子正捧着一团雪在我脸上用力搓着，我不禁倒吸了一口气，啊的一声叫了出来。那个汉子哈哈笑了起来，扔掉手中的雪块转过头喊："大哥，他醒了。"

我想起身但使不出一点力气，身上说不出的酸疼。那汉子伸手按在我的胸口，说："小子，别动，你的腿断了。"我抽出手摸了摸左腿，果然小腿上一左一右紧紧绑着两根木条。我抬头望了望四周，不远处一块空地上积雪被推到了一边，空地中间燃着一个火堆，两个山里人打扮的人靠在一起睡觉，他们的怀里紧紧抱着猎枪。我面前的人穿着羊皮棉袄，腿上打着厚厚的绑腿，毛帽子下面是一张毛茸茸的脸。见我在看他，他对我呵呵地笑着："小子，你命真大！要不是被我们看到，你已经变成冰棍了。"

我想说句话，可是嗓子干干的，一句话都说不出来。那人看了出来，伸手就从怀里拿出一个水壶不由分说塞在我的嘴里，一股热辣的液体直冲我的胃，我感觉胃里像吞下了一团火似的，忍不住大声咳嗽了起来。那人哈哈大笑起来，他拍着我的肩说："小子，你还是个雏吧，喝口酒就这样，这酒可是暖你胃的，你昏了几个时辰了，肚子里也差不多透心凉了。"

突然从他背后传来了一个低沉的声音："老三，你别胡闹。"

那个被叫作老三的汉子回过头说："大哥，我这是为他好。"

后面的人远远扔过来一个水囊，老三伸手接住然后把它放在了我的胸前。我小心地低头咬住，用舌尖轻轻舔了舔，这回是水。冰冷的水对我来说好像是琼汁玉液一样，我大口喝了起来。

那个被称作大哥的人走过来蹲在我面前，一把抓住了水囊说："小子，不要命了？这样喝肺会炸的。"他眯着眼看着我，一直等到我的气息平稳下来才把脸凑到我的面前问："这马是你的吗？"

我这时才看到他指着远处，一匹军马跪在地上，它的身上有很多处伤，伤口处的血已经凝结。它躺在一堆干草上，不住地喘着气，嘴边已经结了一层白霜。那正是我骑着逃出马场的那匹马，我点了点头。

那大哥紧紧盯着我问："这是军马，你是怎么偷来的？"

我一下愣住了，原来他们把我当成了偷马贼。我努力挣扎着用手臂撑起了上身，说："我不是马贼，我是人民志愿军战士！"

我的声音嘶哑得好像是锯子划过铁板的声音，结果把旁边睡着的那两个人也给吵醒了，他俩揉着眼睛看着我。

那个大哥和老三一起大笑了起来，说："志愿军战士原来都是些娃娃兵呀。"

我被他们的话惹得火了起来，一把推开扶在我肩上的手，挣扎着在地上爬："我不是偷马贼，我是志愿军战士，延边支队1951年新兵，我……"慢慢地我又失去了知觉。

昏迷中我感觉到有人重新把我按回到毯子里，不知是谁用温热的手巾擦着我的脸，我听见有人在说话：

"老四，你觉得他是不是……"

我再次醒过来时，天已经亮了。

四个大脑袋紧紧凑在我面前，看我醒来一齐咧嘴呵呵笑了。我刚想爬起来就被那个老大一把给按住了，他笑着说："小兄弟对不住，没想到你性子那么烈，老哥在这给你赔礼了。"说完使劲拍了拍我的肩膀，旁边的老三笑呵呵伸出手递给我一条烤得黄澄澄的兔子腿，我接过来大口啃了起来。这四个人直盯盯地看着我吃完，那个老大又从怀里抽出一个布袋拿出了烟斗，实实地塞了一袋烟，点着了，自己嗞了两口后放在了我的嘴边，说："来！小兄弟，抽一口。"

我也顾不上推托就抽了一小口，满嘴的辣味一直冲到了鼻子，人顿时就清醒了不少。

我冲这四个人说："这几位大哥，求求你们帮帮忙！快！快去二杠马场，那儿还等着救人呢！"

老大冲我摆摆手，说："不着慌，不着慌，刚才你迷迷糊糊的就一直叫着马场、马场的，你慢慢说。"

我就把狼群围住马场后发生的一切都对他们说了，一直等到我说完老大紧锁的眉头才慢慢伸展开来，他说："小兄弟，咱们挺有缘分呀。这事我们管定了。"

听到老大的话，旁边一个汉子说："大哥！那马呢？这事太突然了吧，我们是不得准备一下。"

老大摆摆手："来不及了，如果注定让我们在这儿遇上，我们也避不开。"

我听不懂他们说的话，奇怪地看着他们，老大见了，晃了晃肩上的枪，说："怎么，信不过我们？告诉你，我们就是这长白山上专打狼的猎户，你遇到我们，马场一定没事。"

说完四个人一起笑了起来，我的心也不禁放松了一些。

因为我的腿有伤不能走，他们用松枝给我做了根拐杖，我拄着慢慢往前走。这段时间我也渐渐了解他们的情况，四人的祖辈都是长白山里的猎人，他们四人从小一起打猎到现在，从来没有分开过。其中的老二和老四都不怎么爱说话，看起来都是很老实本分的人。老三是个整天笑呵呵的家伙，一路上一直走在我身边，给我讲笑话、唱山歌。而大哥就是这四个人里的首领，大事小情都得他说一句话。

老三说他们的大哥曾经一个人斗过三头狼，我看着老大那足足高过我一头的背影想，如果我也像他这样勇猛也就不用从马场里跑出来了。老三说他们几个人的祖辈就一起在长白山上打野狼，听说都已经有几百年了，而且他们到现在也还是只打野狼的猎人。其中原因他没有对我说，因为大哥听到这儿瞪了那老三一眼，老三就不敢再说话了。

又走了一段路，老大走到我面前："小杜兄弟，这一场大雪把你和马的脚印全盖住了，我们只能按你说的大概方向走了。但这样我们可能还要有半天时间才能到马场，你看来得及吗？"

"当然来不及了！"我大声说，"大哥，你们还能不能快点？"

老大看着我的脚不说话，我明白了他的意思连忙说："大哥，要不你们先走，别管我了。"

老大看了看天，然后点了点头，说："也只有这样了，要不然我怕我们到了马场一定鸡犬不剩了。我和一个兄弟先走，然后剩下两个人在后面陪着你。"

他叫老三和老四陪着我，他跟老二先走一步。就在他们离开之前，他突然走到我面前问我："小杜兄弟，你跟哥说句实在话。那狼群为啥围住你们马场不放？狼群下山叫蹚山，不会在一个地方过夜的。"

我看着老大有一会儿，不知道怎么回答，最后说："大哥，可能是我先杀了一头狼惹怒了狼群吧。"

老大眯起眼和我对视了一会儿便起身走了。我没有对他说小白的事情，因为心里总是隐约觉得这是不应该随便对人说的，我也没有多想老大走之前对老三使的眼色是什么意思。我现在只想快点回到马场，快点知道老王叔他们是否还活着。

又走了几个时辰，我慢慢从那个老三的嘴里知道了他们的老大叫蒋力，老二叫王征，他叫李小山，而最小的老四叫韩雷。李小山一路上嘻嘻哈哈，我怕我们跟不上蒋力他们，每隔几分钟就问一次，最后把李小山问烦了，他用手指一指前面的松树说："看到没？这是老大留下的记号，我们哥四个从小就在一起，是穿一条裤子长大的，二十年了打过的狼崽子比你开过的枪都多，怕什么。"

说完李小山放下背上的包，解开棉手套，把满是汗的双手往棉袄上蹭了蹭，走到一棵歪脖松树旁边然后轻轻一跳就抓住了一根树干，腰往上一挺两腿就盘到了松树上，嗖嗖几下竟然蹿到了树尖，不出一会儿就又从树上跳了下来。这个李小山个子不高，身上穿着厚厚的羊皮袄，只露出尖尖的脑袋也不戴帽子，鼻子和耳朵冻得通红，现在看来活像一只大猴子。他回到我身边说："小杜兄弟，你们马场应该在我们的东南方吧。从那儿冒出来的烟看，我们再有一个多时辰也就差不多到了。"李小山说完又蹲下来拍了拍我的腿说，"你要做好准备，再走可能就会遇到狼群了，你这腿能走吗？"

我小心地抬了抬腿，说："还行，就是有点痛，不过可以拖着走。"

李小山一指地面，说："从这里开始就能看到浮雪下面的马蹄迹了，说不定狼群不久前在这儿追过马。现在是狼群在暗我们在明，咱们一定要小心。"

这时韩雷不声不响地递给我一根木棍，树干上的枝杈都被削掉，木棍的一头被他用刀削得尖尖的，拿着十分顺手。

"拿着！"说完韩雷便不再理我，他的话很少，但我能感觉到他总是偷偷瞧我。他的脸上虽然也是脏脏的看不出颜色，但下巴上没有一点胡须，闭着嘴时脸上的线条也像是被刀削过一样，一点不像山里人的模样。他是四个人里年纪最小的一个，应该和我差不多大，但看得出来李小山很看重这个老四，虽然和我嘻嘻哈哈，但总不时地和韩雷说一句话，韩雷很少应声，只是简单地点头，那种默契就像是部队里出来的人一样。

我拿着韩雷递给我的棍子试着快走了两步，地上的积雪很厚，走在上面左腿并没有感觉很痛。

李小山拍了拍我的肩："小杜兄弟，如果不是你在这林子里遇到我们哥四个，你一准儿去见阎王了。你的腿用了我的独门药，不出两个月就能长得比受伤前还硬实。"

我冲他笑了笑，这时韩雷喊我们过去。我们走过去发现在雪地上躺着一匹马，它的肠子全落在地上早就僵硬了。

韩雷用脚踢了踢马的尸体说:"这马是受伤以后跑到这里才死掉的,狼群没有跟过来。老大他们也是从这边走的,我们也取点马肉走吧。"

听了韩雷的话我才注意到马的左腿已经被割掉了好大一块肉,突然觉得这马也是因为我死的,心里说不出的痛。韩雷从绑腿里抽出一把半尺来长的尖刀,插入马腿的关节处,只是随便一划然后转了一转另一只手用力一扯整个马腿就被扯了下来。李小山同时扫出一块雪地,找了几根树枝堆在地上,拿出火镰、油纸开始点火。两个人在我还没有反应过来的时候就已经把马肉放在火上烤了起来。

李小山看我愣在那里就对我说:"别着急,老大留了信号,打狼不是那么简单的,我们得准备好足够的粮食。"

我问他怎么知道的。

李小山说:"到现在还没有枪声,就说明老大他们还没有找到头狼。打狼打头,如果打不中头狼,那狼群根本退不了。你也说了狼群围了你们马场几天,就说明它们不只是简单的饿狼想找食物,这样的狼群不好击败,我们只有看看能不能先打倒头狼,那样狼群说不定就会散了。现在不是打狼的季节,我们也得谨慎一些。"

说话间马肉已经烤得开始流油,吱吱作响。韩雷还是不声不响地割下表面的熟肉,递给李小山,然后把火弄灭,把马肉盖在炭灰中。李小山从腰里的包里拿出许多小包,把里面的各式粉粒都倒在马肉上,然后递给我。马肉咬在嘴里还渗着血丝,而且马肉很糙,吃起来还是很费事的,不过不知道李小山加在马肉上面的是什么东西,味道很冲却很好吃。

我一边吃着肉一边问李小山:"三哥,你们这大雪天是怎么走到这儿来的?"李小山咬了口一马肉嚼了嚼,说:"我们?我们可是吃了大苦头。我们为了追匹马足足跑了几百里路,结果刚跑到这山头那马就消失不见了,倒是遇到了你。"

听李小山提到了马,我想到了什么,便继续问:"三哥,什么马这么厉害?"

李小山听我问起,脸上不禁露出兴奋地说:"那马可神了,你知不知道这长白山上的传说……"

刚说到这儿韩雷突然打断了李小山的话:"三哥,该上路了。"

李小山挠了挠脑袋,笑着说:"不说了,不说了,我就是见小杜兄弟爱听故事就多讲了几句。哎,老四你说我们是不是真的应该听二奶奶的话,开春雪化才出山。追那马没追到又遇到狼群,是不是很邪门?"

韩雷不再理他,李小山讨个没趣,冲着我吐了吐舌头然后凑近我说:"小杜兄弟别在意,只是你不是山里人,这事不应该知道太多。"

韩雷站起身把刚才的那堆炭拂开,炭里面的那大块马肉已经熟了大半。他把马肉包好背在包里,我们站起来准备继续向着马场前进,就在这时马场的方向传来了一声枪声。枪声很闷,不像是步枪,李小山眉毛一扬。

"是二哥,找到头狼了!"

枪声过后,却是死一般的寂静。

李小山歪着头伸长了耳朵等了好一会儿才说:"不对呀,怎么回事?"

我十分着急,往马场走去,却不想走得快了,腿锥心似的痛。韩雷连忙扶住我,他对着李小山刚要说话:"三哥……"

话还没有说完,一声狼啸打破了这寂静,那叫声如鬼叫一般惊起树林里一群乌鸦,雪片也纷纷从树上落下。一声长啸刚停,另一声长啸又起。不,不是一声,而是此起彼伏,是狼群!狼群惊了。

李小山骂了一句妈的:"二哥失手了?不可能,绝对是打到了。可是头狼为什么没退,反而这狼群惊了?"

　　我听得十分心惊，身子跟着一颤："那怎么办？我们赶快过去看看吧。"

　　说话间李小山已经往前跑了，他一边跑一边头也不回地说："老四，照看好小杜兄弟。听叫声只差两里地就能碰到狼群了，先找到老大会合。"

　　这时的我恨不得腿没有毛病，但我只能在韩雷的搀扶下努力地向前走。

　　离马场越来越近了，我在山上已经可以看得见马场上空聚集不散的黑烟了，空气里也弥漫着很重的烟味，不时还会有大块的烟灰吹到我的身边，我赶紧加快了脚步。

　　脚下的雪都已经不知被什么踏得不成样子，也许是狼，也许是那些逃走的军马。

　　终于可以看见马场了。可是，山谷下的马场早已不复存在。

第4×3章

马场惊魂

　　饥饿的狼不安地来回走动，烦躁的它们将雪地上狼与马的尸体拖回到山坡上吃掉，风吹来的时候似乎还能听到它们咀嚼骨头的嘎吱声，远远望去雪地上满是乌黑的血迹和一块一块的骸骨，狼群眼中闪过的幽幽绿光让人不寒而栗。

　　还在冒烟的是马棚，偌大的马棚都已经快变成了灰烬，就连靠近马场的屋子也被烧着后倒塌，只剩一半。而马场外的空地竟然不知怎么也是一片狼藉，土地好像是被用拖拉机翻过了一样，雪堆全都被踏平了，白雪混杂着黄泥散露在四周，从山坡上看去竟然形成一个环状。那土环围绕在马场前，马场的栅栏也有几处被撞开，眼前的一切让我心里一凉，马场里的老王叔、大妈、小白还会在吗？

　　从山坡上望去马场很安静，没有一点生命的迹象，旁边的山坡也没有狼群的动静。我一心想往马场走却被韩雷拉到了山坡的另一个方向，他指了指对面，说："你看那边。"

　　我被他拉低了身子，终于看见了对面山头上的狼群，开始还以为山上那动来动去的只是被山风吹动的浮雪，原来都是狼的背。我还是第一次这么清楚地看见狼群，一只紧挨着一只竟然站满了整个山头。我看见了头狼，那只差点要了我的命的老狼王，它现在蹲在地上，身边蹲着其他几只狼，更显得它的地位尊贵。头狼的胸前鲜红一片，每隔一会儿它就抬起头嗥叫一声，那声音像是要撕裂耳膜一样刺耳。

　　韩雷小声对我说："狼群已经惊了。不过还没有发现我们，因为我们现在逆风，狼群还闻不到我们的味道。老大他们应该在那边，我们慢慢地向那边走吧。"

果然不出一会儿就在一个小地沟里看见三个脑袋，我和韩雷刚走过去蹲下来，就听见王征和李小山说话："是它，一定是它！没想到我瞄了半天竟然还是只打瞎了一只眼。"

李小山瞪大了眼说："又是那群狼？我们以前打过的那群？奶奶的，几年前就打不死它。"

蒋力点了点头说："是有点邪门，刚才那头狼突然就转了头，好像一下子就知道我们在盯着它，这群狼比上次见的时候数量又多了好些，老二你刚才太冒失了。"他转头看了我一眼说，"小杜兄弟，话先跟你说好。我们并不是为你才来这马场打狼的，我们也没有想到这次的狼会这么多还这么凶。弄不好这次我们全都得交待在这儿，你的腿根本没法动了，我看马场也不可能有人活了，你干脆走吧，越远越好。我们这辈子就是为了这群狼而生的，不是它死就是我亡，你不一样，你还是快走吧。"

我早已经不想其他，坚决地摇了摇头说："我不走，我一定要去马场！老王叔就算死了我也得找到他的身子，再说我怎么走，狼群把下山的道都给堵了。你还是给我一把枪，我能打死一只算一只。"

蒋力看着我笑了，把自己背上背的猎枪交给了我说："行，凭你这几句话这次死在一起也是多个兄弟，只可惜我们现在没办法拜把子了。"然后转过头对李小山说，"老三，还有几个时辰就天黑了，天黑前我们一定得进马场里。你现在就往狼群后面绕，把套子和炸药都下好。我和老四会把狼群往你那边逼，老二枪法准，在外面与小杜兄弟一边往马场走一边给我们断后。"

李小山点了点头，一猫腰就跑了出去，不一会儿就消失在林子里了。

看着李小山离开，蒋力一拍韩雷的肩说："走吧。"然后又嘱咐了一句，"把重东西都扔了吧，等有命回来再来拿。"

说完两个人猫着腰很快就溜下山了，而我和王征朝着马场的方向慢慢移动着。我走在前面，王征跟在我后面，突然王征小声叫住了我。

我回头问他怎么了。

王征把身上的棉袄脱了下来然后把里面的羊毛翻出来递给我，说："穿上这个。"

我没有伸手去拿："二哥，我不用穿，我有棉袄。"

王征说："把你的衣服给我，那草绿色太显眼了。"

我更是连忙拒绝，王征几下就把我的军棉袄给扒了下来然后告诉我："风向变了，狼群一定会闻到我们的味道。我们的衣服都用狗熊油涂过的，狼会忌讳一些。到时候老大、老四会在路上截住狼群，你什么也不要管，只要往马场跑就行了。到了马场点好火，快要黑天了，我们有了火就能撑下去。"说完他又顺手把自己头上的羊毛棉帽子罩在了我头上。

我不知道说什么好，但王征并不在意，好像这么做理所当然。我们走下山坡便完全暴露在雪地上，没走两步背后就传来一声狼啸。寂静瞬间就被打破，这声长啸刚停，另一声长啸又起。不，不是一声，整个群狼开始此起彼伏地叫着。

王征在我身后用枪一顶我的腰，说："快走！狼群发现我们了。"

我还是下意识回头望了一下，果然狼群已经开始行动了，一只接着一只狼从山坡上蹿下，眼看离我们就只有几百米了。我吓得不敢多想低下头向着马场一步步踱着，完全顾不上腿痛了。王征没有跟着我跑，反而停下来将手里的枪放下然后解下肩上的另外两支枪，他竟然蹲在地上一手拿起一支长枪。他拿的猎枪不是厚重的双筒猎枪，而是有点像步枪，却比步枪短点，他竟然开始用两支枪分别瞄准。我一边拼命往前跑一边回头看，就在狼群马上要跑下山坡时突然从山坡下的土坑里冒出了两个人——是蒋力和韩雷，两声巨大的枪响，跑在最前头的两只狼轰然倒下了。

狼群的行动被打乱了，它们停在了山坡，躁动不安地盯着蒋力和韩雷。可是没过一会儿又冲了过来，蒋力和韩雷每打一枪就往马场方向退几步，狼群越逼越近。就在蒋力和韩雷向马场退来时，王征也开始射击了。他的枪法极准，每一枪必定打倒跑在最前面的狼，手里的双枪和地上的长枪竟然似连珠枪一般。而他打完三枪以后，蒋力和韩雷也已经装好子弹重新瞄准了，三个人竟然配合得天衣无缝，他们的动作好像以前在部队里连长讲过的尖刀班战士打日本鬼子那般神勇。一刻钟下来狼群始终与我们距离一百来米，而我们已经到了马场。

我几乎是爬进马场的，看着院子里的灰烬我几乎要哭了出来。最奇怪的是地上遍布的死状狰狞的狼和一些马的尸体，特别是那些马，并不是马场的军马。望着雪地上猩红的血迹我不由得颤抖起来，这里究竟发生了什么？

蒋力回头看了一眼就喊韩雷："老四，你和小杜兄弟赶快找东西点火，我和老二看着狼群。等老三回来我们死守一夜，明天开始把狼群往圈子里逼。"

韩雷应了一声便从腰上解下腰刀一边砍着院子外面的木桩一边对我说："小杜兄弟你快去找火种。"

可是我的心里一直在想着老王叔、大妈和小白。我连忙冲进了屋子，屋子里早就没有了原来的模样，也是狼藉一片。想必狼群也进了屋子，它们撕烂了一切东西：棉被、桌子还有木立柜，我在两个屋子里转来转去却没有发现老王叔他们的尸体。我第一个念头就是老王叔还活着！

我连忙冲出屋子，我冲着蒋力他们喊："老王叔还活着，老王叔一定没有死！"

我四处张望想找到老王叔，突然看到柴房的门依然紧紧关着，我连忙冲了过去，我想老王叔他们一定躲在柴房里了，蒋力他们在后面喊着什么我早就听不到了。我拖着伤腿一步步走到柴房，刚要走进去时从我的头上闪过一道黑影。是狼！不知它是从什么地方绕到了马场的背面，我吓得一下子跌坐在了地上。那只狼一步蹿到离我两三米远的地方，背上的毛高高耸起，前腿半倾斜，头紧紧地贴在前腿间冲我跳了过来。就在我以为这次我一定会死的时候韩雷竟然冲了过来，他小小的身子如闪电一般蹿到了我前面，手里的腰刀从下至上挥出，凌厉的刀锋竟在空中挥出一道寒光，只这一下便将那只近两米长的狼斩成了两截。狼血在雪地上喷出很远，韩雷像雕像一样拿着刀站在我身边一动不动，只是眼神警戒地看着四周。过了一会儿他确定再没有其他的狼，才一言不发地拉起我，把我拉回了马场然后用力地摔在了蒋力的面前。

我还没有完全清醒，蒋力二话没说就甩给我一个大耳光然后大骂起来："狼吃人是不剩骨头的，这马场没有人活着，你听到没有？赶快给我好好地，晚上能不能活下去还不一定呢。"

我点了点头，可是眼泪还是一下子流了下来。老王叔真的已经死了吗？

我们几个人围坐在火堆旁，狼群又围在了破烂的马场外面。蒋力把在火中烤好的马肉切成几块递给了我们，他似乎对身边的狼群视而不见。我无意识地用木棍拨着火堆，转过头看着狼群，饥饿的狼不安地来回走动，烦躁的它们将雪地上狼与马的尸体拖回到山坡上吃掉，风吹来的时候似乎还能听到它们咀嚼骨头的嘎吱声，远远望去雪地上满是乌黑的血迹和一块一块的骸骨，狼群眼中闪过的幽幽绿光真是让人不寒而栗。而坐在我身旁的王征一边擦着手里的枪一边和老大说话：

"老大，这狼群这次看起来有点怪。以前我们也是一路追狼群一路跑，从来没有真正对峙过。这次遇上了，我们没把它们逼到山上，它们反倒把我们逼进了这山角。而且这里不是深山，狼群怎么可以离窝一百多里外一直不回去呢？这一院子的狼和马是怎么回事？那些也不是军马，是野马！"

蒋力没有理他，转过头和韩雷说："老四，老三回来了吗？"韩雷摇了摇头。蒋力继续问："他发信号了吗？"韩雷还是摇了摇头。蒋力把手里拨火的木棍放在嘴里一口咬断，然后把嘴里的木屑呸的一口吐了出来："妈的，这次的买卖不好做。"又问王征："老二，你知道对面那两个小山头叫什么名字吗？"

王征顺着他的手指望过去："就是狼群待的那两个山头？不知道。"

"那就是白狼山和麒麟山，这个地方就叫麒麟村。"

"啊？"王征叫了一声，"真这么邪乎？"

蒋力点点头说："我也是才发现。以前在这边跑过几趟，但那时的狼群挺有意思，到了这山边铁定退回去从来不过山。"

王征问："老大，那你说老辈传下来的那事真有谱？"

蒋力笑了："那谁能说得准，要真是让我们哥几个碰上，咱们也能长生不老、当皇上了……"

韩雷突然喊了一声："大哥，对面有动静。"

在我们说话的时候，韩雷一直看着对面的狼群。他们四个好像已经有了十分的默契，说话间王征已经操起了手中的枪说："老大，可能是老三。"

蒋力点点头说："奇怪，为什么老三不发信号呢？"

说完他和王征就冲进了黑暗中。随即响起了几声枪声，我和韩雷都站了起来，听着对面黑暗里不时响起的枪响和狼叫。韩雷从火堆里抽出一根烧着的木头猛地扔了出去，火棍在黑暗中划出一道弧形，落在地上砸出点点火星。我看见蒋力、王征还有李小山已经跑了回来。李小山衣服破了好多，他跑进院子就一屁股坐到火堆旁拿起一块烤马肉便大口啃了起来。这时蒋力他们也走了进来。

李小山冲着蒋力嚷："老大，太邪门了，这套子就是下不好。我埋好了药也看不到你们赶狼群过来，等得天都黑了我自己就抄到了狼群的后面，本来想扔几个麻雷子过去，结果竟然一个也没响，你说奇怪不奇怪。结果被狼群发现了，奶奶的，差点挂了。"

蒋力拍了拍他的肩："老三，这次我们要栽啦。"

李小山毫不在乎地说："栽就栽吧，至少让我把这肉吃完吧。"他们四个人一齐哈哈笑了起来，笑声大得连火堆里的火都跟着跳了起来。

狼群没有再进攻，我们几个人一直也无计可施，我想回屋子再找一找老王叔留下的痕迹，还是没有任何发现。韩雷不声不响地跟在我后面，不时地看看这儿翻翻那儿。韩雷的年纪和我差不多，他和三个兄弟年纪差太多，所以遇见我他会很喜欢和我在一起。我也很喜欢和韩雷待在一起，韩雷见我看着他便冲我笑了笑，我没想到一个笑起来有着两个小酒窝的男孩，拿起刀来会那么狠。

韩雷走到我身边说："看什么呢？"

我摇了摇头，韩雷说："你还记得我吗？"

我奇怪地问："我们以前见过吗？"

韩雷笑了笑，没有说话，更显腼腆。他从怀里拿出一把小刀，说："给你！"

我接过来仔细端详，那是把银刀，巴掌大小，很漂亮，刀柄上还有一个孔穿着一根红绳，而刀身两面竟然分别刻着狼头与麒麟头。

看着手中这把做工如此精致的银刀，我有些惊讶，连忙对韩雷说："这太贵重了，我不能要。"

韩雷没有接话，反而对我说："这刀本来就不是我的，可是那个人一直没有来取。昨天十五是我的生日，我已经二十岁了。"我咦了一声，韩雷继续说，"我小时候老娘给我算命，说我命薄活不过二十岁，老娘从小把我当女孩养的。"

韩雷说完这句话冲院子看了看，院子里的三兄弟并没有注意我和韩雷，我才发现他的脸竟然也有点红起来。

韩雷拉着我蹲在屋角说："哎，我跟你说，我觉得我这次得死在这儿。"

我被韩雷这一连串的话吓到了，连忙劝他说："不会的，韩雷，你不会死的。"

韩雷在地上捡了根木棍，一边划着地上的灰一边说："没事的，我已经想开了。你千万别跟我大哥他们说，他们很忌讳这个的。"我点了点头，韩雷从我手里拿过那把小刀，在手里弹了弹说："这把刀和我极有渊源，老娘说是给我保身的，你看这上面刻的狼头，还有这面的，这个叫麒麟……"他一边说一边看着我的脸，见我没有一点反应便叹了口气说，"算了，不说了。"

他重新把小刀塞在我的手里，我握着刀身就能感觉刀刃的锋利，我对韩雷说："这刀这么贵重，我不能要的。"

韩雷摇摇头笑着说："没关系了，家里现在只有我一个人了，除了大哥他们我就再没有亲人了，你就拿着吧。其实这次也许我们都逃不了的，大哥是怕你害怕所以没有告诉你，可是我觉得你不是那种人。"

我问韩雷明明有危险干吗还要来。

韩雷看着屋外的三个人说："我们几个人祖辈就是猎人，爷爷、爸爸都是一辈子打狼最后被狼给吃了，可是我们没有别的事能做，还是得扛着枪打狼，这是命。你知道吗？我们本来是想把这群狼都给解决的，结果反而被狼群给围上了。其实打头狼是不能打死的，因为就算打死头狼，狼群也会再挑出另一只头狼。平时我们想赶走狼群，就打伤头狼，头狼惊了就会带着狼群跑回山里，然后我们再从后面慢慢追。可是这回二哥打伤了头狼的眼，头狼反而更凶了，不往山里跑反而把我们围住了。我们兄弟还从来没有遇到这么凶的狼，而且我们的弹药根本不够打这么些狼的，三哥下的药又没有响……"

就在这时，外面突然响起了一声枪响，我和韩雷连忙跑到了屋外。

黑暗中王征拿着猎枪站在火堆旁边，枪筒还冒着烟。我听见他说："妈的，天快亮了，到时候就挡不住它们了。"看我们走过去他又冲我们说，"喂，狼崽子一直偷偷往那边的柴房溜，那里面是不是有什么东西？"

韩雷指着我说："有可能。刚才他一过去狼就跟着冲了过去，我们再过去看看。"

说完韩雷从腰上抽出了长刀往柴房走去。我从火堆里抽出火棍当火把跟了过去，王征站在那里继续拿着枪警惕地观察着四周。韩雷走到柴房一脚踢在门上，可是门只发出一声闷响并没有打开，里面似乎有什么东西挡着。韩雷又踢了一腿还是没有踢开。韩雷手起刀落砍在了门轴上，然后拿手一扯就把门给扯开了。

我连忙跟上去，走得急，腿伤处如火燎一样疼，可是我已经顾不上了。柴房里的木头早让我和老王叔烧得差不多了，只剩下角落里的干草，借着火光我看到草堆里还有什么，走近才发现那不是老王叔炕上的被子吗？

我冲上去，结果腿一软，扑倒在了那个被卷上，被子冻得跟土块一样，我用力地扒开，就看见了老王叔和大妈。

第√169章

揭秘

　　我不由得愣在了那里，一些画面在我头脑中飞速闪过，我想要抓住一些东西，却怎么也抓不住，心里像被掏空了一样，不知道该说些什么、做些什么。

我大声叫着老王叔和大妈，可是两个人紧闭双眼，谁也不答应我。

韩雷走了过来，用手指在两人的鼻子下探了探说："老头儿还有口气，老太太死了。"

我不相信，我紧紧地抱住了大妈，大妈的身子冷得像冰一样。我扳过大妈的身子才发现大妈的背后就是柴房的木板墙，正好漏了一个斗笠大的窟窿。狼从那个窟窿里伸进爪子把大妈的背上挖出了个血窟窿，大妈的嘴里紧紧咬着被子没有让老王叔知道，她是怕把老王叔挤到另一边的墙上，自己却用后背紧紧抵着那个窟窿。我抱着大妈哇哇地哭了起来。韩雷并没有阻止我，他抱起老王叔走出了柴房。我哭了一阵，担心老王叔的情况，便把大妈的身子放平，又重新用被子把她盖好，在柴房里又找了一圈，没有发现小白，然后就走出了柴房。我仔细地把柴房的门重新给安了上去，因为我不想大妈的身体以后被狼吃掉。

我走到火堆边上，从韩雷手里接过老王叔，我不知道应该怎么办，只是紧紧地抱着他。

李小山走过来看看老王叔，说："还好，没冻硬，就是身子虚了点，小同志你别光抱着，你要搓搓老头儿的身体，让他身上的血先活络起来，不出一会儿就能醒了。"

听了李小山的话，我连忙把手伸进老王叔的胸膛用力揉了起来。韩雷走过来，递给蒋力两把枪，我知道那是我和老王叔的。蒋力接过来看了看就扔给了王征，王征把枪拿到手里就不住地把玩起来，连声称赞："不错，枪不错。"他做了几个瞄准的姿势，然后抬起头对蒋力说，"老大，我们现在有枪也没有什么用，我们的子弹用得差不多了，老三的药再不响就没有办法了。"

李小山听了有点不高兴了，接过话说："我的药没有问题也不行呀，这狼撵不过去，炸也炸不着呀。"

蒋力抿着嘴不说话。韩雷坐到我对面递给我一碗水，说："等会儿老头儿醒了给他喝吧。"

果然，我感觉怀里老王叔的身子有一点点动弹。我抱起老王叔的头，把碗里的水顺着老王叔的嘴缝送了进去，虽然有一半水都从老王叔的嘴角流了出来，不过我还是看到老王叔的喉结动了动，把水喝了进去。不一会儿，老王叔的喉咙里就发出一阵咕噜声，又过了一会儿，老王叔的眼睛才慢慢睁开了。

我看见老王叔醒了过来，马上又抱住了他叫老王叔。

李小山笑着说："喂，你摇那么厉害，小心把老头儿给摇晕了。"

我连忙停下来，一边继续帮老王叔揉着胸口一边又喂老王叔喝了些水。喝完了水老王叔长长地吐了口气，然后缓缓抬起头看了看四周，他转过头看到了我，迟疑了一下才问我："我这是在哪儿呀？是不是已经死了？"

我大声说："还是在马场，老王叔你没死！"

老王叔摇了摇头，马上就清醒过来了，他紧紧抓住了我的肩膀喊："娃，你回来了，找到部队了？同志们都来了吗？你快去柴房，你大妈还在里面呢，那白……"说到这儿他才发现我身边的四个人，他好像不相信自己的眼睛，又把头来回转了转，最后重新看着我，哑着嗓子说："娃，这是怎么回事呀？他们是谁？"

我告诉老王叔这四个人是山里的猎户，来帮我打狼。

听我说完老王叔的眼神一下子就黯淡了下来。他好像自言自语一样说着："唉，四个人，只有四个人呀。那你还回来干吗呀，你回来不是找死吗？"老王叔突然意识到了什么，身子慢慢坐直，隔了一会儿才抬起头问我，"娃，你大妈是不是……"

我没有说话，可是眼泪止不住地流了下来。老王叔一下子就明白了，他的身子晃了一晃，还好马上用手撑着地没有让自己倒下。

这时李小山笑着说："老头儿，你真是好运气，福大命大，这小战士还一直惦记着你，要不然你早就冻死在柴房了。"

老王叔却不理他，看都不看他，只是把拳头一抱，往李小山的方向一递说："还没请教，兄弟走的是哪条道？"

李小山一正脸色，同样一抱拳只是双手的小指冲下说："走的是下山道……"

这时蒋力说了话："得了，都什么时候了，还切这暗口。老头儿，这狼群是怎么回事？"

老王叔问我："狼群还没走吧？"

我点了点头。老王叔叹了口气，好像一切都在意料之中，他突然一手按在我的肩上站了起来："各位兄弟，对不住了。山里规矩俺老头儿是懂的，按理说你们救了我和这娃的命，我不应该这么说，但这马场和我俩都是政府的。俗语说官民不同道，四位兄弟还是请了吧。"

话一说完老王叔把手向上一扬做了个请的姿势，再也不看蒋力他们了。

李小山马上就火了，他指着老王叔鼻子说："老头儿你怎么这么不知好歹，俺们兄弟把你给救了，你连个好都不说反而要轰我们走，要是能走你以为我们愿意在这儿陪着你吗？"

王征与韩雷都是沉稳的性格，他们没有说话只是看着蒋力。蒋力低着头用手里的细木棍拨着火堆里的火，火苗被他拨得蹿起老高，大家谁也不说话，就连木头燃烧时发出的啪啪声也显得异常的响。

蒋力突然嘿嘿笑起来，他说："老三，老人家这是为我们好呀，不想我们蹚这浑水。可是俺们已经蹚进来了，怎么能说走就走呢？"他前句话是对李小山说的，后段话就是对着老王叔说的了，"老人家，俺们山里人不绕弯弯，你也是老江湖了，这狼群发飙我活了快四十年还是头一朝遇到。你老让我们走是不是已经知道这狼群会死守在这麒麟村？老人家是有什么不想让我们知道的吧？"

老王叔身子一颤，我知道蒋力的话正中老王叔的要害。果然老王叔气得一翻眼皮，说："爱走不走，不知好歹，我老头子也没有办法。"他不再理会蒋力他们，转过头对我说，"娃，过来，我和你说几句话。"

我看着老王叔，老王叔跟我使了使眼色把头偏了一偏，我连忙也把身子弯了过去。老王叔背对着蒋力他们，头碰着头和我说："娃，你和他们四个人怎么遇到的？"

我把我的马被狼吓惊了跑到山上，我的腿也撞断了，还有最后我被蒋力四个人救了的事情全都说了。

老王叔一边听一边点头，最后说："看来这四个山里人心眼还不坏，不过这人心隔肚皮，一旦有事了他们会怎么样谁也说不上了。"

我觉得老王叔的想法有点多余，既然人家连命都可以搭上跑到这马场来，还有什么可怀疑的。不过我没有说出来，我只是问老王叔是怎么躲到柴房里的。

老王叔叹了口气说："一把你送出去，我这胳膊马上就抬不起来了。子弹也打得差不多了，眼看火也要烧没了。我和你大妈一合计，大屋子没处躲只能躲到柴房里了，趁着那时狼群还在追马群，你大妈就把几床被拿到了柴房，然后我们俩在里面用木头把柴房头给顶死了。那时外面还烧了点火，狼群后来发现我们没动静也没敢再往马场里闯。可是过了不到两个钟头，我就感觉又疼又饿，吃不消了。你大妈就把我和那个小东西用被子包起来了，她当时跟我说是我们三个一起包在被子里，是死是活听天由命了。可那被子又短又薄，根本包不住我们三个呀，我想你大妈一定是趁我迷糊过去后就把我和那小东西包好，她自己没待在被窝里了吧。"说到这时老王叔的脸上已经流满了泪水，我也不由得跟着哭了起来。我扶着老王叔来到柴房门前，站了好一会儿，老王叔叹了口气说："还是不进去了，我没有那脸见她呀，最后我不能护着她，还要她护着我。"

我把手里的火把递给老王叔，老王叔惨然一笑。

"老婆子，对不住你了。跟我一辈子没办法让你风光一下，最后也只能这样送你上路，不过你别急，我不会让你一个人在路上太久的。"

说完，老王叔将手里的火把顺着柴房木板的空隙扔到草堆上，不一会儿整个柴房便烧了起来。

我和老王叔站在熊熊燃烧的柴房前默默无语，火光映照下的老王叔的脸忽明忽暗，我心中的疑问却在扩大，最后忍不住问老王叔："老王叔，那小……东西呢？"

老王叔一抹脸上的泪说："娃，这都是命，一切皆有定数，你看见院里的狼了吧，还有那些马，你难道还不明白吗？是兔崽子回来了呀！"

什么？我不由得愣在了那里，一些画面在我头脑中飞速闪过，我想要抓住一些东西，却怎么也抓不住，心里像被掏空了一样，不知道该说些什么、做些什么。

老王叔看了看我，叹了一口气说："娃，你为什么来这里呢？你从哪里来呢？"

我有些不明白老王叔的话，只是愣愣地看着他。

老王叔摇摇头，并没等我回答就自顾自地说了起来：

"我和你大妈还有小东西躲在柴房里，后来我实在扛不住了就睡了过去。也不知过了多久，我感觉到怀里的小东西不停地在动，还发出叫声。我一下就惊醒了，外面的火已经烧没了，我从柴房的木板缝向外看，本来已经是深夜，火又都灭了，但是天空闪烁着异样的光，我能清楚地看到狼群慢慢聚集在院子里，它们一定听见了小东西的叫声，已经向柴房包围过来。小东西挣扎着从我怀里跳出去，在柴房里不停地跑不停地叫，外面的狼群在一声嗥叫后便冲上来开始用爪子在门缝上、窗户缝上使劲地抓，我心想这下肯定是要完了，一旦所有的狼都来，柴房的木门是挺不了多久的，而我一点力气都没有了，又冷又饿，别说打狼，连动都动不了一下，只能是等死了。我看着小东西心想，不管它是什么，今天也只能命丧于此了。可就在这时我突然感觉到地面开始轻轻地颤动，外面的狼群也停止了进攻，我连忙向外看，又看不清楚，好像狼群全都停下来，它们把头转向另一个方向，背毛耸立，好像十分害怕的样子。然后我就听到了什么声音，由远及近，地面抖得更厉害了，一个巨大的黑影径直冲进了狼群，那是一匹马！

"紧接着第二匹，第三匹……一群马，大概有十来匹，那个快呀，就像箭一样，我还没看出它们的毛色和样子，它们就冲进了狼群的包围圈。狼群被突如其来的马群冲破，惊惶失措，四处逃窜。有的狼来不及逃走，就被马蹄给踏倒在地，院子里一片混乱，响起了一阵狼嚎和马蹄声。马群十分有秩序，它们跑成一条直线，竟然狂奔起来将整个马场都围了起来。"

"是我们马场的马又回来了吗？"我忍不住问老王叔，"它们不怕狼了？"

老王叔眯着眼说："那些才不是我们马场的马，那些都是野马呀。"

"野马？野马怎么会到马场来呢？"

"为什么？娃，你是没看见呀。那群马的头就是那个兔崽子呀！"老王叔嘴角向上，笑了起来，他抬起头似乎还在想着当时的情景，"那小兔崽子这几个月不见可是出息了呀，跑在最前面，就像天神一样啊！娃，我早就知道它不是我们人间的物，就和那小东西是一样的。"

我的眼前有些恍惚，好像看见二宝正带着马群向我跑来，它的身旁悬浮着一团小小的白气，让它看起来好像在腾云驾雾一般。奔跑中的二宝身上的长鬃毛随着身体的起伏在雾中飘浮，它额上那块尖尖突起是那样的显眼，身上不断耸动的肌肉如同雕塑家用雕刻刀雕出来的一样，它真的是二宝吗？

"我真是给当时那阵势吓着了！"老王叔的话语打断了我的思绪，"我看见狼群开始在马群的包围圈里努力向外突围，马群也在有意地收小它们的包围圈，只要一有狼接近马群，就会被跑动的马群踢到或者踩中，那被踢到的狼如同被重锤击到一样，看起来轻得像树叶似的一下就飞出。娃我告诉你，野马特别烈，连老虎都怕这些野马驹子，就更别提这些个头这么小的狼。可是狼群也不是白给的，原来听老辈的人讲过，这马群与狼群打架就好像是传说里的麒麟和白狼打架一样，没有几天几夜是分不出胜负的。我活了这么一大把年纪也是头一回见呀！这野马和狼都是群体活动的，它们打架就好像是两军对垒一样。马群高大，用的是力气和脚力，它们总是顺着山坡的顶部围成一个巨大的圆圈阵，围的时候马队要顺着高处走，慢慢收紧包围圈。马群用跑动的巨大声响来镇住狼群，让狼群不能逃出马群的包围圈。最终这些狼群不是被马群赶得累死、气炸了肺，就是活活被马群踩死。"

我问老王叔狼群和马群打架是不是一定会输。老王叔摇了摇头说："那可不一定。野狼和野马都是长白山上的灵物呀，有各自的智慧。一到这个时候狼群总是跑在马群边上，它们一面找机会逃出马群的包围圈，一面准备着进攻马群里比较弱的马匹。双方是在比脚力和体力。马群与狼群的体力和耐力都是十分厉害的，但时间一长会有体力差的抗不住。它们的战争到最后往往死的都是一些老弱病残，到最后剩下的无论是野马还是狼都是体力最好、最聪明的了。你看院子里躺着的狼和马就应该明白了。"

"那，二宝怎么样了？"我有些担心。

老王叔又深深地看了我一眼，说："那个兔崽子的脚力才快呢，它总是一下子就冲进狼群，狼群很快就被冲散了，它们夹杂在马群的中间，四处逃窜，有的狼来不及逃走就被马蹄给踏倒在地，兔崽子就抬起前蹄不断地踏击着前面的狼。那些狼都远远地躲着它，不过一看它的速度慢下来，马上便跃出三四只狼冲向它，这些狼明白兔崽子是头，它们宁可冒着被其他野马踢到、撞到的危险也要进攻它，可是狼群根本没办法靠近它。但是那些被马群驱散的狼也总是会马上又聚集起来。狼完全奔跑起来，几乎是四肢都离地一般地奔跃，看着就像一个波浪，一波一波地向前跳跃着涌动，而前边的那个浪头就是那只头狼，它奔到哪里那些狼就涌到哪里。

"娃，我一辈子长在这深山里，可是这样的争斗看着真让人恐惧，是那种无法描述的恐惧。在那种力量面前我们人的力量真的是太微不足道了，你会想我们是怎样生存下来的，仅仅是因为我们有脑子吗？那些狼、那些马，它们的头脑也不见得会输我们多少呀！

"我从窗户缝里看不到全部，只能看到一部分的争斗，狼嚎、马嘶充满了我的耳朵，应该是很惨烈吧。也不知道过了多久，我渐渐地挺不住了，意识开始不清，只能感觉小东西在不停地跑、不停地叫，我想去把它抱在怀里，但却一点也动不了。"

老王叔突然停了下来，好像是陷入沉思中。

"老王叔，你怎么了？"

"我在想，我是不是在那个时候产生了幻觉，是不是我眼花了？"

"怎么了？"

"唉！在我晕过去之前，我看见兔崽子站在柴房里，不知道怎么的，就一下子站住了地中间，小东西冲它不停地叫，它的身上全是血，可能是狼的血吧。它站在那儿看了看小东西，低下头就咬住了小东西，我以为它要吃了小东西，想喊却喊不出来，没想到那兔崽子只是轻轻咬住小东西，然后它回过头看我，那眼神不是马的，分明就是人的眼神，是充满了歉意的眼神。接着它们就又一下子不见了，就那么凭空不见了，我也昏了过去，一直到你把我叫醒。

"现在果真小东西不见了，那我见到的就是真的，它们真的不是我们人间的凡物。麒麟？白狼？真的是它们吗？老了老了真是不中用了，已经分不清什么是真什么是假了。"

小白真的被二宝救走了？为什么是这样？它们不是水火不容的吗？它们去了哪里？外面的狼群还在等待机会吃掉我们，我们能活着走出马场吗？我还能见到二宝和小白吗？

第6×2+2章
算计

但就在这时，我忽然感觉到有一股目光在注视我，是那个老狼王，它站在山包下，用一只眼睛盯着我。良久，猛然间一声嗥叫从它的喉咙中爆发出来，响彻了整个山谷，这群焦躁不安的狼突然全都静了下来，在我们对这突如其来的状况还无法反应时，狼群开始撤退了。

我的头脑里乱成了一团，不知该如何是好。

"老王叔，咱们接下来怎么办？"

老王叔摇了摇头："我现在也不知道了。当初以为要么我和这白狼一起被狼吃了，要么就是你找到支队的人把我们给救了。可是现在……这又愣冲冲出来这么四个山里人，我也不知道会出什么事呀。"

听到这儿，我不禁回头看蒋力他们，不想蒋力他们也正在望着我和老王叔，我连忙把眼光避开，从火堆上拿了一块马肉递给老王叔。

李小山看了看我和老王叔，说："你们还真有闲情，聊着天吃着肉，这狼群可马上就要上来了。"是呀，天又要亮了，而我们的火也越烧越小了。马场周围能烧的木头早已经烧完了，要再找木头就必须经过对面的狼群了。

坐在火堆旁边一直沉默不语的蒋力说了话："老二，你的子弹还有多少？"

王征把手里的子弹袋掂了掂，说："只有二十来发了。"

蒋力叹了口气说："不好办呀，在这儿打不着狼，凑近了又太悬了。"

韩雷也说："大哥，这狼太多我们不好往三哥做的圈子里赶呀。"

蒋力点点头说："是呀，可是天一亮这火也差不多灭了，到时候狼崽子们一定又会往马场来。"

李小山突然站了起来，把棉衣外面的皮带紧了紧，说："大哥，这次就得让我来了。"

蒋力看着他说："老三你……"话没说完他就不住地摇头，"你想去引开狼群？不行不行，这事没准儿，不能让你去。"

李小山扁了扁嘴说："咋不行呀，以前我们不也都这么干的吗？我引狼群，你们帮我断后吗？"

王征接过话说："老三，这次狼群连活带伤的足足还有三四十几只呢，这后我们断不了呀。"

李小山不高兴了："你们信不过我呀，别磨蹭了，眼看狼群就要上来了。"

蒋力低了头想了一会儿说："老三，你打算怎么办？"

李小山蹲在地上，一边用手指头在烧过的木灰上画着一边说："这是马场，俺们在这儿，狼群在那儿，我埋的圈子就在狼群后面，在这儿。我打算从旁边绕过去，那里不是还藏着来时的一匹马吗？我骑着马再斜愣子从这儿向狼群冲过去，狼群肯定被我引走。我埋的圈子不大，炸不死这些狼崽子，我想等狼群过了圈子再放炮，就算炸不死狼崽子，也赶得跑它们了。"

蒋力听完，点了点头说："只好这样了。你不是说你埋的圈子这回没响吗？你身上还有引雷子吗？"

李小山一伸手，手里夹着两个跟大炮仗一样的东西："还剩俩，够用了。"

蒋力拍了拍李小山的肩说："那好，老三，你就放心去吧，后面的事交给我们办。"说完转过头又对韩雷说，"老四你别动了，你留在院子里看着他们两个。"

说完蒋力指了指我和老王叔，我和老王叔都知道自己帮不上什么忙也就没有插话。

韩雷点头答应着："大哥，你就放心吧，三哥，你也小心呀。"

李小山嘻嘻哈哈应了一声，便猫着腰走出了院门，刚一出马场的路口便飞快地跑了起来，他紧贴着路边，腰弯得极低，在后面看着他，好像是一只快速跑动的大老鼠，一眨眼就蹿出好远。蒋力与王征也紧跟着到了院门口，王征半蹲在雪地上，双手捧着猎枪，一动不动地对着狼群那边瞄准监视。蒋力也把背上的大砍刀拿在右手，左手的猎枪斜斜地架在肩上。太阳这时刚刚从山谷里爬出来，阳光却被蒋力和王征严严实实地挡在了院子外，只是他们身上被朝霞涂了一层红边。

我和老王叔紧张地看着马场外面的一举一动，韩雷倒像没事似的一会儿看看我一会儿看看老王叔，等我发现了跟他对视时韩雷又红着脸笑了。他走到我身边蹲下来说："别怕，三哥虽然说话嘻嘻哈哈的，可做事很稳的，我们这次一定能把狼群赶走的。"

我跟着点了点头，可是眼睛还是止不住地向外望。老王叔回过头盯住韩雷看，韩雷的脸又红了。

老王叔问："小兄弟，你多大了？"

韩雷低下了头回答："二十了。"

老王叔继续问："那三个是你什么人呢？你们打哪儿来呀？"

韩雷笑了笑没有回答，却问道："大叔你知道对面狼占的山叫什么名吗？"

老王叔说："麒麟村的人谁不知道？白狼山和麒麟山呗。"

白狼山，白狼山

山上现白狼，山下换皇上

一张白狼皮，五万铁马骑

听韩雷说起白狼，我和老王叔都不由一惊，我们互相看了一眼，我试探着问："你也知道白狼的传说？"韩雷一笑，说："别人可以不知道，但我不能不知道呀。"

见我眼中满是疑问，韩雷接着说："据说长白山是仙山，天池是神仙们洗澡的地方，也是神仙们用这长白山的土、天池的水浇灌出我们北方人的血肉。当年长白山的仙人将白狼与麒麟放在这长白山上，是为了保护咱华夏民族的仙山龙脉，可是又怕白狼与麒麟在山上兴风作浪、为害人间，便留下了四大护法，看守着两兽在长白山上的一举一动。多少年过去，四大护法住在长白山里也就成了猎户，打狼、打野兽都是为了保住先人的龙脉呀。"

"四大护法？"我张大了嘴，"那你们四兄弟……"

韩雷脱下毛茸茸的皮帽子，露出一头黑发，刚到额头的头发被皮帽子压得全是卷，他挠了挠头发嘿嘿地笑了起来。

"我们打哪儿来的，我们是什么人，我爷爷那辈人整天对我们这么说，我也不晓得是真的还是假的。我们打哪来？我们是什么人？我爷爷那辈人整天对我们这么说，我也不晓得是真的还是假的。还说这么几千年就有两次把白狼给漏下山了，结果就弄出个明朝和清朝。还说当年朱元璋要饭到过长白山，要不是碰巧打死只白狼，那江山怎么能到一个要饭的手里。我爷爷还说当年努尔哈赤进关之前每年必到长白山打猎，一定是他猎到那白狼，才让这江山大变。也是从那之后，这世上就出现了许多乱象……

没想到还有这样的事情，我看了看老王叔，从他的表情我知道他也是第一次听到这样的传说。见我和老王叔这副样子，韩雷一摆手说："不说了，其实我根本就不信的，都是老一辈瞎琢磨出来的。"我问韩雷："你家真的有白狼皮？"韩雷说："我家现在没有了，我大哥家有一张。听说放了一千多年了，毛没落一点，还是油亮的，摸着又软又暖。"

"那你大哥家怎么没有出皇帝呀？"

韩雷哈哈大笑："我们是不能当皇帝的，有了白狼皮也只能守着，这是命。我爷爷说，啥事都有个命，我们的命就是在这长白山里打狼的。而且，听我爷爷说，按理，麒麟也好，白狼也罢，都是神物，是不应该在这凡间被我们这些凡人遇到的。"

我小心翼翼地问韩雷："那如果你们现在遇到了白狼怎么办？"

韩雷没多想就说："还能咋办，打呗，难道还真想着拿着白狼皮出去当皇帝吗？"

老王叔接过了话："这小兄弟，看样子你们很少下山，这回怎么来到这儿了呢？"

韩雷嗯了一声说："说来也巧。今年秋天山里就不见一只狼，这一冬天我们四个整山找这群狼，山里面就根本没有狼。我们四家就觉得不对劲，都寻思可能会出点事。家里的老人也嘱咐我们开春前不要下山，但我们四个还是趁着年关下了山，想就算打不到狼也到山下买点东西回去来年用。结果下了山，在一山坳里见到一匹野马，那野马棕色的毛说不出的漂亮。"

听到这儿我和老王叔不禁都啊的一声叫了出来。

韩雷奇怪地问："怎么了？"

我和老王叔连忙摇头说没事，韩雷又继续讲了起来。

"我们是很少打山里的野马的，因为马通人性，而且家里老人总说山上野马都是麒麟一脉的，不能打。可那野马就在我们兄弟四人面前晃，仿佛是戏耍我们。我们想把它活捉了，结果它一路跑，我们一路追，就追到了这儿。却不想在这儿遇到了狼群，不知还真以为是这马故意把我们引到这儿的。"

听了韩雷的话，我和老王叔互相看了一眼。老王叔哦了一声，还想再问什么。就听蒋力喊了一嗓子："奶奶的，狼崽子们冲这儿来呀！"

王征手里的枪也随着响了。

狼群已经发现了李小山。李小山刚爬过山坡，就有三只狼已经从山坡后蹿了出来直奔李小山的背影冲了过去。王征早已经瞄准好了，等打头的狼刚刚一到射击范围便扣动了扳机。子弹正打在跑在最前面的那只狼的头上，那狼头被子弹打得斜到了一边，身子就好像凭空被什么东西给挡了一下，后腿还来不及收势便向前翻去，狼身竟然在空中转了两圈才落地。在它身后的那两只狼一下子就站定了身子，转过身向马场这边看来。蒋力也把大砍刀举了起来，那两只狼冲着我们张大了嘴露出獠牙，背后的毛也高高耸起。蒋力与王征也不动，双方对峙起来。那两只狼很聪明，它们好像知道王征的射击距离，站在很远的地方便不再往前一步。李小山听到身后响了枪跑得更快了，皮帽子被树枝刮掉都不顾了。眼看李小山就要翻过右面山坡了，从狼群里传来了一阵阵嗥叫，是头狼的叫声。那两只狼身子一颤，迟疑了一下就朝着李小山冲了过去。王征连忙瞄准，可这次就在王征要开枪的时候，突然从狼群又冲出两只狼，而它们是直冲着马场过来的，速度十分快。

蒋力大喊一声："小心！"

王征连忙掉过枪头瞄准冲着自己过来的这只狼，蒋力的枪也响了。不过因为太过突然，一只狼也没有打中。而冲过来的两只狼听到枪响便分别斜蹿了出去，然后又转回了安全地带，狼的动作一气呵成，从冲出来到转回去这三十多米，竟然只用了几秒钟的样子。

韩雷骂了一声："妈的，头一次见这么精的狼。"

我在旁边已经紧张出一身冷汗，老王叔也紧紧地握住了拳头，手背上的青筋鼓得老高，这时李小山和追他的那两只狼都已经消失在了山坡背后。

我们盯着右面的山坡，而那里没有一点声响，只是死一般的寂静，狼群在对面也躁动不安，似乎也在注意着山坡后面的动静。没有人说话，但我知道大家都在紧张李小山。因为蒋力四兄弟之间的默契，所以我从韩雷的眼神里能看出来，他这次对李小山能否成功也同样没有把握。时间一秒一秒过去，却好像几个世纪般的漫长。突然李小山的喊声从山坡后面传了出来：

"哟……嘚……"

李小山连人带马从山坡后面蹿了出来，马蹄把雪花扬得老高。那马似乎已经受到惊吓，马尾岔开，鬃毛乱飞，嘴边都是飞沫。

老王叔瞧见了，心痛得直叹气，不由自主地说："废了，废了，这马废了。"

我知道其实老王叔的话完全是下意识的，这么紧张的时候却还想着马场的马。

蒋力嘴角一咧："好小子！"

李小山俯在马背上，双手紧紧抱住了马脖子，双腿使劲夹住马肚子。那马跑得飞快，而马身后就跟着刚才追李小山的那两只狼。马跑下山坡看见是熟悉的马场，竟然直冲马场跑了过来。李小山急了，右手抓住马的鬃毛就往回扯。可是马已经被吓得不行，一门心思往马场跑。李小山没办法，双手勒住马脖子用力一提。那马一口气上不来，竟然双蹄跟着高高举起乱踢起来，马惊了。可是李小山的身子像粘在马背上一样，丝毫不动。

李小山绝对是一个骑术高手，他从怀里扯出一块汗巾，顺手就给蒙在马头上了。马看不见东西一下子就稳住了，李小山调过马头从怀里拿出把小刀用力刺到了马屁股上。马吃痛地叫了起来，然后如箭一般地蹿进了狼群。狼群一下子被炸开，可是随后又紧紧跟上了。王征趁狼群乱时跑出院子，把跟在马后面的那只狼开枪撂倒了。蒋力也追了出去，韩雷跑到院门口也是跃跃欲试的样子。

我也想跟过去看，老王叔一把拉住了我说："娃，我们得趁这时候赶紧撤出马场往村子里去。"

我一下子醒过神来，连忙一手拉着老王叔，拖着伤腿走到韩雷身边说："韩雷，我们得趁这时候往马场外撤，快叫你大哥、二哥。我们往村子那边走，说不定能遇到村里人。"

韩雷扶了我一下说："不用着急，三哥做事十拿九稳的，这次狼群一定会被赶跑的。"

老王叔叹口气："单凭你们几个人是灭不了这群狼的，我们只能边打边退，到村子里找部队才行呀。"

蒋力看我们走到了院门口，就回头挥手大声地喊："老四你怎么让他们俩也出来啦，快给我回去。"

韩雷也喊："大哥，这老头儿说我们赶不走这狼群，要我们边打边往村子里退。"

蒋力眉毛一竖："滚球！老子打了这么多年狼，还不如他这个看马的糟老头儿？"说完就转过头向狼群那边冲去。

老王叔叹口气，拉了我一下说："娃，我们走！"

韩雷一伸右胳膊挡在了我们面前说："不行，我答应过大哥，不能让你们出这个院子。老头儿，你不用担心，我们绝对是为你们好，你们俩出了院子不出十步就得被狼咬死在地上，就好好在院子里待着吧。"

没办法，我和老王叔只好停下来，站在院子门口和韩雷一起望着外面的状况。

天已经大亮，我们可以向外看到很远，远处山坡外雪花溅起老高，狼群追上了李小山，把他和马给围了起来。马来回地打着圈子，不住地尥蹶子。

李小山在马上不慌不忙，一边抓着马鬃一边喊："大哥、二哥，你们别过来。再往这边来个几十米，就到我埋雷子的地方了。"

蒋力和王征就远远地蹲下，开枪把山坡上剩下的狼一只只往李小山那边赶。几个来回下来，王征和蒋力又打死了两只狼。狼群也随着李小山往旁边的山包上跑去。就在李小山马上就把狼群引进山包上时，从狼群里跃起一只狼正抓在马脖子上，是那只头狼！它咬住马脖子就往下坠，马立刻被它拽得停住了脚步，其他的狼也马上扑了上来，马被扑倒了。

李小山连忙喊："二哥，掩护我！"

李小山从马身上跃下来，就往山包下滚，李小山滚时缩着头、蜷着腿，只露出后背。他身边的狼想扑他却不知道怎么下手，只能用爪子去抓他，可是李小山滚的速度很快，结果也只是抓破了李小山后背的棉袄。山包上的那匹马被疯狂的狼群扑倒以后，很快就被撕成碎块，又瞬间被狼群吞到了肚子里。王征这时也没有闲着，往前跑了几步，举枪就把李小山旁边的一只狼给放倒了。我们在院子里远远地看着，看到李小山的身上满是白雪，就连头上、脸上也是，他不停地在地上翻滚，左躲右闪的同时右手中突然多出了一把匕首，砍在已经扑在他身上的狼身上。此时蒋力也在配合王征，专打距李小山最近的狼。趁身边的狼被打倒的空当，李小山站起身奋力朝蒋力、王征二人所在的土坑方向跑去，边跑边从怀中取出一个引雷子和火，瞬间将它点燃，回手扔了出去。山包边缘响起一声闷响，地上的雪被炸得飞了起来，在山包边缘的狼一下子被惊得跑上了山包，这一下狼群全被赶上了山包。被雷声惊吓后的狼群显得十分焦躁不安，但仅停顿片刻后，狼群就已经发现了蒋力他们的藏身处，开始向那个方向移动。李小山又拿出了第二个引雷准备引爆山包。

但就在这时，我忽然感觉到有一股目光在注视我，是那个老狼王，它站在山包下，用一只眼睛盯着我。良久，猛然间一声嗥叫从它的喉咙中爆发出来，响彻了整个山谷，这群焦躁不安的狼突然全都静了下来，在我们对这突如其来的状况还无法反应时，狼群开始撤退了。

第$5^2 - 5 \times 2$章

山祭

  四个猎户跪完，起身走到庙前的旗杆前，开始做着相同的手势，他们走向不同的方向，而双手一直平举指着旗杆。一道月光直射下来，透过旗杆打在地上，山摇地动，慢慢地从地面升起来黑乎乎的台子。

狼群撤走后，我们六个人就这样围坐在屋里，谁也不说话，都是一脸的困惑和不解。

终于李小山忍不住了，站起身说："麒麟村，白狼山，还真是这么邪性！"

蒋力叹了口气说："老人家，全都告诉我们吧。"

"说什么？"老王叔抬起头。

"老人家，一到马场，我就已经觉出不对劲了，狼群的反应太反常，而且院子里又出现了野马，这种景象是不应该在军马场出现的，现在这群打都打不走的狼又这样无缘无故地自己撤走了。凭我多年的经验，一定是有大事发生了。"

我看着老王叔，不知是否应该说话。老王叔半睁着眼睛，隔了一会儿才慢悠悠地说："大事，什么大事？现在的大事就是我们部队的军马都没了，马场也毁了。"

李小山急了，他指着老王叔的鼻子说："你这个老头儿怎么这样？我大哥问你，你就快说！"

蒋力用眼神制止了他，继续说："老人家，我们兄弟四个鲜与外人联系，机缘巧合下救下这个小兄弟，然后跟他来到这个马场，这表示我们之间的缘分不浅。我们打狼向来只有四个人。我也不瞒你，我们兄弟四人与这长白山有很深的渊源，我们世世代代都生活在这长白山上，我们世世代代都有着相同的使命。我们了解这座山，了解这座山上的一草一木，更了解这些狼，我们祖祖辈辈生活在这里的理由就是因为有这些狼。我所知道的是，这山上的狼从来不进麒麟村，其中的原委暂且不说，可这是一个上千年来都不曾改变的事实，然而这次发生了狼群攻击麒麟村的事，我知道，这其中必定有原因。老人家，我也不和你拐弯抹角了，你们马场是不是出现了什么东西，不该在马场出现的东西？"

我不由一惊，焦急地看着老王叔，心里在想蒋力说的是二宝还是小白，或者两个都是？

老王叔并没有看我，只是低着头不说话，我不知道他在想什么。屋里突然一阵安静，空气中弥漫着一股无法言说的味道，蒋力他们四个人都有些坐不住了，韩雷走到我身边，紧紧地盯着我，嘴张了一张，却什么都没有说。

也不知过了多久，老王叔终于开口说话了："不该出现在马场的东西，你们真的想知道？"

蒋力四人同时点头，老王叔却摇了摇头："你们真的认为你们了解这座山吗？了解这座山的一草一木吗？或许你们真的与这座山有着很深的渊源，可是你们真的就能了解一切吗？如果真的了解，又为何要问我这个什么都不了解的老汉呢？"

"老人家，你就不要再兜圈子了。"韩雷着急地说。

"兜圈子？我哪里是在兜圈子呀！"老王叔突然用手指着我，"你们不是想了解一切吗，那我告诉你们，我们马场是出现了不该出现的，不是别的，就是他！"

"老王叔！"我？我有些糊涂了，不知道老王叔的用意是什么。

蒋力有些不高兴了，他沉着脸说："老人家，我们诚心诚意地想了解真相，然后好想办法把这群狼打掉，不让它们再去攻击其他的村子，我们不是为了自己，是为了这山里的老百姓，你却在这儿拿我们打趣。"

老王叔叹了口气说："年轻人哪，别看我老头子什么都不了解，和这山也没有你们所说的那么深的渊源，可是，我也是祖祖辈辈生活在这山里的，我也希望这山里的老百姓能太太平平地生活，安安稳稳地过日子，你问我什么不应该出现在这马场，我就照实回答你，这个孩子不应该出现在这马场。就如你说的，这其中必定有原因。"

蒋力不再说话，眉头紧锁。李小山问道："大哥，这老头儿在卖关子。咱们别理他，过完今夜，我们去追那群狼，管他有什么东西出现，有什么事情发生，我们只是打狼。"蒋力没有理他，李小山还要说，王征拽了他一下，使了个眼色示意他别再说话，然后他自己走过去问蒋力："大哥，我们下一步该做什么？"

蒋力没有说话，看了看我，问道："小杜兄弟你是什么地方的人？"

突然大家的目光又全聚在我的身上，我变得有些不自然。

"我是辽宁铁岭人。"

"你是不是农历正月十八的生日？"

"嗯。"

"时辰呢？"

"子时。"

蒋力用拇指指尖在其他四指的指肚上点来点去，然后皱着眉自言自语道："真的是子时吗？对不上呀。如果要是寅时，倒是正对。"

听到蒋力的话，我心里突然一颤，想起了肃慎和我讲过的事情，我的生日难道真的意味着什么吗？

蒋力顿了一下便没有再问我什么，而是说："好了，我们暂且在这里再过一宿，明天一早我们四人就离开，一定追到这群狼把它们打掉。老二你再找些柴火，今晚我们四人轮流守夜以防万一。老人家明天你和这个小兄弟也赶快离开这里，到镇上去找部队把情况讲明白，最好就不要再回到这山里了。"

老王叔没有答话，我们再次陷入了沉默。

不一会儿王征从外面抱来了柴火，我看得出是从栅栏上拆下的木棍，他在院子里和屋子里都生起了火。之后蒋力冲其他人递了个眼神，他们四个人都走出屋子，我坐在老王叔身边守着火堆，隐约听见蒋力在说着什么，中间还不时夹杂着李小山和韩雷的惊讶声。看着老王叔落寞的神情，我对老王叔说：

"老王叔，明天我们就回镇上吧，你不用担心马场的事，这事是我惹出来的，我会和组织上交代，都是我养了小白才惹的祸，我绝不会让老王叔你担这个责任。"

老王叔惨然一笑，说："我一把老骨头，还怕什么。不过，娃你千万要记住，那白狼的事不能再让第三个人知道，对组织也不能说，不能再和任何人说！"

"为什么？"

"我怕会再引来一些不祥之事呀，那个蒋力说得对，要有大事发生呀。娃，明天走了之后，你就再也不要回来了，知道吗？"

我懵懵懂懂地点了下头："知道了。老王叔，你今后怎么办呢，不如你到我家去吧，我爸妈人可好了。"

老王叔的眼睛有些湿润："有你这份心我就知足了，我哪儿也不去，我要在这儿陪着马场，陪着你大妈。"

"老王叔，你还要一个人待在这儿？万一狼群再回来怎么办？"

"放心吧，狼群不会再回来了，这里已经没有它们要找的东西了。"

"老王叔，你是说小白？"

门吱呀一响，李小山从外面走进来了，他接过话说："小白？谁是小白呀？"

我支吾了半晌，只好说："是我养的一只狗。"

"狗？没看到呀，是白色的狗吗？"李小山坐到我身边问我。

"不是白色的，只是头上有撮白毛。"

"只是头上有白毛吗？"韩雷好像有些失望，"那，小白哪儿去了？"

"我也不知道，回到马场我就没见到它，老王叔也不知道它跑哪儿去了，我担心它别是给狼吃了。"

"你也不用太担心，或许它自己偷偷跑出去了呢。"

"你不用安慰我，连虎子都丢了性命，更何况几个月大的小狗。"

"你是说才几个月大？"

"是呀，我把它抱回来时，它好像也就刚满月那样吧。"

"这就奇了，你在哪儿捡到它的呀？"

"这个嘛，那个地方我也说不太好。"

李小山还想接着问却被老王叔打断了："天晚了，我也累了，早点歇吧，明天还有不少事情要做呢。"看出老王叔的用意，李小山便不好再问，便又退了出去。

老王叔把炕上拾掇了一下，喊我上去睡觉。我躺在冰凉的炕上，想着两天前炕头还是热热的，还有大妈给我做的新棉被，现在却什么都没有了，鼻子一酸，眼泪又流了下来。老王叔背对着我，想来也是无法入睡吧。我借着火光看着窗外四个人的人影，他们好像还在说着什么，隐约听到蒋力的话："怎么才几个月大？不可能呀……"他们的声音越来越小，我的眼睛不知是被泪水还是火光弄得开始模糊，眼前的一切又开始变得蒙眬起来……

我又一次进入了那神秘的梦中，虽然感觉是如此真实，但我知道这是梦。不过这次的梦里没有天池，我走在山谷中，面前是一条向上绵延的山路，记忆中这条路我走过不止一次，但一时想不起它是通向什么地方的。北风一个劲地刮着，我越来越冷，好像手脚都要被冻僵了，我不知道自己为什么要这样不停地走，似乎前面有什么在召唤着我，我必须要走，必须要去。原来这条路上不止我一个人，突然从我身后走出一个中年人和一个少年。他们面带倦意，但神色匆匆，从我身边走过时不看我一眼。我想问他们这条路是通向哪里，可是这两个人丝毫不理会我。中年人的步子很大，少年要大步追才能赶上他。少年几次要去抓中年人的手，但都是伸出去又慢慢地收了回来。中年人没有察觉到这些，只是一个劲地催着少年。

"来不及了，来不及了。"

"爹，什么来不及了？"

"时辰过了，一切都来不及了。孩子，终于到了关键时刻。"

少年抬头问："爹，我们能成功吗？"

中年人伸出手握住少年的小手："一定会成功。孩子，还记得我对你说过些什么吗？"

少年用力点了点头："是仙草，要得麒麟，必须先得仙草。"

听着他们的话，我不禁紧紧跟在他们的身后，想来他俩一定会让我知道些什么。可是他俩越走越快，把我远远地落在后面，刚刚转过山脚便再看不到踪影。

我快步追上去，却看见这一老一少与四个拿着枪的猎户站在一起。

远远望去，那四个猎户的打扮与蒋力四个人很像，但却不是他们四人。他们大声地对一老一少两个人说着什么，气氛十分紧张。我刚刚走过去，其中一个人便举起手中的枪冲天开了一枪。

"肃老大，这规矩定了几千年了你不是不知道，这事不能按你说的办。"

那中年人冷笑了几声说："规矩还不是你定的？我还说我上山是天意呢，难道你的规矩比天还大？"

"肃老大，今儿个月圆是那东西现身的时候。没有我们兄弟领路你找不到山上的马槽，就算你拿到了仙草也没有用。"

"哦，真的吗？"中年人把右手探入自己怀中说，"反正仙草在我手上，就算你们知道马槽在哪儿又怎么样，大不了一拍两散。"

四人中刚刚放枪的那个刚要急，旁边一个人挡住了他说："都说肃慎族人通晓过去、未来，天生有感知神物的能力，只是缺少驯服的力量，这也是你来找我们的原因。那好，就按肃老大说的办。"说完他冲其他三人使了个眼色，四个人便回身向山上走去，而一老一少跟在他们后面。中年人拉住少年的手，递给他一样东西并小声说了几句话，而那东西正是韩雷给我的小刀。我感觉这些人都与这段时间发生在马场的事情有着莫大的关系，便紧紧跟着他们。很快他们便走到一处断崖，那断崖看起来很熟悉，就连后面的破庙都同样让人感觉熟悉，啊，是麒麟庙。他们几个人一起跪倒在庙前，嘴里念念有词，头顶一轮圆月照亮了大地。

四个猎户跪完，起身走到庙前的旗杆前，开始做着相同的手势，他们走向不同的方向，而双手一直平举指着旗杆。一道月光直射下来，透过旗杆打在地上，山摇地动，慢慢地从地面升起来黑乎乎的台子。这时那个中年人从怀中取出一样东西放在台上，那台子立即放出七色光芒，而断崖外的黑暗中似乎传来了一阵阵马蹄声。

中年人按捺不住自己的喜悦之情，快步走到崖边。他张开手臂，似乎在迎接着什么，就在这时从他身后冲出两个猎户将他扑倒在地。中年人挣扎着大喊："为什么？为什么你们不讲信用？"

按在他身上的一个人说："肃老大，对不住啦。从古至今，你我两族始终素不往来，各安己命，各司其职。若不是你的族人泄了天机，害得我族失了宝物，断也不会给你肃慎一族带来灭顶之灾。现今，虽然你得到了仙草，但这麒麟、白狼无论如何也不能落到你们肃慎一族手中，你认命吧。"

中年人双眼似乎冒出火来，他回头冲躲在一旁边的少年喊："快去抢仙草，万不能让它落在别人手中！"

可是那少年吓得浑身发抖不敢动弹一下，而那边也响起来一个声音："老四，快拿仙草！"

这时中年人突然猛一用力将按住自己的两个人掀翻，他刚要站起身，旁边的枪口已经直直顶在他的胸口。而那呆在一旁边的少年突然大叫着冲了出来，低头向走向台前的那个人腰上撞去，那人没有想到少年突然发狠，连忙转身避开，但脚一伸绊在少年腿上。少年用力过猛，扑倒在地上，那人转身便要去捡台子上的仙草。

少年爬起来，也不顾脸上的雪扑到台前的那个人背上，从怀里拿出一样东西用力扎在那人身上。那人疼得大叫着倒在石台上。本来指着中年人的枪转向了少年，中年人不顾一切扑向了枪口。

一阵猛风吹过，我看见一只野兽直冲过来，它龙头鹿身，张牙舞爪，正是麒麟庙中石像一般模样的麒麟。月光一下子被乌云盖住，不透一点光亮。枪声、叫声、喊声充斥耳边，随即便是死一样的沉默……

我在黑暗中摸索前进，不知走了多远，也不知过了多久。我开始焦急起来，哪里去了，他们都哪里去了？他们到底是谁？我在梦里诧异地问自己，我的头像要炸开了一样，却还是不知道答案。耳边突然传来悠远的声音：

"申，你还在睡吗？你还没有醒吗？你还不知道自己是谁吗？

"申，你为什么不听我的话？你知道你的行为改变了什么吗？"

肃慎，是你吗？你在哪儿？告诉我，我究竟是谁？

"申，申，你还不明白吗？一切都太晚啦……"

心凄凄然
前路茫茫
五百年终归大梦一场
麒麟庙是开始也是结束

肃慎，你要去哪里？

"申，听我的话，从哪儿来回哪儿去吧，这里不再属于你。"

不……

我伸手去抓，却听见咣当一声，脑袋一阵剧痛。

睁开眼才发现天已经亮了，我正倒在土炕下，而蒋力、王征、李小山围坐在我身边紧紧盯着我。

蒋力看着我问："小兄弟可做了什么梦？"

我看着蒋力三兄弟阴晴不定的脸沉默不语。也许是因为刚才的梦里曾经出现过身份、打扮都与他们四兄弟相似的猎户，我的心里突然开始有一丝不安，蒋力四兄弟这一次来马场会不会像梦中见到的那样另有目的？

见我许久不说话，李小山说："你是不是想起些什么了，可是想起我们是谁了？"

"想起你们是谁？"

李小山用力拍了一下我肩膀说："你小子还装蒜，一定是记起来了。"

"没有。"我大声辩解，"我根本就不认识你们，能想起来什么！"

"没事，没事，只是随便问问。"

蒋力拉住李小山，使了个眼色，李小山便不再作声。这时韩雷和老王叔拿着一些吃的进来了。李小山在我这儿讨了个没趣，看见韩雷便喊："老四，有人还是不开窍你说怎么办？"韩雷看了我一眼没有说话，只是把手里一块烤好的馍递给了我。

我们六人一起围着火堆吃着东西，但没有人说话，好像各怀心事。我察觉到韩雷一直在观察我，有几次好像还要对我说话，只是到最后也没有说什么。

我还在想着那个梦，想梦里的那个地方，梦中出现的那些人是谁，和我又是什么关系呢？我为什么会做那个梦？难道，难道真的有前世吗？不管是肃慎，还是蒋力这四个人，他们一直在问我的，我应该想起来的事情是什么呢？

"对不住几位，咱们说几句。"

老王叔的声音打断了我的思路，抬起头发现大家却都望着我。

"既然狼群都退了，哥几个也早些离开吧，剩下的烂摊子就交给我们爷俩了。"

"你打算怎么办呢？"

"这是国家的马场，当然是去镇里找支部。"

"好，一会儿我们就把你送到山口。但这小兄弟要跟我们走。"说完蒋力用手指了指我。

"为什么？"我和老王叔同时喊出来。

"他本来就是这山里人，要跟我们回家。"李小山抢着说。

"笑话，我是部队的人，怎么成了你们山里人，还要跟你们回家？我哪儿也不去。"

蒋力见我急了，冲我笑笑说："小兄弟你别急，这个中原因我现在不好对你说，但你的确与我们长白山有着莫大的因缘，你现在还不能离开。"

老王叔也急了，说："你们想干啥？你们跟我说清楚。"

王征插嘴说："老头儿，这事你管不了，还是赶快自己逃命去吧。"

老王叔站起身指着蒋力他们说："你们不说清楚，我哪儿也不去。"

蒋力冷冷一笑说："现在这个时候，还能轮到你做主吗？老头儿你要是识相，赶快去镇里，说不定还能保住老命。如果硬要做傻事，我们这些粗人可不懂得什么王法。"

梦里那声枪响一下子又冲进我的耳朵，我连忙站起来拉住老王叔，对老王叔说："老王叔你别急，他们不敢把我怎么样。"我站得猛了些，牵动了腿伤，身子不由得一晃。

韩雷看在眼里，连忙扶住了我，他对我说："别担心，大哥只是说说，我们绝对不会做坏事的。"

我甩开韩雷的手不理他，韩雷神情黯然。蒋力、王征还有李小山开始商量着什么，我听他们提到了麒麟庙，但好像他们也有一些不确定的事情。

我拉着老王叔小声地说："老王叔，还是你一个人先走吧，回支部先找到老张他们再说。"

老王叔摇了摇头说："不行，我不能再把你一个人留在这山上了。这些人不知道是正是邪，我担心你呀。"

我正要对老王叔再说些什么，李小山走过来推了我一下说："走，咱们得出发了。"然后又对老王叔说，"老头儿你打算怎么办？不想下山活命啦？"

老王叔看也不看他说："要想让我离开，除非现在就把我打死。"

蒋力听到了老王叔的话，走过来双手一抱拳说："这位王大叔，刚才话语多有得罪对不住，只是这事和你无关，你没必要蹚这个浑水。"

老王叔也一抱拳说："这娃为了马场，为了我这老头子可以连命都不顾，我又怎么可以自顾自逃命呢？活要一块儿活，死也一块儿死。"

蒋力点了点头，不再说话。倒是李小山跑到蒋力身边有点担心地说："大哥，带着这老头儿不是更麻烦？"蒋力没有理他走在前面，李小山只好讪讪地跟在后面。韩雷从我身后走来，将昨天的手杖递过来，我看了他一眼便伸手接了过来，韩雷的脸上一下子露出了笑容。

走在山路上，老王叔的体力明显没有恢复，我的腿走快了也是疼痛难忍，所以我和老王叔一路揽扶走得很慢。蒋力、王征还有李小山快步走在前面，只有韩雷跟在后面时不时地看我们一眼。

李小山见了便打趣道："老四，看紧点，可别让他再跑了。"

我听了没有好气地回了一句："我什么时候跑过？"

听了我的话，韩雷低声喊了一声三哥，李小山吐了吐舌头便不再说话。

老王叔拉了拉我的衣袖说："娃，你看看他们这是往哪儿走？"我抬起头便看见那条熟悉的小路。

"麒麟庙！"

听到我的声音，蒋力回过头说："没错，就是麒麟庙，你是不是想起了什么？"

我摇了摇头，老王叔又拉了拉我的衣服说："不知怎么，我觉得这次上去一定会发生什么事情……"

我安慰老王叔说："别怕，我们都走到今天了，一定会福大命大的。"

老王叔惨然一笑："娃，我觉得我这条命全是因为还有它才能留到今天的。我觉得它离我们越来越近了。"

它？是二宝吗？

老王叔看着我眼中闪过的疑惑点了点头。

我小声地告诉老王叔我梦到的事情，老王叔脸色一变，抓着我的手不禁用了力气，他说："真的是那样？原来这麒麟庙真的有这传说？那我们这一次……"

话还未说完，走在前面的蒋力他们突然停住了脚步。远远地已经能看到山坡上黑黑的庙顶，那个早就没了旗子的旗杆也安静地立在那里。蒋力用力地嗅了嗅，王征和李小山也做着同样的动作。然后蒋力问他们："怎么样？"

李小山点了点头说："离老远就闻到了，狼群居然也到了这儿。太奇怪了。"

蒋力问王征："老二，你看呢？"

王征说："从这边的痕迹看，它们好像是一路跟踪到这里的。"

说完王征一指远处的雪地，我顺着王征的手指望去，地面上一片狼藉，雪混着泥土，都是动物踩踏过的痕迹。这时韩雷走过来，凑近蒋力的耳边说了句话。

蒋力的脸色一变问了句"在哪里"。

韩雷指了指远处，蒋力望了望说："看来这一次所有事情都要在这儿了结了。"

王征走过来说："大哥，要不行我们撤吧，这已经不是以前的长白山了，现在外面的世界都变了，老话也得换个说法了。"

蒋力不由得沉思起来，眉头也皱了起来。

我和老王叔走到他身边对他说："蒋大哥，别再干傻事了，现在都已经是新中国了。我们还是一起回支部找部队的人来把狼赶走吧。"

蒋力苦笑了一声说："命就是这样，谁也不能改。"

"命真的是这样吗？"

一个声音突然从角落里传来。我转身望去，肃慎无声无息地出现在我的面前。

"申，你不相信我的话，终于走到了这一步。你和这长白山的命是因你而改变的。"

"什么命？你是谁？"李小山指着肃慎的鼻子问。

肃慎看着李小山笑着说："身如灵猴，动如脱兔，你应该是李家的后人吧。"

李小山愣了一下，然后把头凑近肃慎用力闻了闻，转头对蒋力大声说："好大的骚味，大哥，是肃家的人！"

"肃家还有后？"蒋力快步走上来，他问肃慎，"你真的是肃家的人？"

肃慎一扬手，亮出两块木牌，上面刻着我早已经见过无数次的白狼与麒麟。

蒋力点了点头说："果然是肃家的后人，为什么你会在这儿出现？"

"还不是你所说的命，如果不是命运牵引我又怎么会来到这儿？"

王征举起手中枪："大哥，肃家的人只会坏事，让他躺这儿算了。"

肃慎面对枪口毫不在乎，只是冷笑，我却被眼前的一切惊呆，似乎是梦中的景象再次重现，我不禁跑上去挡在了他们中间。

看见我出现在面前，王征连忙把手里的枪摆了摆："小兄弟快走开，这事与你无关。"

肃慎接过话说："这里的一切都与他有关。如果没有他，我们现在怎么会都在这里？"

蒋力伸手抓住枪筒喊了声"老二"，王征才不情愿地把枪放下。蒋力对肃慎说："你还是快些离开这儿，我们就当没有见过你。"

肃慎冷笑着："你们可以当没见过我，我又怎么能当没有见过你们呢？"

"你想怎么样？就你一个人还能有什么可闹的。"李小山嘻嘻笑着。

肃慎手指着我说："就凭我是肃慎族最后一个族人，只有我才能得到仙草，换句话说只有我才能让他恢复记忆，找出麒麟。"

"什么？？？"

老王叔听完惊呼了出来，而蒋力四个人的脸色各有不同，我知道他们也一定知道这些。但蒋力不动声色地对肃慎说："你说什么我们不懂。"

"不懂？你把他带到这麒麟山是为了什么？你们一路追寻狼群又为了什么？别又拿你们老祖宗的话来压人，什么山里的规矩，都是你们骗别人的话。申，你别信他们，他们不过是想用你达到他们的目的。"

"申？你别以为你用些瞎话就能骗这小兄弟，你是不是对他说什么他是肃慎族的，要一起复族的事情，小兄弟你别信他。"李小山冲着我喊。

我的心乱成一团，他们的话相互矛盾，我根本不知道应该相信谁。麒麟？仙草？这些难道真的与我有关吗？

肃慎笑了笑说："我在骗他，难道你们没有骗他吗？难道你们对他说了实话？"

"我不管你们谁对谁错！"我抢过他的话，"你们都口口声声说着什么命运，你们为什么都想摆弄我的命运？"

　　蒋力见我变得激动起来，连忙上来拉我："兄弟别信他的话，他本来就是一个疯子。"

　　"哦，我是疯子，一个疯子也知道麒麟庙现在去不了。"

　　"为什么？"

　　"狼群已经包围了麒麟庙。"

第2⁴章

打狼

我突然想到在梦中小白攻击老王叔他们的景象，我不禁大喊："不行，不能进麒麟庙！"

"狼群为什么会去麒麟庙？！"我和老王叔大声惊问。

"你说为什么，难道你自己在想着什么你自己不知道？"肃慎看着我问道。

小白！我在心里叫了出来，可是小白为什么会在麒麟庙呢？

李小山再也忍不住了，他对蒋力喊："大哥，别再让他在这儿胡搅蛮缠了。"

蒋力举手拦住了李小山的话头，他对肃慎说："狼群围住麒麟庙的确奇怪，我们也没有办法，我想你在这时出现也绝非偶然吧。"

肃慎点了点头："都说蒋大当家做事稳重，果然闻名不如见面。你们世代保护白狼、麒麟不流于世，不能加以利用；只有我们肃慎族才懂得它们真正的意义，却没有办法得到它们，所以我们一定要合作，才能得到一切。"

"放屁！我们怎么能和肃慎族人联合，别做梦了！这一百多年闹得还不够吗？！"李小山跳了起来，冲过去就要打肃慎。

蒋力拉住了李小山，皱着眉头对肃慎说："你真的还没有放弃吗？不要再执迷不悟了！我知道你能看到未来，虽然我不知道未来是什么样子，但绝对不会是肃慎族的天下。你，为什么还要逆天行事呢？"

肃慎的眼神一下子黯淡了。

我走到肃慎面前问他："肃慎，你到底想做什么？我不明白你们说的是什么，也不想成为你们的工具。"

肃慎说："你不是一直想知道这长白山上的一切吗？事到如今，我会全部告诉你的。"

"不管怎样，我们哥四个今天都是一定要去麒麟庙的，小兄弟也必须去，其他人去不去，自己决定吧。"蒋力大手一挥，李小山便也不再说话。

一行人继续前行，老王叔用力扯着我的胳膊小声说："他们到底想干吗？为什么我一点都听不明白。娃，你还是抽空快跑吧。"

我听着老王叔的话心里却还是毫无头绪，眼前的情节和梦里的情节是那样相似，但又有不一样的地方。可是有哪些不一样呢？

蒋力走到肃慎身边说："你准备怎么办？要和山上的狼群硬碰吗？"

肃慎说："这长白山上能与狼抗争的不是我们，当然是它。"说完肃慎一指山顶露出的麒麟庙旗。

蒋力说："这话怎么讲？"

肃慎笑了："明人不说暗话，蒋老大难道不知道怎么做吗？"说完又看了看我。

蒋力说："用四字诀？"

肃慎说："是五真言！蒋老大你还要再试探我？"

蒋力盯着肃慎哈哈大笑："得罪了。"

蒋力的脸上虽然露着笑容，但我还是觉得有一丝不对。我抬起头突然发现少了一个人，就在我张望寻找的时候发现蒋力在向王征和李小山使眼色，而肃慎好像没有发现一样。眼看他走到了山坡转弯处，李小山从他身后猛地扑了上去，扳过他的双臂，还没等肃慎发问，一个身影已经从一旁的树后闪出，是韩雷。他举起刀就向肃慎砍去，而我想都没有想就拦了上去。

风突然吹过，夹杂着雪块打在所有人的脸上、身上，瞬时便看不清周身的一切。所有人不由得停止了手上的动作，护住了脸、紧闭眼睛静等着风停，可是风丝毫没有停止的迹象，而吹来的雪也慢慢压住了脚和腿。我想喊人，但猛烈的风透过胳膊之间的缝隙打在脸上让我根本张不开口。我感觉不到身边的人，肃慎、韩雷、老王叔，所有人都好像被狂风吞噬，我小心睁开眼想看看四周，却发现一切昏暗，什么都看不清楚了。这时一种熟悉又有节奏的声音透过风雪传到我的耳朵里，是马蹄声！我的心随着马蹄声越来越近而越跳越快。会是二宝吗？在我猜测的时候，打在我脸上的风突然弱了，原来它已经站在我的面前。它的身子高大、强壮，它的鬃毛长长的，不断拂过我的身子，它转过头，颈子摩擦着我的脸，我紧紧抱住二宝的脖子不再松开……

二宝带着我在黑暗中飞奔，我不知道它要将我带到何处，但是骑在它身上让我感觉十分安稳。即便冷风还是不断从身旁吹过，抱着二宝的脖子我也感觉不到一点寒冷。虽然身体随着二宝不断颠簸、起伏，但好像睡在老王叔屋子里的土炕上一样，我的眼睛沉沉的，马上便要睁不开。

"二宝，你到底要带我去哪儿？"

没有回答，眼前却突然出现一道红光，我连忙把头埋在二宝的头颈中。感觉到二宝的脚步慢了下来，我慢慢抬起头，看到光从对面透出。我翻身下来，发现自己的腿没有一点疼痛的感觉，我的腿已经好了，我扶着二宝的脖子向前走去。走到光的源头，我伸出双手在上面摸索才发现那是一道门。我用力推开门，傍晚的太阳挂在半山腰上，几缕赤色的余晖斜斜地照在了马场的院子里，烟囱里又飘出了袅袅炊烟，祥和、平静重新来到了这里。

我站在院中不知所措，慢慢走向门口，脚踏在土地上的感觉那样真实，好像眼前的一切都是真的。是时间倒转，还是神仙将一切灾难都抹平？还来不及怀疑，我就推开院门，用力呼吸山谷间新鲜的空气，没有一丝火药味和血腥味，只有野草和炊烟的味道。我对着山谷大声呼喊，回声荡漾，我看到大妈和老王叔从房门中走出来向我微笑。

大妈向我招手，好像以前我回来吃饭时一样。我高兴地应了一声跑回院子，跑到了大妈身边，大妈还像以前那样擦去我额头的汗。老王叔笑呵呵地站在一旁，他的手里拿着我的行李卷，这是？大妈笑着对我说："赶快上路吧，老张还在镇上等着你呢。"老王叔一边把行李背在我的肩上一边说："这一晃就是半年，以后放假就过来。"半年了？难道之前发生的一切都是我做的梦？我问老王叔："这马场……"老王叔和大妈笑着说："马场这半年多亏了你，你是一个好孩子。娃你别担心了，这马场有我们老两口照应呢。"我还是晕乎乎的，却几下子就被老王叔推出了马场。回头望去，老王叔和大妈一齐向我挥手。

我背着行李走在山路上，心情愉快，不禁唱起了歌。刚走过山脚，肃慎从角落里闪出。现在的他仍然像第一次见我时那样微笑，我对他不理不睬，肃慎在我身后喊：

"这就是你想要的吗？"

"肃慎，你一次次出现到底是为了什么？难道你非要所有人都死才开心？"

"没有人死的世界只会是梦，你真的愿意这样活在梦中吗？你真的要这样一走了之？"

"梦！这是梦？"

"你仍不相信我的话？让我带你去看看现在发生的事情。"

说完肃慎转身离开，我不由得跟了上去。

不知走了多久，感觉身边的路越来越熟悉，仿佛路边的每一棵树、天上的每一片云都没有改变过，这是通往天池的路。果然当我爬上山坡，站在肃慎的身旁时，见到了那如天空般湛蓝的池水。

肃慎指着湖心对我说："天池就如同长白山的心脏，这里有着长白山上一切的生老病死，这里有着历史和未来。现在的你应该可以看到自己的过去和未来了，申，我需要你。"

站在天池边我可以感觉到自己的心是那样澎湃，每一次与它相遇都会有不同的感觉。我好像越来越接近它，那种感觉就好像与自己的亲人和老王叔在一起一样。我向前走去，湖水泛起阵阵波澜，水面荡漾下似乎有着什么。我努力望去，湖水中竟然显现出奇异的景象。

狼群在雪地中奔跑，蒋力四人还有老王叔被狼群逼得无路可退。我看见他们向麒麟庙跑去，却突然被一只狼拦住了去路，那只狼通身白毛，是小白。

"不可能！小白不会攻击老王叔的。"

"每隔百年长白山上便会有一场战争，天与地，人与神，麒麟与白狼。每个人、每只动物都有着自己的命运，没办法背离。"

"难道没办法阻止这一切？"

"白狼出现，只有麒麟才可以阻止它。我们要找到麒麟，我需要你。

"你看那儿。"说完肃慎一指远方，我转头望去，二宝在湖水的对面望着我。

当我们彼此对视，二宝突然踏入湖水中，水面顿时乱成一团，再没有任何景象。我叫着二宝，可是二宝却不再理我，慢慢转身离去。

肃慎从我身边跑过，他跪在地上，双手捶着湖水。

"这到底是为什么，为什么它始终不愿意变成麒麟？就要到关键时刻了，你与前世的记忆已经那样接近，它却将你送走，难道神也不希望历史被改变吗？"

我看着二宝越走越远，肃慎的话也让我心中感觉不安，我不应该这样离去，这眼前的一切只是假象，老王叔还在等着我，小白还不知去向。

"二宝！二宝等等我，我要回去！"我不顾肃慎的话向二宝跑去。

可是二宝头也不回径直跑开，就在我转身的那一瞬，我身后的一切又变成了黑暗。

"二宝！！"

我伸出双手却不知被谁按了下去，睁开眼才发现自己躺在老王叔的怀里。

我刚要说话，胸口的不适让我先大声咳了起来。低头一看发现胸口绑着一块棉布，已经有血从中间渗出，位置竟然和我原本的枪伤位置差不多。恍惚间又回到中枪后的那一刻，没有一丝疼痛却有着无法言语的感觉。

老王叔见我醒来，连忙问我："怎么样？"

我看着老王叔，依然茫然，不知所措，好半天才醒过神来问老王叔："到底怎么了？"

"你刚才突然跑到这两伙人中间，那个叫韩雷的刀子就砍在了你的身上，还好伤口不深。可是娃，你怎么就一下子晕倒了？"说完老王叔指了指离我们不远处山路右侧的大雪包，韩雷半趴在那里。他紧张地望着前面，而再往前不远是一个土坑，里面躲着蒋力、王征。见我四处张望，老王叔继续说："谁也没有想到你会突然出来挨了这一刀。那几个人本来想对付肃慎，但不想从麒麟庙那边冲出许多狼来，这一分神，他便逃到了山下。蒋力四个人又开始对付狼了。"

老王叔说得又急又快，我还一时没办法把事情理清，只是不住地点头。

这时韩雷突然跑了过来，他见我醒了十分高兴，但又红着脸不知该说些什么。

老王叔显然还对他有气，他说："你过来干吗，我们还没死呢。"

韩雷说："大叔，我不是故意的。"他转头望了望前面，然后转过头小声对我和老王叔说，"大叔，你们趁这阵子快下山吧。别再搅进来了。"

老王叔没有好气地说："是我们想搅进来的吗？明明是你们不放我们走。"

韩雷摆了摆手说："大叔，有些事情你不知道，我大哥他们确实是想用杜兄弟引出麒麟，但绝对没有别的目的，只是想确认这上古的神兽是不是还活着。"

老王叔气得骂道："放屁，鬼神的事也能信吗，还要用人来引……"

我摆手打断了老王叔的话，正要再问韩雷什么，却听到李小山在那边叫喊的声音，韩雷连忙又跑了回去。

老王叔扶我从地上起来，我望了半天却没有看到李小山的人影。又听到他的喊声，我才发现他正站在山坡那边零星的松树中最高的一棵上。李小山正抱着树干高声叫喊："怎么样，爷们上来了！你们这些狼崽子能上来吗？"他站起来，爬得更高一些，树下有几只狼不断跳起，又落下，它们将松树皮纷纷扒落。李小山更加得意了，站在树枝上哈哈大笑："痛快！我打猎这么多年就这回最痛快！大哥、老二、老四，你们瞧好了，等下看我怎么一下子就把这些狼崽子都给炸得稀巴烂！"

又向前走了几步，我才看到山坡上的松树下面是黑压压的狼群。

韩雷回过头看见我走过来脸上先是一笑，他冲着蒋力和王征喊："大哥、二哥，他醒了。"

蒋力他们根本听不到韩雷的话，只是全神贯注地望着前面。韩雷转过头又变得焦急起来，直说："你们怎么还不走？"我问韩雷这是怎么回事，韩雷一边望着远处的情形一边说，"这些狼真怪，好像在守着这庙。我们在这里就被它们截住，再也不让我们往里进，却不往外攻，好像是有什么顾忌，等了大半天，三哥忍不住了，先到那山坡埋了雷，然后引这些狼过来。"

我远远地望着李小山，不由得为他捏了一把汗。

"老三，小心一点，"蒋力冲着李小山喊，"别被自己下的雷子炸到了。"李小山远远地摆了摆手："大哥，你放心吧。在这大树上炸不着的，我先给你们来个响听听。"说完李小山从怀里拿出一个像大炮仗似的引雷子，又拿出火镰子。可是李小山并不着急点，他又从怀里翻出一个小袋子，居然又从袋子里抽出一根铁烟袋锅，不慌不忙往烟锅里放好烟丝，然后用火镰点着了，用力吸上两口烟。韩雷看到了，笑着说："这个三哥，就会整事。"我却一点也笑不出来，一股深深的不安感袭上心头，我紧紧握住了双手，眼睛直直地盯着那些狼。

树下的狼有的蹲在一边抬起头用愤恨的目光向树上望着，有的来回在大树下转圈。蒋力大声喊着："老三，你就别玩了，快把引雷点着扔了！"李小山嘿嘿笑着："不急，不急，现在就得好好整整这些狼崽子。"他手拿着引雷，笑嘻嘻地看着树下面的狼群。蒋力和王征也不敢太靠近狼群，只能远远看着，这边我们三个人也都在等着李小山下一步的行动。

此时山坡上的狼大都聚在李小山待的树下，树下的狼群足有二三十只以上。狼群现在似乎失去了主张，它们没办法攻击在树上的李小山，又不敢贸然跑下山坡，因为狼群也明白蒋力三人正埋伏在山坡下。但这种对峙不仅让狼群陷入暂时的慌乱中，更是让蒋力似乎大为恼火："老三，你干什么哪？！你想把我们都拖死呀！"

突然树下的狼群骚动了起来，狼群里发出了一种奇怪的声音。声音不是很响，但断断续续传到了这边，韩雷咦了一声，直起身向前面走了几步，我和老王叔也不禁站起来往山坡上望着，可是我们什么也看不到，只是听着那种怪声音越来越大。李小山在树上突然哎呀叫了一声，蒋力大喝了起来："李三，你搞什么球呢！"那声音大得似乎连树上的雪都震了下来。我看见李小山紧紧抓住了身边的树干，他冲着蒋力喊着："老大，老大，这些狼崽子想把我从树上弄下去，它们正在啃树皮呢，还有两只贼大的公狼用身子撞大树呢，树上的干树枝都被撞得直往下掉。"

"什么？"蒋力他们一听都站了起来。王征二话没说就往李小山的树下开了两枪，狼群一哄而散，果然露出被狼群啃得露出树干的松树。"老三，你快扔雷吧！"王征喊着。李小山哼哼唧唧地冲这边喊："刚才树枝一晃把我的雷给吓掉地上了。"

蒋力两个人的脸上一下子都没有了表情，韩雷从绑腿里抽出了刀，跑到蒋力、王征身边："大哥，咱们冲上去吧，要不三哥就要完了！"蒋力一沉脸："不要命啦，冲上去咱们全得玩完，不能冲上去。"

可是，在山坡下开枪又没有太大的用处，那些狼已经懂得利用身边的树当掩体了，枪一响它们就躲到树干后面。只要蒋力他们不打枪，狼群便又会聚到李小山的树下，或用牙咬或用身子撞那树干，几个来回竟然将那五六米高的松树弄得摇摇欲坠的了。

看到这些老王叔摇了摇头说："唉，没办法啦，娃，如果他们四个死了，咱们俩也马上就跟着完。别管这些，趁他们现在顾不上我们，我们快走吧。"

我惨然一笑："老王叔，我们能走到哪儿去？这都怨我。"

老王叔奇怪地说："这怎么怨你呢，这就是命，和你无关。"

我摇了摇头说："老王叔我越来越觉得这些事都与我有关，反正不管怎么说，都走到这一步了，我决心要闯一闯，如果这事是因我而起的，那就看看我能不能把这事弄明白。老王叔你相信我，我们俩一定不会死在这儿的。"

老王叔笑着点点头："我信你，娃。反正也跑不了，那我们就先坐下歇一歇，你身上受了两处伤，先养养精神吧。"

说完老王叔一屁股坐在了雪地上，听了老王叔的话我也一屁股坐到了地上，靠着老王叔的背望着远处的山坡。

蒋力三个人一点点小心地向山坡上靠近，不时开枪打散聚在李小山树下的狼。但狼群越来越狡猾，它们大多聚在蒋力他们看不到的死角，不时还有狼从上面向蒋力他们攻击，蒋力发疯似的嘴里开始不停地叫喊着，他把手里的大刀挥得跟风车一般，拼命地扫着身边的雪。狼不敢向他们靠近，可是蒋力他们也根本没办法再向山坡上靠近了。不过这一次短暂的对峙没有维持多长时间，突然狼群里传来几声尖尖的狼嚎，李小山又哎呀地叫出声来，他冲着蒋力他们拼命地挥手："老大，老大，你们快走吧。来不及啦！"

那棵大树已经开始发出一阵阵咔嚓的响声，树干也开始慢慢倾斜起来。

蒋力三个人急得喊起来："老三！三哥！"

李小山挣扎地在树干上直起身子："老大，对不住，这次是俺李小山弄砸了，你们快退下去，我死也得让这群狼崽子瞧瞧三爷的能耐！"李小山的声音变得声嘶力竭起来，蒋力他们惊呼一声便都开始往后扑倒在地，而李小山竟然在树倒之前就先从树上跳了下来。

李小山一跳下树，狼群立刻扑了上去。飞溅的雪花伴着撕咬棉衣的声音，李小山啊啊地大叫着，他在雪地上翻滚了两下，突然不再动了。

李小山用尽力气喊着："弟兄们，爷们先走啦！"

轰的一声巨响，感觉脚下的地面都在晃动，雪连泥土飞扬起来，不少都砸在了不远处蒋力他们的身上。那截断了的松树飞出好远，只见山坡上竟然出现了一个大土坑。随着爆炸狼群也一哄而散，在坑的周围七零八碎地散着几具狼的尸体，地上满是被炸得乱飞的肉屑和鲜血，而李小山也早已经找不到人影了。蒋力三个人站起来，都是灰头土脸的，他们谁也没有先拂去头上的雪和土，都径直往山坡上跑去。

我抬起头望着土坑，心情复杂，不知应该喜还是悲。我正要也向土坑那儿走去，身边的老王叔突然拍了拍我："娃，刚才你在树下看到那只头狼了吗？"我摇摇头，这种情况早就分不出东南西北了，谁能在意哪只是那独眼头狼呀。老王叔啊了一声："狼群可能还没有散呀，你得快叫他们回来。"

蒋力最先跑上山坡，他跪倒在土坑旁边，双手插进已经被炸得松软的泥土："老三呀！你怎么让我跟你娘交代呀！你就是爱逞能，到死还要耍漂亮，你耍什么呀耍！"说完就已经泣不成声了。王征也已经跑上山坡，他举起手里的枪冲着天上砰砰砰放了三枪，枪口冲着天空久久都没放下。韩雷走在他们后面不言不语，我从地上站起来叫他："韩雷，快叫你大哥、二哥往回来，狼群可能还没有散呢，你们要小心呀。"韩雷回过头，他的眼睛也是红红的。他一边倒退着一边冲着我摇头："不用了，你们放心吧，我三哥埋的雷从来没有失过效。"

我想再往前走些，可是老王叔拦住了我："不对劲！"老王叔用力地抱紧了我的胳膊，我不禁也打了个冷战，脚步自然地停住了，我连忙喊："韩雷小心呀！"

果然就在蒋力跪在地上大哭的时候，一声狼嚎也从山坡后传出来。那声音竟似从地底下冒出，尖锐如刀一般地划过我的耳膜，不禁让人毛骨悚然。韩雷一下子愣在了那里，王征开始急着往枪里安放子弹，而蒋力好像什么也没有听到的样子，依然跪在地上。一声狼嚎以后，四周如死一般寂静。王征伸手去拉蒋力："老大，我们快走，狼群还在。"蒋力没有理他，只是把背上的刀拿了下来，端在了手里："老三，这次是哥对不住你，看我为你报仇。"韩雷也回过神来，抽出刀一边往前冲着一边叫着蒋力他们。

　　我连忙回头问老王叔："我们怎么办？"老王叔紧皱着眉头不说话。

　　这时第二声狼嚎又响了起来，伴着这声狼嚎从雪堆里猛地跳出三只狼，冲向了山坡上的蒋力和王征。王征举枪就打倒了一只，剩下两只狼直奔蒋力扑了上去，蒋力站起身，连躲都不躲，双手高举刀冲着面前的狼就劈了下去，竟然在空中就将一只狼劈成了两截，狼血喷了蒋力一身，蒋力更是啊啊地大叫起来，他看起来好像发了狂，竟然把剩下的那只狼吓得站住不敢向前了。这时韩雷也跑到了蒋力和王征的身边，紧紧地盯着前面。

　　狼群不知什么时候又出现在了山坡下，好多狼已经一身是伤，浑身是血迹和泥土。这些狼的目光更加凶恶，根本没有丝毫要退去的意思。它们开始慢慢向山坡上的蒋力三人靠近，这次它们并没有马上一起冲上来，而是慢慢向前移动着，它们在计算着自己与蒋力三人的距离，小心地避开王征手上的枪，四周一下子就静了下来，那种紧迫感都快让我不能呼吸了。

　　老王叔突然对我说："娃，快点火，我们得帮他们一把。"

　　我连忙到旁边的小树丛中找了几根枯枝，点着了，分成两把，我和老王叔一人举着一把向着蒋力三人走去。

　　我大声喊着："韩雷，你们快往回退呀。"

　　韩雷拉着蒋力小心往回退着，王征举着枪与狼群对峙着。看到蒋力他们在慢慢往后退，狼群立刻开始骚动起来。蒋力突然想起来什么似的对王征喊："老二，找到头狼，打头狼。"王征头也不回地说："找不到，我早就在找了。老大你们小心，我看到有几只狼从山坡后面绕过去了。"果然就在蒋力他们快退下山坡时，几只狼从另一面蹿了出来。我连忙举着火把冲了过去，狼见了火马上又停下了脚步，只是现在是白天，狼对火明显不像晚上那样恐惧，我看得出它们随时都能进攻，老王叔也在我身后挥动着火把。

　　蒋力和韩雷退到了我身边，蒋力望着我说："你还没有死？你还没有死？"

我不知做何回答，蒋力突然冲过来抓住我的胸口说："为什么你还没有死？刚才那一刀把你砍死说不定什么都不会发生了。是我太贪心了，老三我对不起你。"

我被蒋力抓得紧紧的，胸口说不出的疼痛，不禁又猛烈地咳嗽起来。韩雷将蒋力拉回："大哥，别这么说，现在不是说这个的时候。"老王叔拦在我的面前对蒋力说："如果你想大家都活命，就赶快找路逃命吧！"老王叔紧张地四下望，"我们只有一条路可退了，就是麒麟庙，我们退到那里还能支撑些时间。"

蒋力看了看路："爷们，这少说几十丈，我们根本没有命跑到上面呀。"

老王叔坚定地说："那也得跑，要不然就坐在这儿等着被狼吃吗？"

这时王征开枪打倒了一只狼，趁着狼群停止行动的时机，王征也跑了回来。我们几个人开始一点点向后面的路退去，而狼群也跟了上来。狼群这时总是有意跟我们拉开一点距离，看来到了现在，狼群已经不再急于把我们杀死，而是在一点点耗尽我们的体力。

老王叔也发现了这一点，他要我们不要走得太快，尽量不随便开枪，只要能退到庙里就有活命的可能。

蒋力说："老人家，如果这一次大家能活着出山，我兄弟四个一定好好向你谢罪。"到了这个时候蒋力还是习惯说他们是四个人，而不是三个人。

说话间，狼群已经离我们越来越近了，最前面的十几只狼围成一圈慢慢地向我们包围，大家都开始焦急起来。

我们能退到庙里吗？

就在我们不知所措之时，一阵嘶哑的嗥叫声从我们身后的庙中传来，那声音听起来充满了凄凉，如同刀一样割在我的心上、我的肉上。我回过头盯着麒麟庙，喊了出来："小白！老王叔，是小白！"

我突然想到在梦中小白攻击老王叔他们的景象，我不禁大喊："不行，不能进麒麟庙！"

虽然不知道原因，老王叔的手也开始颤抖，蒋力三人的脸色变成从未有过的凝重，小白的叫声一阵阵地传入我的耳朵，从这叫声中我能感觉到小白的无奈和悲伤，也许肃慎说得是对的，是因为小白出现才发生了这一切，而它的出现又是因为我来到了这里。就在我胡思乱想时，韩雷突然说："大哥，狼群有动静。"

果然，小白的叫声让狼群为之动容了，所有的狼都开始动摇，它们在原地不停地打着转，有些甚至开始交头接耳，它们都已经不再是当初那种攻击的状态，战场上突然少了些许杀气。可就在这时那只头狼的嗥叫声又传了出来，狼群立刻又开始躁动起来，它们好像很犹豫现在到底要不要进攻我们。在我看来，小白的嗥叫与头狼的叫声也许是一种对抗，而对于整个狼群来说应该是至高无上的命令，狼群现在的状态就像正月十五那天夜里一样不知道应该听从哪一方。头狼现在不敢再贸然进攻，想必它也已经伤痕累累。更主要的是它害怕王征手里的枪，这样人与狼群渐渐处于一种十分艰难的对抗之中。

王征突然喊了起来："老大，难道是……"

蒋力一抬手打断了他的话说："老二、老四，趁狼群不动，我们立刻进庙。"说罢韩雷拉着我，王征扶着老王叔，蒋力在最后面，我们五人拼命向麒麟庙跑去。小白显然用尽了气力，声音几乎已经听不见了，而那头狼的叫声依旧，狼群这时立即又重新恢复到了之前的战斗状态，向我们冲了上来，蒋力高喊："别停，快进庙！"他拿着手里的大刀向四周挥舞着。扑上来的最前面的一只狼立时就被他砍倒，王征这头也抬手放枪又打倒了一只。

我们不敢有片刻停留，风在我耳边呼呼吹过，我能感觉出韩雷抓着我的手臂十分用力，好像都快嵌入到我的肉里，我侧过脸去看他，韩雷眼睛直直地看着前面，紧紧咬着嘴唇，他的神情是那么严肃，我不敢再说什么，只好忍着不时传来的痛感尽量快地往前跑。

终于跑进了庙里，从来没有想过就这么几十米对于现在的我却好像是几里地一样。韩雷松开抓着我的手，我一下子就跌倒在了地上，不停地喘着气，腿上和胸口的伤也是锥心地疼痛。王征紧跟着我和韩雷，他把老王叔推进庙里，与韩雷返身又去接应蒋力。老王叔也坐在地上，这么拼命地折腾，脸上早就没有了一点血色。我差不多是爬到老王叔身边问他还好吗，老王叔喘了好久才对我说还死不了。我坐在地上，看着这空空如也的麒麟庙，小白，你在哪儿？二宝，你不在这儿吗？

不一会儿，蒋力三人也跑到了庙里，王征和蒋力好像又挂了几处彩，身上的棉袄也被狼抓得一塌糊涂。韩雷最后一个进庙，他用力将破庙门合上，然后用身子使劲抵着。三人也都站在原地不住地喘气，我和老王叔看着他们，不知道该说些什么。韩雷弯下腰双手扶着膝盖，见我在看他，脸又是一红，冲我笑了笑，我刚想问他有没有受伤，他的眼睛却盯住了我的身后，本来向上的嘴角一下子僵住了，他抬手指向前面："大哥，你看！"我们一起朝他手的方向看去，全都惊呆了。

虽然，我知道刚刚庙里传来的叫声是小白的，可是，当我真正看见小白时还是呆住了。

小白此时正蹲坐在庙中那已经断了头的麒麟像上，它目光炯炯，一身银白，王者一样看着我们。

第1893－1876章

诡异麒麟庙

　　这些人看来死意已决，我这条老命也没有什么用处了。倒是你，孩子，我就是怎么也放心不下你，我总觉得你不应该死在这儿，你一定要逃出去。

我看着小白，心情复杂，它到底是敌是友？我试着像以前那样伸出手招呼："小白，过来。"

小白看了看我，然后轻身一跃跳下了神案，看得出它的身体依然虚弱，它慢慢走近我，却不再像以前那样扑到我怀里，只是轻轻嗅着我的手，仿佛也在试探着我。这时我才发现有些东西改变了便回不去了。

蒋力看着我和小白，说了一句："果真如此。"王征、韩雷也不约而同地走到蒋力身边："大哥，真是吗？"

"不错，它就是白狼。它怎么会在这里？"

蒋力三个人向我和小白走近，小白转头看到蒋力三人身子一震，随后再次回到了麒麟背上。蒋力三人正一步步向案前走去，我连忙挡在他们前面："你们要干什么？"

"怎么？"

"这是我养的！"

蒋力看着我缓缓说道："你到底是什么人？"

我愣了一下说："我就是我，一个普通的志愿军战士，但你们也不能随便碰它。"

蒋力摇了摇头说："没想到你一个人竟然可以带领它们两个，难道说我看走眼了，你是神吗？"

我苦笑了一声："我怎么可能是神，要是神的话，我会让这些事发生吗？"

蒋力看着我，缓缓说道："从那天一进马场我就知道不对，狼群撤退时，我就知道出事了，一路跟随狼群到这里，看见它们把这庙围住，却又不敢进攻，我已猜到白狼就在里面。我百思不得其解，为什么狼群胆敢追杀白狼，现在才明白，原来是一只幼狼，这上千年来都不曾发生的事情，竟然让我们兄弟遇见了。可你到底是个什么人呢？"

我挡住小白的身子说："无论我是什么人，都不能让你们碰它。"

蒋力笑了："小兄弟，你不想解决现在的事情吗？你不想让大家平安下山吗？"

见我迟疑不再说话，蒋力倒退两步双膝跪倒在地，王征、韩雷紧随其后，我被他们三人的古怪行为弄蒙了，三人嘴里开始念念有词：

> 列祖列宗，不肖子孙拜上。长白山上众神仙，今我蒋、王、李、韩四兄弟突遇白狼，然此白狼尚未成形，吾等谨遵古训，以其祭天，保佑列祖列宗在天之灵，保佑长白山神仙万岁，保佑人间太平……

说完，蒋力便站起身，高举手中大刀对准了小白的头。我这才想起韩雷在马场对我说过的有关白狼的话，明白他要杀小白，没想到这竟与梦中发生的正好相反。我连忙扑上去抱住了蒋力。"不行，你不能杀小白！"我大声喊着，用力地抱紧蒋力，不让他挣脱。王征上来一枪托便打在了我的肩上，我的肩膀立刻就没有了知觉，手一下子就松开了。蒋力身子一晃便把我给甩在了地上，他站起身来，回头对躺在地上的我说："你难道不知道我们为什么要这样做吗？"王征把手里的枪口对准了我说："小同志，你也知道我们几个人是干吗的，白狼我们必须得杀，你再敢乱动，我只能用这打狼的枪先毙了你。"

"就算你杀了我，我也不能让你们杀小白，我什么都不知道，我只知道你们不能杀小白。"

韩雷走上来按住了王征的手："二哥，外面的狼群还没有散呢，我们还是小心外面吧。"

蒋力看着我放下了手中的刀，说："你真的不知道？"

"知道什么？为什么我就应该知道，为什么都这样对我说？"

"告诉我，白狼是怎么到马场的。"

我按着胸口上的伤把我收养小白的过程简单地讲了一下，王征和韩雷张大了嘴说："大哥，怎么是这样的，按你说的不应该呀？"

"是不应该，白狼提前下世，麒麟却不愿变身，都是不应该的。所以这只白狼还未长成和你在这里都有关系吧。本来我还想用你来解决这一切，但现在白狼在这儿，那就用白狼来结束这一切吧。这只白狼必须死。"蒋力叹了口气，掂了掂手中的刀对我说，"不管怎么样，这白狼绝不能留在人间，相信你有一天也会明白的。韩雷，抓住他，我得马上动手。"韩雷把我拽到一边，使劲按住我不让我动弹，蒋力又重新对着小白举起了刀。而小白还是蹲坐在麒麟背上，一动不动地看着我们，就在这时，王征突然喊道："老大，小心。"

原来是一只狼从庙的前窗跳了进来，径直冲着蒋力的背后扑了过去。蒋力回过头时狼已经扑到了面前，来不及躲闪了，本来站在我身边的韩雷以极快的速度直冲了过去，将那只狼扑倒在地。我还来不及反应，韩雷就已经抱着那只狼在地上翻滚了起来，不一会儿韩雷从地上爬起来，而那只狼已经在地上蜷成了一团。原来韩雷右手中的短刀直直从那只狼的肋下刺了进去，深到刀柄，那只狼连叫都没有叫出来就死掉了。

韩雷从狼的身上抽出刀，在绑腿上蹭了蹭。他对蒋力说："大哥，现在还是小心外面的狼吧。白狼也跑不掉，不用急着把它杀了，等狼群退了再说吧。"

蒋力阴着脸想了一会儿，然后对王征说："老二你看住右边的窗户，老四看左边的，我看好这大门。"最后蒋力手指用力冲我一指，"你必须明白，是你把白狼带到了这里，才发生了现在的这些事，你会后悔的，这只白狼没有出路，只有一死。"

我想起了肃慎的话，看看小白，心情是一团糟。我靠着老王叔，四下张望，这庙破破烂烂的，早就四处漏风，能支撑多久呀。我们现在又累又饿，备的干粮只够我们六人一天的量，尤其是这里温度太低了，就算狼群没有进到庙里，我们不出一天也会被冻死。这庙里能烧火的东西没有多少，而且这些神案柱子又是极难烧着的，就算能烧着我们也没办法在庙里点起太大的火堆呀。蒋力现在已经把神案抵在了庙门上，看起来还挺结实。王征看着的那面窗户早就钉上了许多木板，也不知道狼会不会从那里钻进来。左边的窗户，韩雷也挡上了一根木棍，只有后边的窗户还是半掩着，那外面是悬崖。看来暂时狼群还不会从正面进攻，但我已经开始听见狼爪在庙外雪地踏动的声音，它们围着庙不停地转动，时不时站起来去抓那破烂的庙门，狼爪抓过庙门发出一下下刺耳的声音。有些狼跳起来想撞开庙门，发出嘭嘭的闷响，震得庙门和抵住门的神案都不住地摇晃，房梁也开始震动，落下灰尘。

小白依然蹲坐在神案上，它的神情凝重。我望着它想，到底为什么小

白会在麒麟庙里出现呢？难道小白在这里是与二宝有关？我开始回忆二宝
与小白之间发生的种种，它们第一次见面便是那样水火不容，二宝不可能
将小白带到这儿，如果真是二宝，它又是为了什么呢？这一切又真的像肃
慎所说都与我有关吗？

我感觉到从刚才开始韩雷就一直在盯着我，他像是有些什么话对我说，
但始终没有开口。老王叔一直紧张地看着四周，他几次和蒋力的眼神撞上，
又马上分开，他们都似乎有不想被对方发现的东西。老王叔把他当拐杖的
步枪检查了一下，看看里面有子弹便悄悄地把它塞到了我的身子下面。我
想把枪递还给老王叔却又被他一把给按下了。

不知什么时候外面的狼群突然没有了动静，听不到它们急躁的脚步声
和撞击庙门的声音，只剩下风穿过门缝时的咝咝声。蒋力三个人更加警惕
起来，他们把头小心地凑近到门口，可是听不到外面的一点点动静。

我看老王叔紧皱着眉头便问他："老王叔，外面没有了动静，是不是狼
群退了？"

老王叔摇了摇头说："不会的。狼崽子们一定在想办法攻进来，狼群绝
不会一声不响就退的，越到这个时候越要小心呀。"

听了老王叔的话，我也开始下意识地四处看着。这样的气氛让人很压
抑，连喘气都不敢大声。庙的四周似有奇怪的声音传来，但又觉得是风声。
开始是很细微的沙沙声，到后来慢慢变成有节奏的哗哗声。我们全都不知
所措，看着四周也不知道到底发生了什么事。突然老王叔喊了一句："妈
的，狼崽子在掘墙呢。"

原来狼群竟然都聚在了麒麟庙那面最破的木墙后面，要么用牙去咬木
板，要么用爪子挖土，它们竟然想把这面墙给挖倒。王征冲墙外打了一枪，
随着枪响一只狼疼得哀叫起来。有狼被打中了，狼群马上又静了下来，但

隔不了一会儿，它们又开始挖墙。王征骂了一句妈的，又举起了枪。

蒋力一把给拦住了："老二，不能再开枪了。这墙已经烂了，你再从里面打的话，墙都会被你打塌的。我想我们这次没什么招了，我们要完了。"

王征惊讶地看着蒋力，手里的枪一下子就垂了下来："老大！怎么能说泄气话呢？嫂子还等着我们把狼皮带回家呢。"

蒋力又转过头看了看韩雷："老四，这次后不后悔跟着哥哥出来？我们可能没有命回去了。"

韩雷好像一直在想什么，听了老大的话突然愣了一下："不会，大哥，你这说的是什么话，咱们四个兄弟本来就是一条命。"

蒋力笑了，用力拍了拍身边的王征的肩膀说："兄弟，我只剩最后一招了。"蒋力在庙中转了一个身然后说，"如果等狼把那面墙给挖倒了，我们被狼群堵在这里就只能等死了。反正都是死，咱们怎么也得和老三一样死得漂亮点。你看这庙不是要倒了吗，狼在外面挖，我们就在庙里把那几根柱子都给砍断了。然后等狼崽子们都跑进来时，我们就把柱子给推倒，就算咱们被这被庙压死了也可以让狼崽子们都给咱们陪葬。"

听了蒋力的话，王征用力地点了点头，韩雷却马上转过头来看了看我。蒋力说这些话时没有看我和老王叔一眼，似乎旁边根本就没有我们这两个人。

老王叔听了他的话，马上喊了起来："这个使不得！这个麒麟庙是神庙，可不能推倒呀！"

蒋力回头瞟了老王叔一眼："没有人比我更清楚这座庙的由来了，正因它是神庙，更应该明白我们是为了打狼没有办法，而且，我们会为这麒麟庙陪葬，家中有祖训，我们四兄弟是无论如何也不能进到这庙里来的，包括这白狼也是不应进这座庙的。这都是命，爷们，你认命吧，咱们能死在一块儿也算是缘分。"

说完，蒋力不再理老王叔，而是走到一根柱子前，用大刀砍了起来。庙里的柱子大多都是漆上红漆的木头柱子，时间长了早已经被虫蛀得不行，几刀下去柱子便被砍去大半。放下刀，蒋力轻轻推了推那柱子，柱子已经开始摇晃起来。房梁也跟着晃了起来，房顶上不多的瓦也跟着往下落了起来。有几块就落在我的身边，崩飞的泥块打在我的身上，我也来不及躲避，只是呆呆坐在地上。

韩雷走过来想扶我，见我没有动他就蹲下来对我说："小杜兄弟，对不住，这次看来我们都得死在这里了，我大哥他的心意已决，而且现在这个情况你们也没办法逃出去了，真是对不住呀。"

我摇了摇头说："无论怎么样我都不会怪你和你大哥他们的，你们都说这一切都是我引起的，而且也的确是我带你们来这里的，如果你们不来马场，也就不会弄到现在这个地步了。"

韩雷却说："你不明白，没有你，我们也会来这儿的，这是我们的命，大哥虽然没有把所有的事情都告诉你，但你信我，这一切都是没办法避免的。"

"韩雷，你大哥说得对，事情发展到这个地步，也许都是我造成的，但，我真的不知道为什么会这样。"

韩雷见我没有责怪他们的意思，非常高兴，一把就抓起我的手："杜兄弟，你不怪我们，那太好了。"我冲他笑笑，便不再说些什么了。

狼群依然在挖那面破墙，随着那面破墙慢慢地倒塌，狼群的动作越来越大了。甚至有狼把爪子从墙缝里伸了进来，蒋力走过去了便是一刀，竟然将狼腿一刀劈掉。那只受伤的狼疼得号叫着，后面的狼群越来越急躁，不断有狼用身子撞着墙壁的底部，墙壁被撞得慢慢裂开，木板也被撞得崩开。这时王征已经点着了一小堆火，从地上捡起一根木棍点着了拿在手里，他问蒋力："大哥，我们把那面墙点着吧，这样狼就不敢咬了。"蒋力哈哈笑了："老二，你这不是把庙点着了吗，别等狼崽子们进来，我们先把自己烧死了，这样太便宜那些狼崽子了。"王征也嘿嘿笑了："老大，我不是也没有招了吗。"

蒋力这时已经把庙里的三根柱子都砍得差不多了，随便哪根柱子用力一推便会倒塌。庙屋的大梁也倾斜了，这庙支撑不了多长时间了。老王叔挣扎着站了起来，走到麒麟像旁边，用树枝轻轻扫着石像上的灰尘。王征看着老王叔，对蒋力说："老大，这老头儿可能是已经傻掉了，这时候还在拜神呢。"蒋力看了一眼老王叔："老二，你还记得老人对我们说的吗，要远麒麟。这次我们是进了麒麟村，逃到了麒麟庙，结果被狼群给围住了，看来不信是不行呀。"

老王叔没有理蒋力他们，只管自己扫着，过了一会儿他回头叫我："娃，你过来。"我抱着白狼走到老王叔身边，老王叔拍了拍肩膀，我们一起坐在了石像下面。老王叔凑近了我的耳朵说："这些人看来死意已决，我这条老命也没有什么用处了。倒是你，孩子，我就是怎么也放心不下你，我总觉得你不应该死在这儿，你一定要逃出去。"

我摇了摇头说："老王叔，到了这个时候，还说什么逃命呀，是我连累了你，老王叔，这一次我们爷俩就死在一起，再不分开了。"

老王叔一拍我的手背："别瞎说，你老王叔可不是白活六十多年，如果我连你的命都保不住，我怎么能是你老王叔。"说着老王叔用手悄悄往石像下面的案台指了指，"那里有一个洞，这是早些年山里狐狸挖的，后来被我用木头给堵死了，现在我只要用脚一踢就能踢开的。洞后就是那处断崖，你爬出去时一定要小心。那处断崖是有一条山路的，不过按今年的雪量，断崖留的雪一定很厚，那条小路也一定被雪盖住了。我告诉你怎么找到那条小路，你顺着坡往下滑应该没事。有这庙挡着，狼群看不到你，就算看到了，也定不敢从悬崖上往下追你，到了山下你朝镇子里的方向走，就没事了。"

听完老王叔的话我又摇了摇头："老王叔，我不走，这样危险也不小，还不如我们一起在这里赌赌命。"

老王叔笑了："真是傻孩子，你现在拿什么赌呢？你就听我的，等一会儿我给你信号，你马上给我走。"

我拉着老王叔的手说："老王叔，你忘了，还有它。我们还有……"

正说话间又有一只狼想从墙缝里钻进来，它刚爬进半个身子，就被王征用枪托给打了回去。蒋力三个人的精力早就已经全部都放在狼群身上，他们根本没有注意到我和老王叔在商量逃跑的事。蒋力让王征和韩雷各守着一个柱子，他则守着离墙最近的那个柱子。蒋力肩靠柱子，从怀里拿出烟袋用火点着了，狠狠地抽了一口说："这是最后一口啦，老二，老四，一会儿狼进来了，你们别管我。你们一定要等我信号，我们一起把这柱子推倒，让这些狼崽子给我们陪葬。"王征爽快地答应了一声，韩雷却没有应声，我抬起头望了他一眼，结果他也正望着我。

不知为什么韩雷的眼神突然让我心里一颤，那感觉正如我在天池一样。我能感觉到韩雷对我也有着一种特别的关心。我突然在心里决定，如果它真的会在这儿出现将我救走，那我一定不会丢下韩雷。我暗自许诺，只要可以，我们都不会死。我不希望韩雷他们三兄弟死，更不希望老王叔死。

天黑了下来，庙里越来越暗，仅有一点昏暗的光从临着后崖的那扇半掩的窗户射进来，我死盯着那里，直到感觉到那抹红光夹杂出现，那阵熟悉的声响又渐渐传入我的耳中。

　　狼群更加躁动，蒋力和王征紧紧压住狼群的进攻。

　　"娃，趁这阵快走！"老王叔踢开了那个洞，小声地喊我。我没有过去，而是牵着小白站起身，走到了窗前，就像在梦中一样，推开窗我看见了凌空飞跃的二宝。

　　"二宝！"

　　我大声叫了起来。

　　蒋力三人和老王叔转身望去，看见空中的二宝，他们全都呆住了，蒋力甚至放下了手中的刀。

　　难道二宝是从对面狼山上的断崖飞过来的吗？

　　二宝撞开木窗，窗框连带着本来就已经活动的砖墙处飞溅，庙身猛烈地摇晃了起来。棚顶落下无数石灰，但已经没有人顾及，他们全部盯着站在庙中的二宝不知所措。

　　"老王叔，二宝来救我们啦！"我一边欢呼一边抱着老王叔猛跳，完全不顾自己身上的伤痛。

　　王征盯着二宝，问蒋力："大哥，这就是？"

　　蒋力摇摇头："不是，它还不是麒麟。"

　　二宝站在那里，前蹄击打着地面，而坐在它对面的小白也站了起来。它们彼此对视了一会儿，突然小白跃到了二宝的背上，这时二宝转过头看着我。

　　蒋力和王征都愣在那里，老王叔突然猛推了我一下："还不快走！"

　　我蹬上神台，不知从哪来的力气一下子跳到了二宝的背上。韩雷跑到二宝身边，看着我说："杜兄弟，你要走了？"

　　看着韩雷的眼睛，我不禁向他伸出手去。

　　"老四！"王征大叫着，蒋力在一旁边拦住了他。而韩雷犹豫了一下，还是紧紧抓住了我的手。

我抱着小白，和韩雷压在二宝身上，二宝好像丝毫不觉得沉重，它转过身面对庙门，不断抬头吐气，而门外的狼群将庙门撞得嘎吱作响。我连忙对老王叔说："老王叔，二宝要从庙门冲出去。你带他们俩从洞口出去往山下逃，我到前面引走狼群。"

王征看着蒋力，等他发话，可是蒋力久久没有反应。王征急得直跺脚："大哥，到底怎么办呀？"

蒋力没有回答王征却只是自言自语："这到底为什么？白狼与麒麟联合，这到底是为什么？"

"到底怎么样？那不是麒麟，是马吗？"

"不是，那是一只未成形的麒麟。"蒋力一边说一边看着我。

"什么？！大哥，是真的吗，我们怎么办？"

老王叔走到角落里向他们招手说："这里有个洞口，我们可以从这里下山。"说完老王叔先钻了出去，可只探了一下头就回来了，"不行，太黑了，根本看不见路，这样出去随时都可能掉下悬崖摔得粉身碎骨。"

听了老王叔的话，我不禁紧张起来："那怎么办？"我的话音刚落，二宝四蹄一扬，冲开庙门，无数木屑打在我的脸上、身上，我连忙俯下身，当我再抬起头时我们已经落到了庙前的狼群中。

狼群此时已经把二宝团团围住，望着地上黑压压的狼群我有些紧张地说："二宝，咱们快跑，你再飞一次，我们向林子跑，引走狼群，好救老王叔他们。"

二宝没有飞，它冲进了狼群，如入无人之境一般向前奔驰，像一颗子弹似的射向狼群中那只正在弓身奔跑的头狼。

第18章

神秘部队

"有人曾经告诉我，那只是麒麟的肉身。"

"肉身？"

"麒麟的真正灵魂并不在二宝身上，所以它现在只能是马的形状。"

现在我才终于可以在这么近的距离仔细地观察那只头狼。那只狼差不多有小牛般大，耳朵尖叶般竖起，它边跑边向侧面躲避，二宝没有它的动作灵活，而且那只头狼的经验老到，总是在二宝快追上它时猛地转身，一个侧跑就又躲开了。

而二宝也好像在不断地挑逗那只头狼，并没有用足力气追赶它。那只头狼后劲十足，在二宝的追击下仍然跑得气韵依旧。它不断地在山坡上做环状奔驰，试图摆脱二宝，二宝也好像是在做着一种好玩的游戏，总是与那只狼相隔半米左右，不快也不慢，保持着一定的压力。跑了差不多十几圈的时候，二宝陡然加速，向前扑了出去，它的前蹄忽然跃起，落下时准确地击中了那只头狼的后背，却不想正在向前狂奔的头狼一个前滚，怪嚎一声，忽地跃起，竟向二宝的腿间撞去，二宝没有料到自己的对手会反攻，惊慌不已，长嘶着向后退去。就在那只头狼接近二宝的时候，二宝猛地向前跳跃起来，结果那只头狼竟掉在了二宝的身后。二宝马上抬起后蹄，直向那只头狼踢去。头狼虽然马上跳开，但还是被二宝踢中尾部，它一声怪叫，身子飞了起来，落在了远处。那只头狼挣扎着直起身来，用力嗥叫着。马上跑上来几只狼阻挡住了二宝的继续进攻，那只头狼这才有机会脱身逃走。

从来没有想到就连动物间的斗争也是这般惊心动魄，我使劲抱住二宝的脖子，简直连大气都不敢出。我怀里的小白呼吸越来越沉重，它那绿森森的眼睛也在紧紧盯着头狼，我看得出，小白很激动，我能感觉到小白在我的怀里一阵阵地颤抖，这绝不仅仅是害怕。

头狼再次进攻，它高高跃起。二宝转身闪避，却不想头狼的目标根本就是坐在二宝身上的我，如果不是韩雷用身子将我压低，我可能已经被它扑到。但是意想不到的事发生了，小白从我的怀中跌了出去，它重重地摔在地上，惨叫了一声，连打了几个滚，落在了狼群中。被二宝惊吓得狂躁不安的狼群立刻向小白扑去，小白左右躲闪，试图张嘴反击，可是它的力量太小了，眼看着就被一只狼咬住了后腿，按倒在地上。

"小白！"我连想都没想，就从二宝身上一跳，一下子扑在小白身上。

"杜！快回来！"韩雷高声地喊着。

我掏出韩雷给我的小刀，对准咬住小白的那只狼的眼睛直刺了下去，它惨叫一声，松开了嘴，我趁势抱住小白，可此刻数十只狼从不同方向同时扑过来，我一下子就呆住了，根本就不会跑了。眼看狼群就要冲到我的身边，一股十分大的力量把我狠狠地向旁边一扯，把我拽到庙墙上的差不多只能容纳我一个人的土凹槽里。而那个拉我的人竟硬生生地挡在我的面前，用双手抵住了已经扑上来的狼。

是老王叔！

老王叔的左手架住了正扑过来的狼的胸膛，而右手上的匕首直直插入了那只狼的颈下。那狼哼了一声便软了下来，但是它的爪子也正好狠狠打在老王叔的脸上，抓破了老王叔的脸，老王叔的脸立刻变得血肉模糊。我被老王叔脸上冒出的血吓得大叫，慌乱中伸出手紧紧按住老王叔脸上的伤口。老王叔扔掉手里的刀，双臂张开，整个人呈个"大"字，用力向后靠着，把我紧紧挤在那土凹槽里，他用尽力气喊着："别管我！"马上又有好几只狼扑了上来，我听到狼在撕咬东西的声音，我感觉不断有血溅到我的脸上、我的身上，老王叔的身体却如钢铁般屹立在我面前不动。

也许只有几秒钟，也许是几分钟，但对于我来说这一段时间就像几个世纪那么长。我害怕得想闭上眼睛，却连闭上眼睛的力气都没有。我什么也看不见，什么也听不见。我只知道老王叔正在代替我受着狼群的撕咬，他在替我死！一直到枪响我才清醒过来。蒋力和王征不知什么时候已经从庙里赶了出来，他们赶走了包围住我们的狼群。蒋力咆哮着，如同野兽一般，拼命地挥舞着手上的砍刀冲进了狼群里，狼群也被蒋力的气势吓得四处躲闪。我毫无知觉地跪在那里，看着老王叔，老王叔的胸膛被狼给撕烂了。

王征走到我面前，他什么也没有说，只是高举手里的猎枪扣动了扳机，枪声在山林里回响。

泪水，不知不觉流满了我的脸。

我的后背靠着庙墙，不时有雪花飞溅到我和老王叔的身上，耳朵里面也充斥着各种声音，蒋力和王征的叫声、脚步声、狼群的爪子踏在雪地上的声音和蒋力的刀砍过空中时的风声。但，我现在对周围发生的事情早已经没有了任何感觉，老王叔的血在我的手上冻成一团，我的手也丝毫没有感觉，也许现在就算是狼正在撕咬我的身体，我也会没有一点感觉吧。

我突然想，就让我这么死吧，就让我这么被狼吃了吧。

狼群把我们紧紧地围了起来，它们的腹部快速地一收一放，嘴里的大舌头也长长地垂了下来，唯一不变的就是它们凶恶的眼神，那幽绿的眼睛里冒出死亡的光。它们大多沾染着鲜血，也许是我们的，也许是同类的。包围圈外的狼拼命吃着同类的尸体，它们以此来维持体力，然后来支援前面的狼，它们用车轮战术只有一个目的——把我们消灭。

蒋力和王征站在我面前，他们在不住地喘气，我看见王征的腿在发抖，不是被吓的，是因为已经快要没有体力了，蒋力的大刀也插在了地上，他的气息如同牛一般沉重。

蒋力看着狼群说："老二，我们完了。"

王征也惨然一笑："老大，这次真的完了。"

眼看着外围的狼群把同类的尸体吃得一干二净，又有几只狼加入到了包围圈里。那些狼只不过是害怕蒋力手里的大刀和王征手里的枪，现在看着蒋力和王征都没有了斗志，它们便开始慢慢收紧包围圈。或许是知道猎物都已经没有了抵抗的能力，狼群不再急于行事，它们好像希望多看看我们在死亡面前所流露出的恐惧。我的心一点点收缩，一想到马上狼就要张开血盆大口狠命地撕咬我们，用那尖利的牙齿把我的骨头都咬断，把我的皮肉都撕烂，身体不禁开始发抖，那种恐惧真的是由心底往外冒的。

怀里突然有东西在动，原来是小白。它的身上沾满了老王叔的血，它抬头看我，眼睛里竟有一股说不出的悲凉，老王叔的身子在慢慢僵硬，压在我的身上说不出的沉重，我有些不敢看他那被狼抓花的脸，却还是忍不住一遍遍地去看，想着这几个月如亲人般待我的老王叔，现在却冰冷地躲在我怀里，我的心里悔恨万分，后悔不应该把小白带到马场，后悔自己不听劝告，更后悔让老王叔与我一起到这儿来找二宝。我不能让老王叔就这样在这里被那群恶狼吃得尸骨无存，我得把他安葬，想到这里，我便要站起来，却发现自己坐得太久腿都麻木了，而且腿上沾了太多老王叔的血，裤子也变得硬邦邦的，我只好用双手扶着膝盖一点点站了起来。

蒋力看我站了起来马上急了："你要干吗？"

我没有理他，从地上抱起老王叔的尸体。蒋力刚要喊出的话硬生生被他自己吞了回去，他没有再说一句话，只是瞪着眼睛看着我抱着老王叔的尸体走进庙去。

刚踏进庙里，我便再也走不动了，抱着老王叔的身子我险些跌倒，只好把他的尸体先放在庙里的墙角，我找了些干草盖在老王叔的身子上面，希望天堂之上老王叔不会感觉那么寒冷。我跪在他的面前一边用韩雷的小刀挖地上的土，一边不禁又失声痛哭起来，很想对他说些什么，可是却怎么也张不开口，我想起以前的战友，就是那个曾经打伤我的战友——李二宝。我当时并不能体会他对我的负罪感为何那么强，但现在我对老王叔的负罪感已经沉重到足以让我对自己失去所有生存下去的信心。这场祸完全因我而起，而除了眼看着身边的人都跟着我一样身处险境，我不能为自己或者别人起一点点作用。

这就是所谓的宿命吗？真像他们所说是我改变了这一切？为什么我没办法挽回？我现在应该去问肃慎、天池还是自己？我慢慢挣扎着走出庙门，抬头仰望，天空渐成血色，身后突然传来轰隆巨响，转身看到麒麟庙倒塌成废墟。

倒塌的麒麟庙虽然能掩埋老王叔的身体，却掩埋不了正在发生的一切。蒋力三人与狼群的战争还在继续，一匹狼已经扑到了王征身上，蒋力挥刀上前将那匹狼砍死，但狼群已经全部往庙前扑来，王征连忙瞄准开枪，可是没有打到狼，不过也暂时阻止了一下狼的攻击。我看见小白一条腿淌着血，趴在地上，就跌跌撞撞向它跑去把它抱起，正在这时感到一阵疾风奔我而来，我猛然回过头，才发现一只狼不知什么时候无声无息地向我冲了过来。躲闪已经来不及了，惊呆的我只是紧握着韩雷的那把刀，看着那只狼冲我猛扑过来。这时一道红光从我身边闪过，那只狼立刻被撞得飞了出去。是二宝！韩雷在二宝背上向我伸出手："快上来！"我抓着韩雷的手，又一次跳到了二宝的背上。

蒋力挥动着手中的大刀，一脸的血、一身的血，他高声喊："老四！快走，我和老二挺不了多久了，快跑！"王征一边上子弹一边说："老四呀，快跑吧，子弹没有多少了，我和大哥也没有体力，你还有生路，听哥的话，快走吧！"

"不，我不能走！"韩雷坐在马上，用匕首刺杀扑向二宝的恶狼，二宝也配合着韩雷前后跳跃、跑动，还不时用它厚重的马蹄踢踏狼群。

"快走！"蒋力厉声吼道，"我们全加上也挺不了太久，还没到时候呀！为什么会这样，为什么会发生此等怪异之事呀！"

"韩雷，我们带着二宝在前面开路，让你大哥、二哥在后面跟着，或许能冲出去。"我对韩雷说。

"好吧，"韩雷点头，"大哥，我这就往外冲，你们可要跟住了！"

"你们快些在前面走，不用管我们，我们会尽力的！"王征大叫。

"二宝，向山下冲！"二宝应声飞驰向前。

砰砰！我们身后的树林中突然传来了一连串的枪声。

二宝跑得飞快，我在马背上只感觉到风如刀一般划着我的脸。冷风打在脸上让我不敢睁开眼，只能听着耳边不断响起的呼呼的风声。韩雷在我的前面稳稳地把自己贴在了二宝的背上，我只能尽量把身子压低，紧紧抱着韩雷的腰。我想对韩雷说话，但一张嘴风就灌到我的嘴里，早已经喊不出话来了，只能任凭着二宝带着我们飞驰。不知过了多久，我才感觉二宝的脚步慢了下来，我睁开眼睛环望四周，却发现根本不知道是哪里。二宝停止了脚步，不停地晃着脖子打着响鼻，我知道它想让我们下马，于是连忙从它背上翻身下来。

"韩雷，刚才的枪声？"我着急地问。

"我留意了一下，应该不少于十个人，不然枪声不可能那么连贯。"

"不少于十个人？"我想了一下，高兴起来："可能是我们部队的人到了，可能是他们听到了王征的枪声赶来的，这下他们得救了！"

"不是。"韩雷摇了摇头。

"你怎么知道不是？"

"因为，我回头看到了最前面的那个人，他穿的是与我一样的猎户的衣服。"

"那也行啊，不管是部队还是猎户，反正你大哥他们肯定得救了。"

"这长白山上的猎户我是都知道的，没有这样的人，而且，他用的枪，是军用枪。"

"军用枪？那就还是我们的部队到了。"

"部队的人为什么不穿军装呢？"

"这……"我也感觉出不对，但又实在摸不着头脑。

"哎，不管了，就像你说的，不管怎样，我大哥他们现在肯定是得救了。"韩雷站在那儿四处看了看。周围很静，借着月光能看见厚厚的积雪，隐约能看出这条被雪覆盖的小路绵延通向远方。这条路一定是没人走，我和韩雷站在那雪里几乎齐腰。

"你身上还有没有火？"韩雷问我。

"有，从马场出来时老王叔让我带的。"

"幸好你有，我身上没带这些东西，平日里都是大哥他们准备。"韩雷蹲下身子，开始扒雪，"快来帮忙，这里的雪厚，肯定是一冬都没人走过，咱俩把雪垒起来，弄个窑洞，好在这儿过夜。"

不一会儿工夫，在我们站着的地方做出了一个能容两个人坐下的小窑洞，在它前面清出了个一米见方的空地，韩雷又去找了一些枯枝，点起了一堆火。我们俩挤在窑洞里查看小白的伤势，二宝一动不动地站在雪中，目光望向路的尽头。

在静夜里，这一切竟有一种说不出的诡异。

"申，你在哪里？你终于踏上了这条不归路吗？"

"肃慎！是你？！"

"是我，申，你后悔了吗？"

"告诉我，这到底是梦还是真实的？为什么我每走一步都是错的，怎样才能补救！"

"补救？申，神也没有办法让时光倒流呀。为什么你总是不愿意和我在一起，却永远走自己不应该走的路，你身边的人不是你的朋友，他们都有各自的命运。现在还不晚，离开这里吧，放下白狼离开这里吧，走得越远越好。"

"告诉我这一切到底是因为什么？"

"申，你会知道的，总有一天你会知道的。申，我们的时间都不多了，你会帮我的，对吗？"

"帮你？"

"对，我要你放下白狼，离开这里。"

"告诉我为什么。"

"因为，你不属于这里。"

"醒醒！醒醒！你怎么了？"我睁开眼睛，韩雷一脸焦急地看着我。

"我，我怎么了？"

"我出去找柴火，回来就看见你在这里大叫，你没事吧？"

"我，没事。天还没亮吗？"

"还没，得再有两个时辰吧。"

"韩雷，我们现在这是在哪儿呀，二宝为什么要往这里跑呢？"

"你真的不知道吗？"

"我只是觉得这里有些熟悉，但我并没有来过这里。"

韩雷看着远方，半晌才说："这是往天池去的路。"

"天池？二宝为什么要去天池？"一说到二宝，我又兴奋起来，"韩雷，你看到了吧，二宝真的是麒麟！我一直觉得它就是麒麟，可总有些半信半疑，今天可是确定了，它会飞，它真的会飞，飞在半空中！是二宝救了我们！"

韩雷看着我，目光黯淡："你真的什么都想不起来了？"

"韩雷，从见到二宝你就怪怪的，我该想起什么？肃慎也这么和我说，你是不是也知道什么，是不是与肃慎一起的？"

"那个肃慎族人？"

"对呀，是他告诉我，我和他是一个族的，但我们的族已经没落了，现在只有我们俩能改变，他说我得帮他，可我不知道怎么帮也不大相信他的话，他还说我有什么前世，我怎么能相信他的这些话呢？你说你们是四大护法，是不是也是肃慎族的？"

"我们不是，我想，他是骗你的。"

"我也不相信，但太多的事情没办法解释了，我应该怎么办？"

"其实……"韩雷一副欲言又止的样子。

"你想说什么？"

"没什么。大哥说得对，还没到时候。"

我们俩不再说话，看着远处的山坳里慢慢露出了鱼肚白，新的一天又到了。

白狼真的是神兽，经过这一晚，它的伤已经好了，此刻正躺在我的身旁伸懒腰，只是身上红一块白一块的，显得有些狼狈。二宝一夜没动，像尊雕像一样站在那里。

"韩雷，我们怎么办，回麒麟庙吗？"

"不，我们就跟着二宝走吧。"

"什么，跟着二宝走？"

"你不是说了吗，二宝是麒麟，它带我们到这儿来，自有它的道理，我们跟着它走就行了。"

"那你大哥二哥他们怎么办？"

"想来他们已无性命之忧，等他们调整好了，一定会来找我的。"

"他们怎么知道上哪儿找呀？"

"这你就不用担心了，自然知道。"

"好吧。"

我走到二宝身边，拍了拍它的背："二宝，我们接着走吧。"二宝亲昵地用头拱了拱我，我抱着白狼，和韩雷骑上它，任它将我们带向未知的远方。

"韩雷，你再给我说说这麒麟和白狼的事吧。"

"我知道的也不是太多，只知道麒麟和白狼都是长白山上的神兽。"

"那你说二宝是麒麟吗？"

"不能说是，也不能说不是。"

"为什么？"

"有人曾经告诉我，那只是麒麟的肉身。"

"肉身？"

"麒麟的真正灵魂并不在二宝身上，所以它现在只能是马的形状。"

我和韩雷跟随二宝一路向前。

小白的体力恢复了很多，它挣出我的怀抱，轻快地奔跑在雪地中，厚厚的积雪浸没了小白，也洗净了它身上的血迹，泛着银光的小白与这苍茫的大地融为一体。

我不断思索着韩雷刚才说的话，不知过了多久，韩雷拍了拍我的肩，他指着山顶一片雾气缭绕的地方说："我们到了，那就是天池了。"

这一次不是梦吗？

望着那里，我的意识有些飘忽，再一次面对天池，我不知道自己到底是在梦中还是现实中。

二宝，你果真是要带我们来天池，既然到了，我们就上去吧。

二宝像一个多年出门在外的人终于见到家门一样高兴，四蹄飞奔起来，狭窄的山路上我和韩雷不住地刮到路边的松树，把松枝上的雪花弹得到处飞溅。这时我才注意到以前两次在天池与二宝相遇，似乎每次都是它离我而去，从来不曾见它像今天这样。或许真的像韩雷所说，二宝只是麒麟的肉身，而我前两次在天池所遇到的却是另一半的二宝。

就在我胡思乱想的时候，二宝前面的一块雪地突然雪花溅起，有两个庞然大物从雪地里腾地一下冒了出来。二宝被这突然的状况惊吓到，它长嘶一声，高抬起前蹄，几乎直立起来，我和韩雷猝不及防，啊的一声大叫跌落在雪地里。我当时只有一个念头，以为是狼群又出现了，可是等了一会儿没见有狼攻上来，抬起头竟然看见两个人站在我的面前。他们的打扮很奇怪，虽然身上穿着普通衣服，却不是山里人的打扮。他们外面还披着一件白色斗篷，这两个人都一声不吭地盯着我们，而他们手里那两支闪着寒光的步枪却直直地对着我和韩雷。我慢慢地站起来，脑子转了几转也没想出他们会是什么人，他们绝不是支部的同志，也不像是民兵，他们会是山里的猎人吗？那为什么拿的不是猎枪而是步枪呢？我的头脑中一闪，想起麒麟庙前的枪声，我看向韩雷，他冲我点了点头，他与我想的一样，这两个人与麒麟庙前的应是一伙人。

这些人的目的是什么呢？

我看着面前的这两个人，很客气地问："你们是什么人？"那两个人没有理我，只是冷冷地看着我，我又打开上衣，从怀里的小兜拿出我的士兵证，"两位同志，我是新兵，我在二杠马场……"还没有等我说完，一个人用枪口敲了一下我伸出的手，打断了我的话："不用多说，跟我们走就是了。"

是锦州口音，我有些纳闷，辽宁的地方口音里，锦州的最容易听出来，每句话的音调都向上挑的，但，锦州人怎么会到这里来呢？我隐约觉得这里面一定大有文章，而且绝不能让他们发现小白。可是该怎么办呢？我看了看韩雷，他正用眼神示意我到二宝身边去，我明白过来。韩雷走到那两个人的面前笑呵呵地说："二位兄弟一定也是部队上的人吧，这可好了，我和弟弟在山里迷路了，正不知该怎么办呢，我们的马惊了，让我兄弟过去看看，然后就跟你们走。"二宝在一边已经沉不住气了，一直在原地跑动，小白则静悄悄地躲在二宝的身影之后。我走到二宝身边轻轻拍拍了它，用后背挡住了那两个人的视线，用力一拍二宝的背说了一句"二宝快走"。二宝的身子一抖，瞬间就像箭一样从我身边冲了过去，同一时刻，小白也似一道闪电般飞跃到马背之上。我假装大喊起来："哎呀，马惊了！马惊了！快让开！危险！"韩雷听我叫喊也佯装躲闪，趴在地上，那两个人的身手极快，就地打了个滚，躲开了二宝，其中一人又紧接着蹲在地上举枪就要瞄准二宝，我急了："别开枪，那是军马，是我们马场的军马！"

"你说什么？那马是军马？"

"不可能，马场的马没有那么小的。"

"它是今年这马场唯一的马驹。"

"它就是那只马驹？"

"你们知道这件事？"我有些惊讶。

"别多说了，快跟我们走。"这两个人似乎是觉得自己话说多了，开始催我们。

韩雷和我相视浅浅一笑，便顺从地跟着他们走，他们两人一前一后押着我们。我边走边与他们闲扯，我不停地说，说二杠马场、老王叔还有镇里支部的老张。可是他们都没有一点反应，再没有接我一句话。我心里的疑问在扩大，他们是什么人呢？不是山里人，不是猎户，没穿军装，却又拿着军用步枪，难道是土匪？这时我们已经走到了树林深处的一块空地上。我身后有人喊了一句类似口令的话，马上又从雪地里冒出几个人，一样穿着白色斗篷。他们互相点了点头便押着我们继续往里走，我一下子看到了几棵松树上拴着的十几匹马，是军马！而且其中的几匹是我们马场的马，想必是侥幸逃出狼群的包围跑到了山下的。其他的马笼头、马鞍全者齐备，是战马。我知道这些人就算是土匪也绝不是普通的土匪。

不一会儿，我和韩雷被这群人带到了空地上的一个军用帐篷里面，帐篷里面有一套桌椅，椅子上坐着的那个人一脸大胡子，好像并不高大，坐在那里却感觉占满了整个帐篷。他虽然穿着便装，却在腰上别着一把长长的马刀，从他的坐姿我就能看出他是个军人。韩雷冲我轻轻地摇头，我知道他是告诉我什么都不要说。那大胡子抬起头用眼睛瞄了我一眼，我的后背竟然马上感觉一冷，他的眼神锐利，就好像狼一样。他只看了我一眼，便又低下头重新看着手里的本子，然后操着浓重的锦州口音问我："你从哪儿来呀？"

我没有回答，反问他："你们又从哪儿来？我是延边支队的，你们现在是不是要扣押我们呀，这可是犯法的。"听了我的话大胡子笑了："嘴还挺厉害，可惜就是不能用来打狼。"

我也笑了："我一个人是打不了狼，你们是来打狼的吗？你们打狼为什么要抓我们呀，狼可不在这里。"

"还嘴硬，"那人继续说，"你是农历正月十八的生日，今天可就是你十八岁的生日了。要不是你，狼群怎么会出现呢？"这下子我完全呆住了，他说得千真万确，可是除了我家人又有谁能知道得这么详细呢？我心里想着这些，嘴里也不知不觉地说了出来："你怎么会知道？"

大胡子听了哈哈大笑："我知道的远不止这些。"

韩雷说："长官，看样子你们也是部队上的，我这兄弟也是，我们在山里迷了路，就麻烦你把我们送回马场吧。"

"兄弟？"大胡子这时看了看韩雷，"别以为你们不说我就不知道，你们根本不是什么兄弟，你也根本不是马场的人，你是这山中的猎户。"

韩雷的脸色有些变了，我也紧张起来。

大胡子又说："我要强调一下，我们不是部队的。"

"不是部队，难不成你们是土匪？"我有些挑衅地问他。

"土匪？也好，就当我们是土匪吧。"他的这句话倒让我不知该怎么回答才好。

这时从外面走进来一个人，大胡子问："什么情况？"

进来的人说："他们回来了，不过没有看到狼崽。"

"让他们也进来吧。"

片刻后，帐帘一挑，进来两个人。

"大哥！二哥！"韩雷惊喜地喊道。

"老四，你怎么在这里？"蒋力、王征齐声问，三人的手紧紧地握在了一起，韩雷的眼里充满了泪水："大哥、二哥，你们平安就好。"

看着他们三兄弟，我的心里也是一阵感慨，生与死，合与分，人生是不是就在这样的过程中不断流逝？

"大哥，二哥，你们是怎么来这里的？"韩雷问蒋力。

蒋力皱着眉没有说话，王征用手指了指坐在屋子中的人说："是这些人救了我们。"

"他们是谁？"

"我们也不清楚，这些人神神秘秘的。"

正在这时，又有一个人从帐外走进来，他站在我面前冲着我微笑。

"申，你好吗？"

肃慎！看着一脸笑容的肃慎，我彻底地呆住了。

"申，你决定了吗？"

王征看到肃慎，气急败坏地问："肃慎族人，你怎么在这里？"

"我为什么在这里？你们要问的应该是为什么你们都在这里吧。"

王征气得还要再说什么，蒋力拦住了他，他转头对肃慎说："是因为你，这些人才救我们的吧。"

"你们不仁，我不能不义，以后我还是要和你们合作。"

蒋力从鼻子里哼了一声，说："说得好听，什么仁义，还不是想着利用我们？你找这些山外人已经破了我们山里的规矩，你不是不知道。"

肃慎听了蒋力的话并不发作，刚想说些什么，坐在旁边的大胡子突然站了起来。

"肃慎，"大胡子说话了，"你说的白狼在哪儿？"

听到这话我和韩雷、蒋力、王征都是一震，我心想原来他们真是为了白狼，多亏长了个心眼，让二宝带走了它。

"什么？没有和它在一起吗？"肃慎用手指了指我。

"有我还会问你吗？"

"你到底还是不相信我。"肃慎看着我说，"然后他又转头问那个大胡子，那匹马呢？"

"马？"大胡子停了一下，"来人！"帐外立刻进来一个人，"遇到他们时有没有一匹马？"

"那匹马惊了，不知道跑哪儿去了。"

"知道了，出去吧。""是！"刚才进来的人习惯性地敬了个军礼后退了出去，这更让我怀疑他们的身份。

大胡子再次面向肃慎问："与马有关系吗？"

"有关系，那匹马就是今年这马场唯一的马驹。"

"哦，是这样。这只马驹有什么不同之处吗？"

"没什么。"肃慎摇了摇头不再说话。

大胡子盯着他看了一会儿，说："我希望你不会骗我，也希望这次不会让我们白白地跑一趟。"

"我为什么要那样做呢？你不会失望的。"肃慎还是一脸微笑，但那笑容让我很害怕，我实在想不通，他怎么会与这些人在一起，而且，他这么做是为了什么？肃慎，你究竟是什么人？为什么要找上我？

"好，你随我去追那匹马。"

两个人说着就向帐外走去。我站在帐篷中不知应该怎么办，我不能就这么让他们去找二宝，我有预感这些人不是普通人，二宝一定会被他们找到。

"肃慎，你以为没有我你们能找到二宝吗？"

肃慎没有说话，但停住了脚步，我知道我说中了关键。

"肃慎，你说过没有我的帮忙是不行的。既然一切因我而起，那么一切也要因我而结束。"

见我这么说，韩雷连忙拉着我问我想干什么，我却甩开他的手当作没有听见。

"申，你想起来了吗？"

不知为什么，我突然有种感觉，感到肃慎现在害怕我和二宝见面，但又在担心没有我他找不到小白，他现在只想得到小白，而不是全部。全部？全部是什么？我在想什么？

"不，我没想起来，我也不知道该想起来什么。"

"申，这个时候你不应该再卷进来，现在事情已经不是你想象的那样了。"

我笑了："现在的我还有什么是不敢见到的呢？"

肃慎想了想，对大胡子说："让他一同去吧。"

"不只我，他们三人也要一起去。"我指着韩雷他们说。

"他们？"

"怎么，你怕了？"

听了我的话肃慎笑了，他抬起左手掐指算起来，眉毛时而皱起时而舒展，最后才抬起头对大胡子说："带他们一同去吧。"

第 4^2+3 章

嗜血人心

　　时势造英雄，英雄造时势。这个时代不需要神，要想造世，就得把神都消灭，我们才是这个世间的神。

出了帐篷，外面已经列齐了一队人马，算上大胡子共有三十人。

肃慎与大胡子骑马走在最前面，其他的人也都骑在马上全副武装，把我和蒋力三人夹在队伍的中间，我们四人没有马匹，估计是怕我们逃跑吧。队伍向前走了五六分钟，我猛然发现行进的方向还是天池。这些人因我们是步行，所以也没有太在意我们，前后距离我们四人都有七八米。

我不知道肃慎是因为什么而同意让蒋力他们三人前往，我也不想去探究其中的原因，只要他们三人能同去就好，虽然知道蒋力要杀小白，但我还是不能就这样把他们留在这里，直觉告诉我，这里太危险。而且我相信他们三人也一定想与我一同去，特别是韩雷，总觉得他有许多话想对我说，如果我一个人离开，想再见到他们恐怕就很难了。

韩雷故意放慢了脚步，前后看了看情况，小声问："大哥，你们是怎么到这里的？"

蒋力见没人注意便低声回答："你们骑马刚走，就来了六个人，其中五人都拿着枪，与我们一起打狼。他们虽然不像我们一辈子打狼，但显然不是普通人，肯定是部队里出来的，不一会儿就打死了很多，但那只头狼还是没有打死，它不知什么时候跑了，狼群也只是被打散，并没有被消灭。之后，他们又进了庙，搜了一圈没有搜到什么，就一路把我们押到这儿来。"

原来是这样。

"说来也真是邪了，"王征这时说，"我和大哥在一路上查看地上的足迹，除了你们和那马驹的，居然还有狼的足迹，这些狼不远不近地在后面跟着你们。这些人就不远不近地跟着狼，直到前一个山坳才不跟了，却带我们来到这里，我和大哥看到狼和马驹都上了山，没想到会在这里见到你们。"

韩雷就简单把我们俩遇到这些人的经过讲了一下。

我在一旁听着不敢插话，只是斜眼看见蒋力眉头皱得紧紧的，不知道他在想些什么，还是在想怎么杀小白吗？我心中暗自祈祷，希望他能改变主意。

"大哥，"王征又说道，"现在看来他们已经全知道白狼了，应该都是肃慎族人告诉他们的，但好像还不知道那马的事。"

可能是那个肃慎还没有把马的事告诉这些人吧？

"蒋力大哥，你们和这个肃慎族人之间到底有什么事？"我问蒋力。

蒋力看着我，隔了好一会儿才说："从有这长白山就有肃慎族，他们的族人有一种神奇的力量，能够预知未来。本来肃慎族与我们之间并无纠葛，虽然都生活在长白山里，但是我们的生活方式完全不同，我们打猎有我们的规矩，他们通灵也有他们的规矩。肃慎族不与外界来往，也不与外族通婚，他们是怕和外族通婚会减弱他们的那种神秘力量。可是，由于肃慎族人的失误，不仅连累了我们，也给他们自己带来了灭顶之灾。从那之后，我们就与肃慎族结下了仇怨。我们世世代代的使命就是为了保护白狼和麒麟不落于俗世，肃慎族却开始违背祖训，试图在轮回之际得到白狼复兴肃慎国，我们必须阻止他们。听说，在一百多年前，我们的祖辈和一个肃慎族人打过一次，并因此带来了极大的灾难。我爷爷每次提起这件事都十分后悔，一再告诫我，绝对不可以逆天行事。从那之后，我们在这山里就再没见过肃慎族人，没想到，还会有后人传下来。"

"大哥，那个肃慎会是真的肃慎族人吗？"

"从他能知道白狼和马驹，而且还能找到他应该不假。"蒋力说完指了指我，他叹了口气后又说，"肃慎族人自称神族，把长白山看作他们族的仙山，把白狼和麒麟当作是他们族的神兽而崇拜着，而且族中的首领能预知白狼和麒麟出现的时间和地点，这个人应该是肃慎族首领的后代。"

"大哥，那我们？"王征急急地问。

"老二，一会儿到天池，我们要保护白狼，不能让他们得到白狼，虽然它必须死，但不是在这里。"

"知道了，大哥。"

蒋力停了一下说："还有要记得保护他。"说完指我。

"为什么？"王征问。

"如果不是刚才的大胡子提醒，我都忘了今天就是正月十八，是他的生日。他们选择这一天到天池也绝非偶然，但我不明白为什么肃慎族人好像故意忽视了，我觉得这里面一定有事情。"

王征和韩雷点了点头，而我望着前方的路思绪万千。

天池，马上就要到天池了。

"大哥，不大对呀。"王征一边看着周围的雪地一边说。

"我看到了，狼好像又多了，而且马也多了。"蒋力眉头皱得更深了，"此行凶险异常，不知能不能全身而退呀，但这是我们的命，躲不过。"

"杜兄弟，"韩雷轻声叫着我，"我给你的那把刀呢？"

"给你。"我以为韩雷想要把刀要回去,便从怀里拿出来递给他。

韩雷摇摇头没有接,他说:"这把刀是有渊源的,据说在这把刀里封印了最初那一对水火不容的白狼和麒麟的"恶"的原神,我们的家族与其说一生是为了打狼,不如说是为了守护这刀里的原神。虽然谁也不知道守护这把刀有没有意义,但我们一辈辈就这样过着,本来,这把刀是由大哥家一直保留的,但在我出生时,大哥的爷爷却让大哥把它给了我,还叮嘱我必须贴身带着,说是只有这样,我才能存活,我的生命只有二十年,因为我的命必须要还给一个人。"

"韩雷,要是这样,这把刀我更不能要了。"我连忙说。

"不,你听我说完,大哥的爷爷说过,这把刀要给有缘人,我可以自己决定把刀给谁,一见到你,我就知道这把刀是给你的,大哥常说,一切都是有因果的,我这样做也是有原因的,收好它吧。"

我接过刀,紧紧握住了韩雷的手,韩雷笑了。

这时,队伍突然停了下来,大胡子高声呐喊:"包围山坡!列队前进!"

那二十几个骑兵立刻在山坡下排成一个扇形,把整个山坡包围起来,团长的马就站在中间。

我们的前方传来了阵阵狼嚎、马嘶和惊心动魄的打斗声。

登上山坡,天池便呈现在我们的眼前,雾气缭绕,犹如仙境一般。虽然它依然是那么美丽,那么宁静,此刻却充满血腥。

在靠近天池的一面山坡上,奔跑着互相撕咬的狼群、马群。

有两匹马已经倒在了地上,四处也零散躺着十几只狼的尸体。

狼群里频频发起进攻、指挥战斗的还是那只瞎了一只眼的老狼王,而马群里最勇猛的便是二宝,二宝在狼群里冲进冲出,狼群也在努力地和它周旋着。

看着眼前的景象，大胡子团长对自己的手下部署着："第一队、第二队的二十人跟我上去，第三队在这里围剿。无论什么跑下来都给我撂倒，今天一只苍蝇也不能从这山坡上跑出去。"

"是！"

第三队的九个人开始各自找自己的伏击位置，而另二十人便都跟着大胡子的马呈扇形向山上跑去，到山坡中间位置停了下来，大胡子突然从腰里抽出马刀向天一举。三十支枪同时响了，枪声响彻整个山坡，震得树枝上的积雪都纷纷落下。这巨响马上震惊了正在争斗的马群和狼群，它们都一下子停止了行动，惊慌地望着骑兵队，不知所措。

"你们上去把马群和狼群分开，把马群往左赶，如果有想跳过山坡的就给我打瘸，反正你们得把马一匹不少地留下。"大胡子先告诉左边的几个人，然后又对右边的人说，"你们跟着我往狼群里冲，见一个砍一个，不用留一个活口。"说完他便一马当先地冲上了山坡。

马群和狼群看见了这骑兵队的进攻，马上自然地分成了两群。几个骑兵马上向马群包围过去，马群被那几个骑兵逼到了一边。而山坡上的大部分地区都被其他的骑兵给堵死了，狼群看见骑兵队是横线向前推进的，便迎面向骑兵队冲来。骑兵队的人看见狼群进入射程便在奔驰的马上瞄准射击，枪声好像都是同时响起，立刻有几只狼同时倒在了地上。这些骑兵个个都是神枪手。狼群一下子被骑兵队的神勇吓到，开始四处逃窜。大胡子大喊一声冲进了狼群，那些狼似乎被突如其来的冲击给震得神志不清，溃不成军了，只能冲向骑兵那边，骑兵队的人抽出了马刀，居高临下地与狼群短兵相接。一个骑兵用力挥动长长的马刀，向一匹狼劈去，那狼急急地一躲，耳朵立即掉了半片，哀嚎着向一边跑去，但立即有更多的狼向他扑了过来。一只灰狼冲向了另一个人，那只狼跳跃起来足有马背那么高，它的凶悍并没有吓到骑兵战士，他连大气都没有出，瞅准了那匹狼跃起来的瞬间，把马刀尖一转，顺着那只狼跃起来的方向割去，那匹狼没有咬中他和马，它下坠时，身子从刀尖上重重地划过，狼腹立即被割开了一条长口，鲜血哗地一下喷了出来，旁边的狼都被吓了一跳，向四下里远远地散开了。

　　眼看着狼都被自己的手下收拾了，大胡子也不禁兴起，他一勒缰绳，身下马的头一昂，又纵身返了回去。就在擦过一只狼的瞬间，手起刀落，狼的头已经削去了一半。他的速度太快了，就在马刀从那只狼身上削起时，他已经转到了那只狼的侧面，一刀下去，砍中了另一只正在扑过来的狼爪，狼的前爪应声掉到了地下。好像仅仅几秒钟，他便一口气收拾了三四只狼，短短十几分钟，狼群竟然死了大半，原来几十只狼现在只剩下不到二十几只，都是一些小狼还有带伤的狼，它们聚在山坡的角落里，浑身发抖，不敢再进攻，也不知道如何逃走。它们第一次露出恐惧的表情，看见狼群不敢再进攻，大胡子便勒住了缰绳，把手里的马刀在自己的绑腿上蹭了蹭，擦净了上面的狼血。他看了看那边也已经被骑兵圈住的野马群，说："看住那群野马，不能给我跑了一匹，特别是那匹头马。"

　　果然二宝根本不把那些骑兵放在眼里，它在骑兵队里蹿来蹿去，想带着马群冲出包围圈。虽然骑兵队拦不住二宝，但他们总是有办法把其他的野马拦住，这样二宝也没有办法跑开，它只好不断地再返回来冲散骑兵队的包围圈。

　　我和蒋力三人看到大胡子一心打狼，便也在后面跟随，走了过去，剩下的在一边埋伏的人也未拦我们。肃慎骑在马上，跟在我们四人身后，他紧紧地盯着二宝。我四下瞅了瞅没发现小白，不知二宝把它藏在了哪里，蒋力三人显然也是在四处找小白。我想叫住二宝，可是二宝已经瞪圆双眼，张大了嘴巴露出白牙，它愤怒得根本听不见我的话了。

这时大胡子命令其他的骑兵队员向狼群瞄准，准备开枪把包围住的狼群全部打死。一直不出声的蒋力突然跑了上去，伸出双臂高声喊："你们不能打！"

大胡子坐在马上用马鞭指了指他："你有资格向我发号命令吗？"

蒋力从鼻子里哼了一声："不要以为你们英勇无敌！其实你们什么都不懂！"

"不懂什么？"

"你们这么打狼不是把狼都打绝了？"

"打绝了又怎么样？"

"山里没有了狼还叫什么山？你们把狼打绝了，叫我们这些山里人吃什么？"

大胡子这时才正过脸仔细地看了看蒋力："你们山里人有山里人的规矩，我们有我们的规矩，乘胜追击，敌人必须消灭。狼吃人就是我们军人的敌人，绝不能放过一只。"

"你……"蒋力叹了口气，"无知的人哪，你根本就不知道你现在在做什么。"

"哦，你倒是说，我们在做什么？"

"逆天行事！"

这时肃慎走到了大胡子的身边："长官，那狼群里没有白狼，何必浪费子弹，而且杀生过多会惹得山神发怒的。"

大胡子哈哈大笑："哪来的山神，哪来的天！有的话也一样害怕我们手里的枪。"说完，大胡子冲着肃慎举起了手中的枪，他露出藐视一切的眼神，好像一切都在他的控制之中。

肃慎面对手枪并没有露出一点怯色，他双眼紧盯着团长的眼睛。

"你得意的几十年，不过是神的困顿一眨眼，我们和那些狼、那些马一样，在神的眼里都不过是会生老病死的物，你又何必这样扬扬自得呢？"

大胡子收回右手里的枪，紧了紧左手里的马缰绳："说的比唱的还好听，你别忘了你来这里是干什么的！"

肃慎点了点头："我是不会忘的，就像你要来找白狼，而我就偏偏要给你们引路一样。这都是命里注定的，别以为神不知道，这是一盘棋，神是下棋的人，而我们不过是棋子。"

"最好你做的也像说的一样，别出什么问题。"大胡子不再理肃慎，只是不住地冷笑。

"你说你不相信神，那你们怎么还要找白狼？这不是自己搬石头砸自己的脚吗？"我冲着大胡子说。

听了我的话，大胡子没有回答，他冲我笑了笑，双腿用力一夹马肚子，他身下的马立刻弹跳了出去。马跑出去五六丈，团长一扯缰绳，他身下的马咴咴一叫双腿立起。

"时势造英雄，英雄造时势。这个时代不需要神，要想造世，就得把神都消灭，我们才是这个世间的神。"

说完大胡子便策马向远处的马群冲去，他是冲着马群里的二宝去的，他冲入马群拦住了二宝的方向，二宝因为跑不出骑兵的包围圈而变得十分急躁，它看见大胡子的马冲进马群，竟然径直冲了过去。大胡子见二宝过来并不躲闪，只是在二宝冲到面前的时候轻轻一转马头，便和二宝擦身而过，就在两马错身而过的时候，他一伸手就想去抓二宝的马鬃，但二宝马上转头就去咬他的手，大胡子连忙缩回手。二宝不依不饶，低头就咬他身下的黄马，那黄马也是一匹良种马，个头和二宝差不多，但没有二宝那样勇猛。那黄马很害怕二宝，不敢和二宝对抗，只是不断地躲闪。大胡子在黄马身上也是摇摇晃晃，为了避免和二宝贴得太近而被挤到腿，他不得不迅速掉转马头，和二宝保持一定的距离。

看到二宝躲开大胡子的攻击，我心里是说不出的高兴。肃慎不知什么时候走到我的身边，他面色凝重。

"申，事情已经越来越不受我控制，为什么你还一定要跟来？现在对我来说能否得到麒麟已经不重要，白狼势在必得。你要小心行事，这关系到我们所有人的生死。"

"你到底是为了什么？你时好时坏，你一会儿说这一会儿说那，我根本没办法相信你。"

"没错，这个人就是一个小人，你千万不要相信他。"蒋力在旁边插嘴说。

"如果你们的身上也承担着整个民族的荣誉，也会做出和我一样的选择。申，还有一个时辰了，到时会发生什么我也不知道。"

"一个时辰？"

"再有一个时辰就是子时，你的生辰了。"蒋力说，"肃慎族人，我一直不明白，你到底是为了麒麟还是白狼？你为什么会选择和这些山外人合作，你难道感觉不到他们的危险吗？"

"我别无选择。"说完，肃慎便转身离开。

远处山坡上二宝和大胡子还在交锋的时候，旁边的狼群也有了新的动静。可只要狼群一进入包围圈便被士兵用枪打得七零八落，他们枪法奇准，枪枪致命，而且极有章法，不像是在殊死战斗，更像是在练习枪法。

蒋力双手叉腰，对士兵的做法不以为然："什么玩意儿，杀狼都跟玩闹一样，一点山里的规矩都没有，要是让山里人看到，一定咒你们下辈子当山猪。"

王征倒是更注意那两位同志的枪法，不时还发出啧啧声："这些人的枪法还真不是盖的，就是不知道和我比怎么样？"

可就是在这个时候，一个灰影从狼群中猛地冲了出去，这让那两个打狼的兵出乎意料，他们没有料到这个时候还会有狼反击。

王征眼尖一眼便看出那就是头狼，他用手一指，喊："看，头狼跑了！"

头狼一路狂奔，似乎早有目标，它竟然直接冲进旁边马群，直奔大胡子的马冲去。大胡子正在全力追击二宝，根本没有想到在这个时候会突然跑出一只狼，结果身下的马被那只头狼吓惊，竟然一下子把他给掀了下来。而这时二宝就直直地向大胡子冲去，大胡子急忙向旁边一滚才躲开二宝的攻击，但二宝并没有转身继续攻击，而是径直向山坡下跑去。

大胡子还来不及从雪地上爬起来就大声地叫喊："快给我拦住那匹马！"

包围圈边上的士兵大多也都开始向这片山坡上聚来，他们根本没有料到二宝会在这个时候往山下直冲过来，有几个人慌乱地半蹲下来举起步枪准备射击。

"要活的，给我打腿！"大胡子连忙又喊。

结果就在他们重新瞄准的时候，二宝已经跑到了他们的面前。二宝后腿用力一蹬，掀起了大块的雪。它竟然高高跃起，从那几个人的头上蹿了过去，山坡上所有人都被二宝的神勇震惊，那几个士兵蹲在地上只是傻傻地望着二宝慢慢跑远的身影，手里的枪也慢慢垂了下来。

砰！一声枪响在我耳边响起，二宝的右腿一颤。

"二宝！"我高声叫喊。

二宝早已看到了我，它并没有向山下跑，而是向天池跑去，不一会儿便消失在那片雾气中。

是大胡子开的枪，见没能让二宝停下，此时的他有些恼羞成怒，一回身又瞄准了还待在那儿的头狼。头狼面对步枪，腹部起伏得十分厉害，它只是站在那里直直地看着大胡子，大胡子和头狼对视了一会儿，看那头狼没有露出一点恐惧，大胡子不由得一愣，他放下了步枪，看着那只头狼，头狼突然后腿一蹲前腿伸直，头高高昂起，整个身子坐成一条直线。头狼冲着天空恶狠狠地嗥叫起来，这次头狼的嗥叫在我听来却是充满了悲哀和无奈。剩下几只没有被打死的狼也跟着头狼一起叫了起来，随着叫声高昂，这几只狼也开始重新振作精神，齐齐坐定，看着骑兵，弄得大家都愣住了。而这时远处的马群也开始一起扬起前蹄，嘶叫了起来。狼群和马群的叫声让大家不知所措，天已经开始暗了下来，天池的雾气更重了，山坡上的这群野马和狼也越发显得诡异起来了。

突然蒋力、王征、韩雷一齐跪倒，嘴里都在念念有词，三人一脸的悲壮。

我依稀听到"麒麟惊，白狼叫……"

肃慎也从马上下来，一脸的惊慌："为什么会这样？难道真是神震怒了？"

我的心也越发地焦虑不安。

"怎么都停下来了？别给我磨蹭，快给我动手！白狼一定在附近，给我把它搜出来。"大胡子看手下的士兵都停了下来，便回头大声喊着，说完又举起枪瞄准了头狼。

这时一个士兵突然拉住了他的手："队长，说不定真有什么事要发生，我老家也是吉林的，听说过长白山里真有山神的。"其他几个士兵也跟着这么说起来。

大胡子一甩那个人的手："滚蛋！这么多年的仗白打了？管他什么妖魔

鬼怪，都得给我打倒！给我下天池，我不信找不到那匹马和白狼！"

"是！"

突然一阵狼嚎再次响起，却是从天池的方向传来，大家一起向天池看去，雾气中慢慢走出了二宝，而它的背上则稳坐着仰天长啸的小白。

第 $20+\sin\pi$ 章

圣兽

得麒麟者可长生不老。

　　我不明白二宝为什么要带小白来这里，它明明知道这里有大胡子他们，还有狼群，全都是冲小白来的，为什么还让小白到这儿来呢？到这儿不是只有死路一条吗？我摆手示意二宝回去，二宝却没有改变方向，一路向我跑来，见此情景我也立即向二宝跑去，韩雷起身在我身后紧跟着我。

　　"拦住他们，给我拿下白狼！"大胡子高喊。

　　两个士兵拦在了我们面前，其他十来个人都向二宝围过去，但，想来是害怕二宝的神勇都不敢靠前。没有人料到蒋力和王征这个时候却突然动了起来，他们本来是跪在地上的，蒋力突然从绑腿里抽出一把刀砍倒了他前边的一名士兵，向二宝跑去，而王征从雪地上拾起一把枪便打向大胡子身边的那个士兵，那名士兵马上被王征打倒了。这时大胡子手上的枪也响了，他打中了蒋力的肩，蒋力身子摇了一摇，但是没有倒下，他继续朝二宝跑着，王征的步枪只有一颗子弹，他马上扔掉枪冲进了人群，一下子抱住了大胡子，蒋力接连放倒了两名士兵，向二宝逼近，韩雷并没有行动，只是守护在我身边，不让士兵靠近。

　　几个士兵见王征困住了大胡子，都上前用枪托打王征，可王征紧紧扣着双手不松开。大胡子急了，冲着手下喊着："别管我，快把前面那个人给我打倒！"

大胡子猛地一晃身子脱开了王征的手，然后扳过王征的手腕，抓住他的肩膀便将他给扔了出去。王征仰面摔倒在雪地上，还没等他爬起来，大胡子便一脚踩在了他的胸口上。而这时蒋力已经跑到二宝身边，等他回过身时，他的怀里已经抱着小白了。

蒋力把小白举起来，然后用手里的刀指着小白的脖子对团长喊：

"你们都别动，再动我就从这儿划下去，把这白狼皮给废了，让你们白费力气。"

说完，蒋力假装用刀从小白的脖子划到后背，果然连同大胡子在内所有的人都一下子停止了动作。

我和韩雷趁机也跑了过去，我着急地查看二宝的右腿，果真中了弹。我捂着二宝的伤口正不知怎么办好时，大胡子气急败坏地拔出马刀，指着蒋力说：

"你敢威胁老子！老子打过这么多年仗没怕过谁，你敢动那狼皮，我就一刀捅死你兄弟，说完便一刀挑开了王征的上衣。"

蒋力哈哈大笑，他肩上的枪伤很重，不时向外淌血。

"你少吓唬爷们，爷们一辈子活在山里，被狼吃、被你们打死，怎么不都是一死？你们不就是冲着这白狼皮来的吗，现在这白狼皮到了我的手里，小心我让你们什么都捞不着。"

蒋力举起手上的刀便要刺向小白。

"蒋大哥，不要动手！"我冲着蒋力大喊。

蒋力手里的刀停在了半空，他看了看我：

"你还有什么话好说？无论你说什么，我怎么也不能留下这白狼了，我说过它只能死。"

"为什么它必须死？！告诉我，为什么？！"

"因为它不该在这时候来，它不该在麒麟还没出现时就来，它还不是真正的白狼，只是一个幼崽，它没有能力保护自己，也无人可以保护它，但它能给天下带来纷争，所以它必须死，而且必须死在我的手里。"

说着，蒋力再次举起刀来。

大胡子一看蒋力真的要下手，便也将刀尖放在王征裸露在外面的胸口要划下去。蒋力的手一下子停住了，他不住地在喘着气，汗水也跟着流了下来。

大胡子手里的马刀直直地比在王征的胸膛上，刀尖划破了王征的皮肤，王征身上流出的鲜血顺着刀锋一点点滴落在雪地上，王征痛得皱起了眉头。

大胡子看着蒋力，冷笑着说：

"想要痛快的就让你兄弟把白狼交出来，老子打了八年抗战，弄得那些小日本求生不能，求死不得，我跟你打包票，就你这身子骨不出十分钟就得被我弄得不成人形了。"

看见自己的兄弟身处险境，抱着白狼的蒋力也开始犹豫不决。从他的表情就能看出来，他已经想放弃了。看着王征痛苦的表情，蒋力的身子不住地在颤抖，有几次都快握不住自己手上的刀子了。韩雷站在我的身边，双拳紧握，脸上已经没有一丝血色。这一切都被大胡子看在眼里，他不动声色，只等着蒋力主动投降，却没有料到在他身边的王征也开始有所行动。

"大哥，别中计呀！你千万不能投降，一定要保住白狼呀！"王征冲着蒋力大叫。

蒋力抬起头，凄惨地笑了。

"老二，不行呀，我要扛不住了，我认栽了，咱们把白狼交出去，也省得你再受苦了。到了现在这个时候，咱们这辈子就算完了，我们只能下辈子咱们再做兄弟了。"

王征突然哈哈大笑起来：

"老大，青天白日的说什么丧气话。白狼怎么也不能落到外人手里，你说过，我的命就是这白狼给的，一死又何妨。大哥，你是我老大，这辈子是我老大，下辈子也是，无论哪辈子都是。老四，二哥不能再照顾你了，你一路走好，我先走一步，咱们来世再见啦！"

说完王征便猛地一挺身，迎身撞上了大胡子的刀口，大胡子的刀直直插入王征的胸膛，鲜血一下子溅了出来，染红了雪地，大胡子被王征的身体压倒在雪地上。一个士兵惊叹着扳开王征的身体，王征的身体在雪地里滚了一滚，就再也不动了。

蒋力、韩雷已经泣不成声，说不出话来。

大胡子从雪地上爬起来，身上、脸上沾满了王征的鲜血，他没有想到王征会如此刚烈，愣愣地看着脚下躺在血泊中的王征，许久说不出话来。一旁的小士兵从怀里拿出汗巾小心地给他擦着脸上的血，大胡子的眼睛却一直没有离开王征的身子，他推开士兵的手，摘掉了头上的皮帽子，冲王征行了个军礼，对士兵说：

"下山前把他好好埋了。"然后，大胡子转头看着蒋力又说，"和他兄弟一起好好埋了。"

蒋力停止了哭泣，他恶狠狠地冲着大胡子喊：

"你少假惺惺了，猫哭耗子假慈悲。就算我们兄弟四个人都曝尸荒山，也情愿让这山上的狼把我们的肉吃光了，总比被你们埋在地下干净。"

"对不起，我没有想到事情会这样。我承认你们兄弟是响当当的汉子，这样吧，你现在交出白狼，我就放你回山。"

蒋力听了大胡子的话，丝毫不为所动，他的神色黯然，眼睛直直地看着躺在地上的王征。

"大哥，别听他的，今天被我们知道了他们的秘密，怎能给我们生路？这些人本是军人却做着这土匪的勾当！"韩雷带着哭声说。

我走到大胡子面前，指着他的鼻子问："你们到底是什么人？你们随便杀人难道不怕王法吗？"

大胡子用衣袖拂了拂身上的血迹，转过头对我说："我们潜伏在这深山已有数年，好不容易才盼到可以功成名就的机会，你我都是军人，相信你也明白服从命令是以牺牲为代价的。流血在所难免，对不住了兄弟。"

我大声问："你们到底是什么部队？"

大胡子把身子俯在马身上笑道："还不明白？一将功成万骨枯，我们本来是党国的王牌军队，结果现在却沦落成胡子土匪。"

我呆坐在雪地上。

站在对面的蒋力红红的眼睛看向了韩雷："到了今时今日，我们四个兄弟竟然只剩下我们两个人了，而你不久也要离我而去……"

"大哥！"韩雷痛哭起来。

"你放心，我不拦你，虽然这都是我们的因果，只是来得太快了。"蒋力长叹一声，"当初大家说好有福同享，有难同当，什么不能同年同月同日生，但求同年同月同日死。你们都走了，剩下我一个人还有什么意思。"

肃慎不知什么时候从哪里绕到了二宝的身旁，他从蒋力背后冒出来时就好像是从雪地里钻出来的一样，肃慎站在蒋力背后，双手牢牢抓住了蒋力的双手，蒋力根本没有想到会有一个人突然从他背后出现，眼看自己的手被牢牢抓住，不禁急得大叫起来。

大胡子看到这情形哈哈大笑起来，静静地看着对面的肃慎和蒋力。

韩雷见状立即上前帮忙，没想到肃慎用肘部猛压蒋力背上的枪伤，蒋力疼得大叫起来，手一软放开了小白，肃慎抓住小白，抬脚踢倒蒋力，韩雷一把将他扶住。

看见肃慎制服了蒋力，大胡子更加高兴了：

"没想到你还挺有种，这次算你的功劳，回去给你请功。"大胡子连忙转过头，让他身边的两个人去前面把白狼给抱回来。

蒋力抬起头看着肃慎，冷冷地说："你以为你能成功吗？"

肃慎没有理他却冲我说：

"申，白狼还是到了我的手里，本来事情不应该这样，但是你改变了这一切，按理说我应该带你一同离开，可是你不听我的劝告。现在麒麟依然不愿现身，未来会怎么样，我也不知道。"

"肃慎，你为什么要这样做，为什么要与那些人在一起，为什么要帮他们？"

"我不是帮他们，只不过是借助他们的力量，因为你不听我的劝告引来了狼群，我没有办法，只能借助他们的力量才能得到白狼。"

我的心里焦急万分，一旦肃慎把白狼交给大胡子，我和蒋力、韩雷必然都会被秘密地消灭在这里。到时候他们只要说当他们到马场时，所有人都已经在几天前被狼群给吃掉了，绝对再没有人怀疑，真相永远都不会被人知道了。

就在我发呆的时候，已经有两个人往前走要把小白抱给大胡子。然而肃慎并没有理他们，他翻身上马，小白在他手里不停地扭动着瘦小的身子。

大胡子没有料到肃慎会有这样的异动，正走过去的那两个士兵也有些不知所措，他们回头望着大胡子。

大胡子冲着肃慎喊："喂，你搞什么鬼？快把白狼交给我，你的任务就算完成了。"

肃慎轻轻地笑了笑："长官，我突然想起来，白狼不能给你。"

"你还想搞什么花样？我知道你现在变卦不过就是想再多要些钱，这个不用你操心，到时钱少不了你的，快把白狼交给我。"

"嘿嘿嘿，钱只不过是身外物。我根本没有想过要钱，我只是拿回我自己的东西……"

"你给我闭嘴！"大胡子终于发起怒来，"就凭你还想抢白狼？"

"白狼本来就是属于我们肃慎族的。"

"现在，都是一家的。别以为我不知道你从开始就留了个心眼，告诉你一句实话，无论怎么样，你、白狼还有那麒麟，今天都不会离开这天池半步，我的任务一定要完成。"

蒋力忍着背上的痛直起身来，说："肃慎，你这样做就不怕丢掉自己的性命吗？那样你们的民族就真的会消失了。"

"如果这一次不成功，那我活着也没有意义了。"

蒋力一笑："我说过了，你不会成功。就算我们都死了，你也不会成功。"

肃慎看着蒋力说："死？不，你还不到死的时候呢。"

韩雷说："你带着这白狼一走，我们难道还有活路吗？"

肃慎的脸上似乎只有那一种漠然的表情，他好像永远不会高兴或者悲伤，看久了总是感觉很瘆人。他盯着蒋力的脸问："都说白狼的灵气在脑门上，削白狼皮必须要先锁住白狼的灵气，否则就算是得到整张皮也是废的，是不是？"

"肃慎，你走得太远了，你已经背弃了你的祖先。"蒋力冷笑着看着肃慎，"的确，割白狼皮是我家祖传的手艺，说到底你是没办法弄到白狼皮的，而且你应该明白，即便你得到了白狼皮，也并不意味着得到了一切，还是放弃吧。"

"放弃？"肃慎突然笑了起来，嘴角露出的惨白的尖牙就仿佛是狼牙一般，"我为什么要放弃？你知不知道为了等待这一天，我们的族人历经了多少磨难，我们等待了几百年。你说得不错，白狼并不是全部，本来我也希望能得到全部，但是事与愿违，麒麟并不听从我的安排，而白狼居然在麒麟还没重生时就提前出现了，我本想送它回去，它却不听劝告，既然得不到麒麟，那我就要白狼，躲开麒麟取得白狼。而且我算出狼群必然要来追杀这只幼狼，它只有躲过此劫，才能成为白狼，我一人的力量根本不能对抗狼群，把它留在马场是最后的选择。因为那里有麒麟，能保住它的性命，我也可以伺机拿到白狼。所有人，包括你们这些自诩为奉天命的护法，都以为麒麟与白狼是水火不容的，其实，神兽之间的争斗只是他们的游戏，他们之间可以不止地相互斗狠争王，但是，绝不会允许其他的凡人凡物来伤害对方。可是，神啊，既然你让我知晓这一切，却为什么不肯让我得到一切呢！"

"原来你早就知道狼群要攻击马场，你为什么不告诉我？"我生气地喊。

"谁说我没告诉你，忘了我的警告吗？"

> 麒麟惊，白狼现
> 五百修行，毁于一旦
> 失亲人，伤心痛
> 正月十五，飞来横祸

"你实在是太糊涂了，这样的你如何能成大事呢？带回白狼就是你最不应该做的事情，一切因你而注定，一切也因你而改变。"

"但我还是不懂，为什么是我，我是什么人？！肃慎，你告诉我。"

"告诉你也无妨了。"肃慎笑着说。

"你就是那仙草，引出麒麟的仙草。"还没有等到肃慎说话，蒋力便抢着说了出来。

"什么？！"

"不错，你并不是我们肃慎族的人，申不过是我给你起的一个代号，不过是'神'的变音。等了一百年，我才收到了神明的启示，得知麒麟、白狼将会重生。在一百多年的孤独、绝望、懊悔、守候后，终于看到了希望，你们……能明白吗？！"

"一百年！"蒋力大惊，"你是什么人？"

"我是谁？我是那个被你们的谎言蒙骗的中年族长，还是当年那个被麒麟带入谷底的少年！哈哈哈！我，我是没落的神族，我是肃慎族的最后一人！"

"怎么可能？"蒋力、韩雷异口同声地喊道，大胡子听到这里也愣住了。

"得麒麟者可长生不老，我只是在它消失时，脸上落了它的一滴眼泪，我的容颜便这样永远地定格在了三十岁。如此的神物，让人怎能不产生占为己有的欲望呢？为了能够得到麒麟，我走出了抢马崖下的谷底，等着你的到来。"

肃慎抱着白狼，冷冷地看着我。

"从你入山我便已知道，只是我没有想到你竟然会与白狼也有缘分，也正是如此两神兽才背离了神的旨意。我实在说不清你来到这山上到底是为了顺应这历史，还是改变它的。"

"等等，仙草？什么样的仙草？"我打断了肃慎，想要再问一些事情，却被韩雷拉住。韩雷眼中还有泪水，他从袖中又抽出一把尖刀，小声地说："兄弟，别管这些了，趁他们内讧，我们找机会下山。"

我抬头望去，果然发现大胡子手下全都把注意力转移到了肃慎身上。我心中一动，刚要有所行动时，大胡子突然用手一指我，喊道："你们两个谁也别想动！现在再有人动半步，老子立马毙了他。"

天池边上所有人都冷冷相对，另一边的狼群也停止动静，就连风也停了下来，空气中瞬间充满了让人窒息的安静。

不知等了多久，大家依然这样冷目相对，特别是大胡子和肃慎，彼此对视，不说一句话。我无法忍受，走到两个人中间指着肃慎说："既然你一直都是在利用我，现在你已经得到了你想要的，为什么还不离开？"说完我转过头对大胡子说，"既然你掌握着大权，为什么不现在就把我们打死？好！我现在就走给你们看，你开枪打死我吧。"

结果我拖着伤腿走了几步，所有人都冷冷看着，没有人动。其中一个士兵冲我举起枪，大胡子一挥手说："放下枪。"

"哈哈哈……"是蒋力，"小兄弟，不要怕，没有人会开枪的。那是因为他们还在等，小兄弟，刚才他的话只说对了一点。你是仙草不错，但要用你引出麒麟，还需要天时、地利、人和，他们在等待最后的机会。"

"什么仙草？不对，不对！你们全都搞错了！"我的脑海里飞快地闪过了一些画面，好像抓住了一条重要的线索，我刚想说下去，肃慎却突然发了话："你们都不要再说了。"

"怎么不说了，怕我知道吗？"大胡子嘴边露出轻蔑的笑容，"是不是因为麒麟还没有现身，你怀里的小白狼也只是一只小白狼狗？想要得二者，还需要一个重要的引子和仪式？"

"你怎么会知道？"

"我知道得远比你知道得要多，子时就要到了，看你到时如何脱身。"

"就算你知道又怎么样？"肃慎看着大胡子说，"我乃这长白山上的神族，这白狼乃我族神兽，我怎么会把它交给你？我算到了你们会进山寻找白狼，故意与你们相遇，让你们助我得到白狼。现在你们帮助了我，只要你们继续跟着我，助我恢复神力，我已经看尽了百年春秋，我已经拥有了不老之身，现有我又得到了白狼，我就会有与祖先一样的力量，没有我们办不到的事情。你考虑考虑吧。"

"你是不是疯了？！"大胡子怒吼一声，"真是鬼话连篇，什么神族，我才不信！"

蒋力也是满脸嘲讽地看着肃慎："你以为你说的这些还会有人信吗？你走不掉的，只会白白葬送了自己。"

"不信，不信又能如何，只要白狼在我手中……"话没说完，韩雷不知从什么地方蹿出来，他手中的刀直刺向肃慎。就在肃慎牵马闪避的时候，他怀中的小白突然扭转头，张嘴就咬。肃慎闪避不及竟然被小白咬掉一根手指，肃慎大叫一声，小白趁机跳出他的怀中。肃慎惊恐万分地看着已经掉在地上的小白，小白嘴里叼着那根断指，瞪着肃慎。

"为什么？为什么你还是拒绝我？为什么要这样对我？爹，我做错了什么？"肃慎喃喃自语，完全不顾自己的右手鲜血直流。

蒋力见小白脱身，突然双膝跪倒，双手合十，口中念念有词：

> 不咸天池，麒麟镇守，白狼突降，二者不容，酣斗百年，天神震怒，风云突变，山崩地裂，烟火冲天，百日铸剑，封锁二兽，四人护之，五百年沧桑轮回，麒麟重生，白狼再现。

韩雷举刀向小白走去，肃慎看到后大惊失色，大叫不可以。

砰！大胡子一枪击中肃慎。

枪响后，肃慎跌落马下。

肃慎倒在地上，胸前一片血红，他摇着头说："乱了，一切都乱了。起风了，天上的云也跟着乱了。狼群乱了，马群乱了，人心也跟着乱了。神呀，我到底应该怎么办呀？真是天要亡我肃慎吗？"

"不是天要亡你，而是你自己要走上这条不归路的。"蒋力说，"你还不反省吗？不用我说你也应该知道，麒麟和白狼是你们族人崇拜的神兽，是你们肃慎族的图腾。你们只是希望这两只神兽能相安无事，不起纷争，便能保你们族人拥有神力，长寿健康，你的祖先从来就没有想过要靠白狼得到天下，更不会为了得到天下而杀死白狼取得狼皮。你完全与你的祖先背道而驰，他们敬奉的神明又怎么会再选择你？"

肃慎狂笑起来："敬如神明又怎样，我的先人们把麒麟当成神一样供奉，它又带给我们什么？！灭顶的灾难！灾难！为了完成大业，我的祖祖辈辈都在寻找着麒麟、白狼，为此丢掉生命。如果真的有神灵，难道这样也不能感动上苍？难道我们肃慎族注定要被神所抛弃？白狼和麒麟全都拒绝了我，爹，是我无能，没办法完成你的心愿。"

说到这儿肃慎的声音走调了，泪水流了一脸，我也听得毛骨悚然，蒋力、韩雷的目光充满了同情，大胡子那一队人也一动不动地听着。

"多么漫长的等待呀！我们付出了什么，不是你们这些凡人能体会到的。可是等了这么久，麒麟还是不肯重生，白狼也还是不肯跟我走。肃慎族真的要灭亡了呀！"肃慎撕心裂肺般地喊着。

"都是你，都是因为你才会这样。我得不到谁也别想得到！"话音刚落，他手中拿出一把枪，对准我扣动了扳机。

砰！

我被推倒在地上，韩雷倒在我的身上，我被他压住的手感觉到滚热的血流到我的胸口。

"老四！"蒋力哭喊着抱起韩雷。

我坐起身来，抓住韩雷的肩膀："韩雷！你不能死呀！韩雷！"

韩雷倒在我怀里，声音越来越虚弱，但始终面带笑容。他对我说："兄弟，我终于还了你这一刀。"

我摇着头说："韩雷，我没有记恨过你，我没有怪过你砍我那一刀呀。"

蒋力在我身边叹了口气说："他说的并不是那一刀，你还是没有记起来吗？"

就在这时我听见大胡子喊："快去抓白狼。"

"二宝，救小白！"我大喊。

肃慎的声音再次在我耳边响起："太迟了！你到现在还没有明白！我得不到，谁也别想得到！"

砰！

二宝踢飞了肃慎瞄准小白的枪，然后奔小白跑去。

砰！砰！

接连又是一阵枪响，肃慎倒在了血泊之中。

"别让那匹马靠近白狼，打掉它。"大胡子高声命令道。

"不！"蒋力和我一同惊呼起来。

枪声，不停的枪声，任二宝如何神勇，也只能躲过几发子弹，也只是踢倒了几个士兵，二宝终于还是倒在了小白面前。

"二宝！不要！"我刚要向二宝跑去，韩雷伸手抓住了我，"你，还没想起来吗？"

我愣住了，大脑霎时一片空白，我的心好像也陡然降到了零点，视线模糊起来。

蒙眬中我看到韩雷的嘴角已经流出了血，他握着我的手纤细而冰凉，没有一点温度。蒋力挣扎着走到二宝和小白身边，他看了一眼二宝，回头对我说："还好，不是要害。"小白蹲在地上，低声叫着，二宝的身下是大片的、鲜红的血，它的嘴里不住地吐着热气，呼吸越来越急促。

大胡子还在那儿喊着："快从白狼身边走开，不然开枪毙了你！"

那声音，听起来是那么遥远，仿佛来自另一个世界。

二宝和小白在我眼前开始摇晃，我这是怎么了？

就在这时一条灰影冲向了小白，是狼王！

到现在它还是要置小白于死地吗？

蒋力大吼："畜生，你以为你杀了白狼就可以成为白狼吗？"

狼王没有理他，只是朝着它的目标——唯一的目标——毫不犹豫地冲去。

可是，狼王再快也没有子弹快，就在它冲到小白面前的那一刻，枪声再次响起，它也被击中了。狼群不知道什么时候也冲了过来，围住小白和狼王，它们头低低的，鼻子抵着小白和狼王的身体，它们根本不再理会我们，似乎我们都已经不再存在。狼王躺在地上，胸口不断地起伏，它浑身鲜血，早已经不是几天前那个威风凛凛的狼王了。狼群发出低沉的嚎声，让人感觉是那样地绝望。小白挣扎着从地上爬起来，它轻轻用鼻子去碰老狼王的身体，老狼王看着小白，猛地抬起头咬向小白的喉咙。小白没有躲闪，可是老狼王的头却慢慢沉了下去，再也没有了半点反应。小白昂起头再一次发出尖声嗥叫，狼群也跟随着一起嗥叫了起来，叫声让山谷都跟着战栗起来。小白坐直身体，突然低头咬住了自己的前爪，用力地咀嚼着。那种牙齿摩擦着筋骨的嘎吱声如同用刀划过玻璃一样，让人毛骨悚然。没有人知道小白在做什么，所有人都愣愣地看着小白咬碎自己的身体。咬断了自己的一只前爪，小白又咬住前爪上的一块皮毛用力地一扯，小白的胸口便被自己撕开一条血口，它胸口如雪般的绒毛便像雪花般在风中飘扬。

小白想毁掉自己的身体！

大胡子也发现了小白的意图，他冲还在发呆的人大声喊着："快！快把狼群都给我打死，别让白狼毁了自己的皮！"那些人听到大胡子的命令连忙向狼群开枪，可是狼群却紧紧贴在一起挡在小白的前面。

蒋力挣扎着从雪地上爬起来，挥着手想阻止他们开枪："别开枪，没有用的。白狼自毁狼皮，山神已经发怒，我们都不会有好结果的。"

可是没有人听到他的话，枪声继续响着，狼群被打得血肉模糊，子弹打在狼身上发出一声声闷响，血很快就染红了大片的雪地。这样的屠杀让我感觉一阵阵恶心，可是却没办法让自己闭上眼睛，因为小白，小白已经咬烂了自己的身体，胸口已经露出红红的血肉和白色的筋骨，它的身体摇摇晃晃，嘴角流淌着自己的鲜血。它突然转过头向我望来，我看到了小白的眼睛，还是那样纯净，却已经没有了半点的神采。小白也是神的选择，却一样面对如此悲惨的命运，它没办法完成自己的使命，一出生就是一个悲剧。难道我和它都只不过是神开的一个玩笑吗？

看着小白倒在血泊中，蒋力跪倒在地。他的脸上充满了肃穆，他将身边的雪用双手拢成一堆，双手合十，紧闭的双眼里流出一行泪。

　　列祖列宗，不肖子孙蒋力拜上。时逢乱世，白狼、麒麟反常规出现，我们蒋、王、李、韩四兄弟未能按祖训行事，无力保全，受此灭顶之灾。乾坤扭转，天灾、人祸，世间浩劫在所难免……

一阵冷风吹过，山谷发出奇异的声响。枪声戛然而止，只剩下空气中浓浓的火药味与血腥味。

鹅毛大雪从天而降，片刻，这里只剩下白，惨白。

这惨白吞没了世间的一切声响、动荡、血腥，世间又变得那般祥和，我心情平静地看着四周的一切。

此时，我怀中的那把小刀突然嗡嗡作响。我低头取出，韩雷脸上露出最后一丝欣慰的笑。

"当初是我用这刀将你身体划烂，现在还给你。"

当初？天池的湖水荡漾，又出现了上次梦中未完的景象。

抢马崖上，麒麟庙外，那带着一个少年的中年人正和四个猎户展开殊死搏斗。少年将护住仙草的那个猎户刺伤后，被另一个猎户开枪打中。中年人开始发狂，猛地打翻其他两人，见他就要跑到神台旁边。猎户中的一个人大声叫喊："快毁掉仙草，绝不能让他得到麒麟！"那个在神台前的猎户马上不顾一切地拔出刚刚被少年插在身上的银刀，用这把刀划烂了仙草。顿时风云色变，眼见那隐约出现的神兽马上就要消失，少年带着伤，突然发疯一样地跳向神兽，当即坠入了谷底。见此情形，中年人仰天长啸，随即枪声再次响起，一切都归入了安静。

"那是前世的我，是我用刀毁了你的前世，并因此引来天神的震怒。"韩雷挣扎着说，"一切都是我的错，这一世我为了赎罪，必须为你挡这一枪。"

"错了，你们都错了！"我泪水止不住地流出来，我的心如刀割般地痛，"哪来的什么前世今生啊！我不是你们所说的仙草，我是一名志愿军战士，我只是一个普通人！"

"可是，你的生辰与仙草重生的时辰一样啊！"

"唉！或许，这一切只是巧合吧！"

"巧合？所有的巧合都是有因果的。"蒋力低声说。

"蒋大哥，你还是不信我吗？我想，我见到过你们所说的仙草。"

"你说什么？！"

就在此刻，韩雷微笑着闭上了眼睛，我手中的银刀跌落到满是鲜血的雪地上。在一片耀眼的金色华光中，一株碧绿青草突然升起。我用银刀摘下这株绿草，向二宝走去。

我走到二宝身边，轻抚它的身体。

"一百年前，你被惊走后，一定还是找到了天池，可惜仙草不在，你根本无法成形重生，所以在死后仍眷恋着这里不肯离开。此次，定是感受到了仙草，才到马场投胎。"

二宝忍受着疼痛，轻轻地点了点头。

"可是，没想到，我却意外地来到了马场，可能不只是他们，连你都以为我就是那棵要重生的仙草。其实，我哪里能是仙草呢？我只是一个普通的凡人罢了。老王叔说我有仙缘，或许，真是命运将我们纠结在一起吧？二宝，是你该回家的时候了。"

二宝听完我的话，双眼重新睁开，它抬起头，轻轻地吃掉了我手中的青草，然后，慢慢从地上爬起，光从它的身体中浸出，蔓延四周。

蒋力看着二宝和我，紧紧地抱着韩雷，无声地落泪。

我抱起小白："对不起，我不知道事情为什么会变成这样，我为什么会在这个时间出现，为什么会提前找到你，让你落得这样的下场。"

"放下白狼！"大胡子再次喊道，"白狼皮被毁，你们谁也别想活着离开这儿！"

"你还要再错下去吗？"我走到大胡子的面前，盯着他问道。

"错？我没有错！服从命令是我的天职，得到白狼是我这次必须完成的任务！"

"对与错不是只单凭我们现在所说，历史会证明一切，必然会让你今天的行为改变。"

"改变什么？"

"你会因此改变你的人生，也因此会有太多人的人生会改变，包括我的。"

"别装神弄鬼了，什么麒麟、白狼我通通不怕！"大胡子一挥手，"开枪！一个活口不留！"

枪声响起，我感觉到自己的身体被穿透，在我倒地的刹那，二宝升入空中。

麒麟重生！

"我是上古的神兽，我有着无穷的力量，我的额头长着龙一样的角，我拥有鹿身、马腿，披着五彩斑斓的麟片。我四蹄扬起，行走在空中，一声怒吼抹去那群士兵在此的所有记忆，一阵狂风将他们送到山下。

"没有什么会一成不变，所以才会走到今天。

"似乎这一切都是注定，但似乎这一切只是一个偶然。

"我带上白狼、杜兄弟和韩雷，喷出熊熊烈火，融化湖面的寒冰，一起沉入那冰冷的湖中，或许这样就不会再有轮回的五百年。"

蒋力长跪在天池岸边，突然一红一白两道光射在他面前的地上，闪光过后雪地上插着一把小刀，刀身两面依然是狼头与麒麟头，刀柄穿着红绳。蒋力颤抖地用双手捧起刀，举向空中。

列祖列宗，不孝子蒋力，谨遵古训，守护神兽，千秋万世！

尾声

　　传说在很久以前，天神派麒麟来看守仙山，麒麟就居住在这个天池。也不知过了多久，这山上突然出现了白狼，白狼是集这仙山灵气而生的神兽。白狼和麒麟互不服气，开始打斗，这一打就是几百年。

2002年8月，长白山天池。

暑期，旅游大军浩浩荡荡，天池这里也不例外，各地不同的旅游团队前前后后地向这片传说中的圣地走来。

天池旁，一个导游拿着手中的小红旗正在为十几个人讲解着：

"……这是在白头山顶部的火山口，由于积水而形成了面积为9.8平方千米的天池。天池处于中朝两国边境上，整个湖面呈椭圆形，像一块碧蓝的大宝石镶嵌在群峰之中。天池南北长4.8千米，东西宽3.3千米，周长为13.1千米，平均水深204米，最深处为373米，是我国最深的湖泊；它的海拔为2194米，也是我国海拔最高的一个火口湖。平时，湖中波光粼粼，清澈碧透，湖周岩壁陡峭、险峰林立，构成一幅赏目悦神的风景画卷。雨雾时，浪花翻卷，水天相连，茫茫沧海，云海翻棉如絮，美不胜收。天池不仅风光瑰丽，而且水利资源丰富，它的蓄水量为20.3亿立方米，是松花江、鸭绿江、图们江的水源，"三江"源远流长，千秋万代滋润着东北大地，造福百姓。

"在天池群峰的脚下，有金线、玉浆两眼较大的山泉。两泉味美清香甘甜，终日潺潺不息地流入天池，是游人必到之处。'诸君若到天池上，须把银壶灌玉浆'之言，惟妙惟肖地道出了两眼山泉的甘味浓醇，诱人之至……"

"我说姑娘，看不出来，你对这天池了解得还真详细呀，很少有导游能做到，大部分也都是个花架子，随便对付个门面。"一个五十多岁的老者对这个导游说。

"大爷，您过奖了，我既然在这里做导游，当然就要了解这里呀。"导游笑了笑说，她的年龄也就在二十二三岁的样子，一双黑亮的眼睛，穿着红 T 恤、牛仔短裤、帆布鞋，不像一般的女孩子那么柔弱，在烈日下没有带任何遮阳的工具，皮肤被阳光晒成了健康的金麦芽色，四肢匀称，肌肉线条优美，给人一种英姿飒爽的感觉。

"姐姐，"一个十八九岁的女孩开口问道，"这长白山和天池是不是有许多美丽的传说呀，你给我们讲一个好吗？"

"传说？要是讲传说，可是太多了，三天三夜也讲不完，都可以讲成中国版的《一千零一夜》呢。"

"讲个最好听的吧。"

"据说，天池原是太白金星的一面宝镜，西王母娘娘有两个花容月貌的女儿，谁也难辨姐妹俩究竟谁更美丽。在一次蟠桃盛会上，太白金星掏出宝镜说，只要用它一照，就能看到谁更美。小女儿先接过镜子一照，便羞涩地递给了姐姐。姐姐对着镜子左顾右盼，越看越觉得自己漂亮。这时，宝镜说话了：'我看，还是妹妹更漂亮。'姐姐一气之下，当即将宝镜抛下瑶池，落到人间变成了天池……

"还有一个传说，说长白山有一个喷火吐烟的火魔，使全山草木枯焦，整日烈焰蔽日，百姓苦不堪言。有个名叫杜鹃花的姑娘，为了降服作恶多端的火魔，怀抱冰块钻入其肚，用以熄灭熊熊大火，火灭后山顶变成了湖泊。

"像这样的故事实在是太多了，我一时也想不起来最好听的那个。"

老者又说话了："姑娘，你常到这天池来，有没有见过怪兽呀？"

"怪兽？"

"对呀，这些年，常听人说长白山天池出现了一种奇异庞大的怪兽，有看见过的人说，怪兽身体形态像狗，头像蛇，眼特别圆，嘴像鸭，后背灰黑油亮，好像还有棕色长毛，肚皮是白色的，它游得特别快，像飞一样。"

"这个我也听说过，但我从来都没见到过。"

"那在长白山上的白狼和麒麟呢，有这样的传说吗？"

在这队伍中，一个高高瘦瘦、有些文弱的小伙子问道。与其他来旅游的人不一样，他身上没有大背包，也没有拿相机，空着两手。他不爱说话，这一路都是一个人静静地跟着大伙走，到了天池后，也只是在那儿长久地注视着湖水。

导游又一笑，露出了雪白的牙齿：

"不错，是有这个传说，传说在很久以前，天神派麒麟来看守仙山，麒麟就居住在这个天池。也不知过了多久，这山上突然出现了白狼，白狼是集这仙山灵气而生的神兽。白狼和麒麟互不服气，开始打斗，这一打就是几百年。天上的神仙被惹恼了，让火山爆发收服了它们俩。据说这麒麟和白狼每五百年就转世一次，而且最有趣的就是，谁要是得到白狼就能一统天下当皇帝，得到麒麟就能长生不老呢！"

"真的吗？那现在还有没有麒麟和白狼呀，我们也找一找看。"十几个人七嘴八舌地说开了。

"这个怎么能当真，只不过是个传说罢了。"小伙子说道，"就算是谁能当皇帝，能长命百岁，也绝对不是因为有了麒麟和白狼，还不是自己付出了努力。"

"你说得对，命运是靠自己把握的，而不是什么上天的垂青，没有什么是注定的。"导游很认真地说。

正说着，本来晴朗无云的天空突然暗了下来，狂风骤起，豆大的雨点落了下来，天池平静的湖面上也涌起了巨浪向岸边打来。

"大家快到下面的亭子避雨。"导游边喊边在前面带路。

在下台阶时，那个老者脚下一滑，眼看要跌倒，旁边正好是那个文弱的小伙子，他伸手去扶，老者被扶稳了，他自己却踩空了台阶，重重地摔在地上，向下连滑了四五个台阶。

"怎么样，没事吧？"导游连忙跑过来问。

"小伙子，没摔着吧，都怪我。"老者也是一脸紧张。

"没事，没事。"他刚要站起来，左脚却一阵剧痛，身子又跌了下去。

"是不是脚扭到了？让我看看。"导游伸手挽起他的裤角，"肿这么高！会不会伤到了骨头？"

"没有，没有。"他虽是这么说着，可是头上已疼出了冷汗。

"还说没事，连腿都肿了这么高。"

老者急了："这可怎么办，上哪儿有医务点呀。"

导游想了想，她站起身来，说："大家听好，这位游客不小心伤到了脚，必须马上治疗。我知道不远处有人可以帮忙，希望大家能在这里等候，不要动，我与这位游客去看一下伤势，马上就回来，好不好？"

"快去吧！"

"还要不要人帮忙？"

"给你们伞！"

"不用了，我们快去快回。"

导游搀扶着小伙子向一条小路走去。

"我们这是去哪儿呀？"

"我经常带团上这儿来，一次偶然的机会，认识了这山里的一个看林人，他原来是个猎户，懂得非常多，又长年生活在这山里，这些跌打损伤一定会治的。离这儿又最近，所以就想到上这儿来。"

"哦。"

"前面就是了。"

一座东北农村最普通的三间平房和一个小院落就在十多米远处的一个空场平地上。

院子没有砌砖墙，而是由栅栏围着，一条大狗正躺在门口的房檐下避雨。

"老蒋叔在吗？老蒋叔！"

"谁呀？"洪亮的声音从屋里传出，一个身材高大魁梧的老人出现在屋门前，他满头银发，胸前飘着银色的胡须，目光炯炯，面色红润。

"老蒋叔，是我。"

"是小韩呀，又带团来啦。雨下得这么大，怎么还跑我这儿来了？"

"老蒋叔，快来帮忙，我的一个游客脚扭伤了。"

一听到这儿，老人几步就走到了院门口，他的步伐矫健，丝毫不显老态。他上前帮忙扶住受伤的小伙子："快进屋。"

"还好，没有伤到骨头，"老人为小伙子的脚踝一边擦药酒一边说，"不过这筋扭得也挺重，如果不是能及时用我这药酒活血化瘀，你的整条腿都会肿得像馒头一样，得有两个月不能下地。"

"真是太谢谢您了。"

"老蒋叔的药酒好，治跌打的手法更是一流的。"

"哈哈！小丫头的嘴是越来越甜了。"老人开怀大笑起来，"小伙子，是第一次到长白山来吧。"

"对，早就想来，可直到今年才有时间。这天池的景色真的是太美了，就像在梦中一样。老人家，你一直生活在这长白山里吗？"

"是呀，我们家祖祖辈辈都生活在这长白山，原来一直靠打猎为生，后来动物不能打了，要保护了，因为我熟悉这大山，就为政府看护林子，抓那些盗木和盗猎的。我儿子、孙子也都是护林员。"

"老人家，您多大年龄了？"

"老蒋叔，你别说，让他猜猜看。"

"嗯，我想也就七十多岁吧。"

"猜错啦！老蒋叔已经八十多了，不像吧！"

"真的？！一点都不像，您身子骨可真硬朗！"

"老蒋叔知道这长白山可多事情了，我说的那些事情都是老蒋叔告诉我的。"

"是吗？老人家，那麒麟、白狼是真事吗？"

老人笑了："这世间的事有多少能分清真假呢？每件事物的存在必定有它的原因，传说也不例外。"

"老蒋叔，你不是有一把刀吗，拿出来让他看看，看了他就相信了。"

"你这丫头。"

"什么刀？"

"看了你就知道了。"

老人从贴身的里怀拿出了一把小刀，那是把银刀，很漂亮，刀柄上有一个孔穿着一根红绳，刀身两面竟然分别刻着狼头与麒麟头，十分精致。

"看到了吧，与那传说一样的麒麟和白狼。"

小伙子接过刀正要仔细看看，那刀竟突然发出了嗡嗡的响声。

这是怎么回事？不光两个年轻人愣住了，就连老蒋叔也愣住了。

"小伙子，你什么时候生日呀。"

"1983年3月2日。"

导游姑娘兴奋地抓着小伙子的肩说："是吗，真巧，我也是1983年3月2日生日。"

小伙子有些不好意思地笑了。

老蒋叔叹了口气说："没想到五十年一晃就过去了。来，小伙子。"

老蒋叔把手里的小刀放在小伙子的手里，小伙子吓得连连摆手："不行，不行，这个太贵重了。"

"没关系，小伙子，你与它有缘，就送给你吧。此刀只赠有缘人，你不用推辞。"

窗外雨停了。

两个年轻人离开了老人的住处，向大路走去。

小伙子不停地把玩着手中的刀。

"真是太奇怪了，它刚才是怎么能发出声音的呢？"

"可能就像老蒋叔说的，你和这把刀有缘吧，你是个有缘人。"

"有缘人？"

"是呀，而且你是因为我才遇到的老蒋叔，说不定我也是你的有缘人呢。"导游姑娘向小伙子俏皮地吐了吐舌头，向小伙子伸出手说，"很高兴认识你，我叫韩蕾。"

两人的手握在了一起。

（完）

图书在版编目（CIP）数据

麒麟密码 / 小汗著. -- 北京：北京联合出版公司, 2017.7
ISBN 978-7-5502-9704-3

Ⅰ.①麒… Ⅱ.①小… Ⅲ.①长篇小说－中国－当代 Ⅳ.①I247.5

中国版本图书馆CIP数据核字(2017)第018348号

麒麟密码

作　　者：小　汗
责任编辑：夏应鹏　喻　静
产品经理：夏　至　梅勒斯
特约编辑：程彦卿

- -

北京联合出版公司出版
（北京市西城区德外大街83号楼9层　100088）
北京联合天畅发行公司发行
北京艺堂印刷有限公司印刷　新华书店经销
字数：215千字　710mm×1000mm　1/16　印张：19
2017年7月第1版　2017年7月第1次印刷
ISBN 978-7-5502-9704-3
定价：39.80元

- -